A

僕は長い昼と長い夜を過ごす

小路幸也

早川書房

7031

僕は長い昼と長い夜を過ごす

登場人物

森田明二……50時間起きて20時間寝る睡眠障害を持つゲームプランナー、ときどきバイトで〈監視〉。〈トラップ〉の契約社員
賢一…………明二の兄。通称・ケン兄。〈モリタ金属加工所〉の経理
紗季…………明二の妹
西村靖幸……紗季の夫。交番勤務の警察官
欣二…………明二たちの父親。〈モリタ金属加工所〉の前社長。15年前強盗に殺された
由枝…………明二たちの母親。欣二が死亡する1年前に失踪
深雪…………賢一の妻
奈々…………賢一の娘
山下…………〈モリタ金属加工所〉の現社長
作次…………同引退した腕利きの職人
飯田…………同腕利きの職人。死亡
藤田 伴 ……〈トラップ〉の社長。通称・バンさん
安藤大悟……同グラフィッカー。明二の親友
三島仁志……明二の〈監視〉対象のサラリーマン
仲川 秀 ……弁護士。バンさんの親友
新島新一……明二たちの父親の強盗殺人事件を捜査した刑事
笈川麻衣子…看護師
リロー………明二のネット仲間の凄腕ハッカー
ナタネ………謎の〈種苗屋〉
〈奪還屋〉……裏金を取り戻しに来る人
〈強奪屋〉……裏金を奪いに来る人

prologue

僕には、普通の人と決定的に異なる点がある。

それのせいで、僕の二十六年間の人生は苦労の連続で、兄妹をはじめ知人友人であれば そのことに異議を唱える人はまずいないはずだ。

その異なる点というのは言われなければわからないもので、一言で表現してしまえば〈病気〉だ。でも〈病気〉と呼んでしまうのには僕個人としてはどうなのかなぁと少し違和感を感じてしまう。確かに病いであることには間違いないんだけど、僕の身体はいたって健康そのもので病気を抱えているなんて自覚したことはない。

一人暮らしを始めてかれこれ八年になるけど風邪ひとつ引いたこともないし、大怪我もないし花粉症にも無縁だ。いや何を言いたいのかわからないだろうけど、確かに病気持ちなんだろうけど、本当に健康体なんだ。

じゃあいったいその〈病気〉ってなんだ、と問われると、十七年来のつきあいになる大河原先生は、初めてきちんと教えてくれたときにこう説明してくれた。

＊

「普通の人間は、朝になると起きて、夜になると眠りますよね？」

「はい」

「そう、それが当たり前です。人間はこの生活リズムを二十四時間の周期で繰り返しているんです。ところがですね、中には、森田くんのように周期がズレてしまう人がいるんですよ。君の場合は約五十時間という驚異にすら感じる時間普通に起きていられて、そしておおよそ二十時間眠るという周期になってしまっている」

「そうですね」

「こういう症例を医学的には《非二十四時間睡眠覚醒症候群》と呼んでいます」

非二十四時間睡眠覚醒症候群。

実にわかりやすい病名だと思う。このまま中国の人に見せても通訳なしで納得してくれるだろう。大河原先生は、だいぶ色あせたオレンジ色の布を引き出しから取り出して眼鏡を拭きながら続けた。

「生き物がその身体に時計を持っている、という話を聞いたことがありますか？」

「あります。体内時計ですね」

「そうですそうです。それです。その体内時計のおかげで、生き物は一日を決まった周期で活動していけるんです。サーカディアン・リズムなんて言うんですがね。生き物の種類によって周期は異なっているんですが、おおむね二十四時間です。人間に限って言うと、その平均は二十五時間。もちろん個人差があって短い人で二十三時間、長い人では二十七時間ぐらいとなっているとものの本にはありますね。そうそう、正確に二十四時間ではないんですよ。でも、大抵の人は二十四時間という社会のリズムに合うように体内時計がリセットしてくれるので、身体もそれに同調するようになっているんですが、森田くんの場合はと言うと」

「同調できないで、ズレている」

「そうです。ズレまくって今現在はそういう周期に固定されてしまっている。君はなんて非常識な人間なんだと怒りたくなる程に大幅に。ハッキリ言って世界でもあまり例のない珍しい症例ですね」

「すみません」

「いや怒ってないですよ？　むしろ珍しい患者さんに出会えて喜んでいるぐらいで」

＊

そういうことなんだ。

五十時間起きてるなんてめちゃくちゃだと自分でも思う。でも漫画家さんなんか二日ぐらいの徹夜は平気でするそうでそれは四十八時間起きているってことだろう。だったら五十時間ぐらいおかしなことじゃないかとも思う。まぁ僕の場合は栄養ドリンク飲んだりまぶたにサロンパス塗ったりして無理やりに起きているんじゃなくて、ごく普通に五十時間起きていられるんだけど。

その大幅なズレと僕は小学校の時から戦ってきた。

親の躾けなんてものはまったくなかったから、もともとそういう性格だったんだろうと思うけど、僕は決められた事はキチンと守らなければイヤな子供だった。だから学校に遅刻したり、病気でもないのに、いや病気だけど身体はまったく元気なんだから、欠席するという行為はとても恥ずべきもので、でも、悲しいことに僕の昼は五十時間あって夜は二十時間ある。

実は、この病気が〈病気〉と認定されて、本格的な研究が始まったのはほんの二十年ほど前らしい。だから、小学校のころなんか単に〈突然眠くなる変な子供〉で済まされていたんだ。最初の頃は仮病とか狸寝入りなんて疑われたけど、実際本当に寝てるんだからどうしようもない。

大河原先生はこうも言った。

＊

「これはね、例えば洞窟の中とか地下の倉庫とか、外の光や音を遮断した環境で起こりやすいんです。判りますよね？」

「時間の感覚がなくなってしまうような状況、ですか」

「そうですそうです。要するに時間の感覚がなくなると、人間は自分の内なるリズムで動きだすからです。二十七時間のリズムを持った人なら、だんだんと一日の周期が二十七時間になってしまう。つまり、原因として考えられるのは光の明暗サイクル、他人との接触、睡眠と覚醒のスケジュール、食事のタイミングなどなどの外的条件が有効に働かないことにあるんですね。だから、目の不自由な人とか、自閉的で分裂気質の人がこれになりやすい。その他にも体内時計をつかさどる大脳の視交差上核という所の機能障害も原因と考えられる。しかし、森田くんのようにですねぇ」

「まったく原因のわからない人もいる」

「その通り」

よかったらちょっと紙と書くものを用意して、計算してみてほしい。

＊

仮に月曜日の朝七時に起きて学校に行ったとして、いつどこで、僕は睡魔に襲われるか。

計算上では水曜日の午前九時。

クラスメイトの皆が並ぶ教室の、自分の椅子の上で、僕は僕の一日の終わりを迎え、やすらかな眠りにつくのだ。

そして、目覚めるのは木曜日の早朝五時。

続いて眠りにつくのは土曜日の朝七時だ。

加えて言うなら、一度寝た僕を起こすのは不可能に近い、らしい。そりゃあ人間だから叩けば痛みで眼を覚ますけどまたすぐに寝る。水を掛けられたこともあるし、ひどいときにはプールに放り込まれたこともあったけど、それでもダメだった、らしい。さすがにそのまま沈んでいくことはなくて目覚めて泳いでプールの端に辿り着いたけど、そこでコテンと落ちるように何事もなかったかのように寝たそうだ。僕にはそのときの記憶がないからわからないんだけど。

なので、きっかり、いやほぼ二十時間眠らなければ決して自分では起きることはない眠り姫状態。まぁ十九時間ぐらいなら大丈夫だけどね。寝ぼけながらも起きることはできる。僕が正常な学校生活を送っていたと考える人は世界中探してもいないだろう。

そのとおりだ。

さぞかし苦労したろうねぇどんなことがあったんだい？　と訊きたくなる人もいるだろうけど、正直それはどうでもいいし他人に話すようなことでもない。確かにいろいろありましたけど幸いにして小学校中学校高校そして大学と様々な人の情けを受けて助けを借りてきちんと卒業できました。本当に感謝していますありがとうございました、で終わり。

それも愛想がないだろうか。

食事の時間はどうなるの？　と訊かれたことがある。これは、普通の人と一緒に暮らしているから、まったく同じ。朝昼晩と一日三食食べる。ただ、一人暮らしをしている今は多少ズレてはいる。朝八時に起きて朝ご飯を食べたとしたら、次のご飯はおおよそ八時間後。午後四時ぐらいだ。そして晩ご飯は夜中の十二時。そしてまた朝の八時にご飯を食べるという、一日二十四時間を三で割って食事をする感じだ。もちろん、友達や何かとご飯を食べるなんていうときには、普通の時間に合わせて食べてはいる。お腹が空いたら間食をする。

不摂生みたいになっているんじゃないかと思うかもしれないけど、さっきも言ったように健康体だ。身長一七八センチで体重五十八キロ。ややややせ型。高校時代にはバスケットをやっていたので体力にも自信がある。見た目に激しくいい男じゃないけど、そんなに悪くもないと思う。五人ぐらいの男性アイドルグループがいたら、その中に必ず一人は居る普通の男の子みたいな感じ、っていうのは過大評価しすぎだろうか。

そんな感じだ。

もちろん治療はしている。有効な治療法だという高照度光照射とかビタミンB投与なんていうのをかれこれ十年以上続けているけど、まったく効き目は現れない。二十六歳になった今でも、僕の昼は五十時間あって、夜は二十時間ある。

社会人となった今、学校生活と同様に僕がごく普通の社会生活を営んでいられると考える人はまずいないだろう。

その通りなんだ。僕の社会生活は普通じゃない。

まぁそれでも徹夜続きの漫画家とか、昼夜が逆転している作家とか、部屋から出てこない引きこもりとか、そういう方々よりかはまっとうな暮らし方をしているとは思うけれども、そんなふうに言うと怒られるだろうか。

何故、そんな病いを抱えてしまったのか。なんとなくの心当たりはある。あるけど、大河原先生に話してはいない。それが本当に原因かどうかはわからないし、話したところでたぶん治療には何の役にも立たないからだ。

それは、僕ら兄妹の話になる。

兄と、僕と、妹の。家族の。

＊

まず、親の話だ。

父は工場を経営していた。株式会社モリタ金属加工所というのが社名。父である森田欣二が裸一貫で作り上げた金属加工の会社で、まぁ俗に言う町工場だ。下請けばかりで不景気になれば風で飛んでしまうような小さな会社だったんだけど、その技術力はなかなかだったようだ。金型加工や精密鈑金加工やなんだかんだと僕にはよくわからないけど、日本でも指折りの技術を持っていたそうで、おかげでそれなりにきちんとやっていたらしい。

昔は工場と家が繋がっていたので、僕ら兄妹はいろんな機械音が子守唄だったし、機械油や鉄の匂いが故郷の匂いになっている。今でも町を歩いていてそういう小さな町工場の近くを通りかかると、なんだかとても懐かしくなってしまう自分がいるんだ。

会社は今もきちんと稼働していて、僕らの小さいころは専務だった山下さんが社長になって経営している。話では、今もその技術力を買われて従業員数十二名ながら堅実な経営をしているそうだ。

そしてそこの社長だった父親は、死んだ。

いきなりそんな話で申し訳ないけど強盗に殺されたことになっている。なっている、というのは、警察は強盗殺人事件として捜査して犯人はいまだに捕まっていない、という意味で。もう十五年前のことなので、たぶん時効が成立しているんじゃないだろうか。その辺のことは正直どうでもいいので確認してもいない。ひょっとしたらケン兄のところには警察から連絡が入っているかもしれないけど。

死んでも、悲しくもなんともない父親だった。

実際、ケン兄もそう言っていたけど、学校に連絡が入って、「お父さんが亡くなったらしい」と担任の熊田先生が悲痛な面持ちで言ったとき、ホッとしたそうだ。もちろん、親が死んだのにホッとした顔をすることが人間としてはとんでもないことだっていうのはわかっていたので、顔には出さないようにしたらしいけど。

それは僕も同じだった。眠りから覚めてそれを皆に聞かされたとき。

心底、ホッとした。

これで、殴られないで済む。

蹴られないで済む。

ご飯抜きにされないで済む。

兄妹三人で楽しく暮らしていける。

そう思ったのは、小学校五年生の、十一歳のときの僕だった。

母さんはある日突然いなくなった。

父が死ぬ一年前の、僕が十歳のときだった。まぁなんて不幸な家庭環境なんでしょう、と思われるかもしれないけど、そして同情していただけるのはありがたいけど、そうでもないんだ。繰り返すけど、僕は父が死んだときにはホッとしたのだ。だから、母さんが僕ら兄妹を置いて失踪したときにも、同じようにホッとしたんだ。

あぁ、これでお母さんは殴られずに済むんだって。

どうかお父さんに捕まらないように、と神さまにお願いしたことも覚えている。

その願いが通じたっていうのは皮肉だろうか。母さんは、それから一度も僕らの前に生きた姿を見せていない。ケン兄や紗季はどこかで幸せに暮らしていてくれるんだったらそれでいいっていつも言ってる。僕も個人的には探さなくてもいいと思ってる。

冷たい男に思われるかもしれないけど、もし、仮にだけど本人がひょっこり現れてくれたのなら、生きていて良かったねあの頃は本当に地獄みたいだったね僕も元気でやっているよ母さんも元気で良かったって、涙ぐみながら抱き合ったりするかもしれない。

いやたぶんすると思う。どうでもいいことだけど、僕は涙もろい。それも相当に。涙腺の栓なんかが溶けてなくなっているんじゃないかっていうぐらい。

大都会東京のど真ん中で腰の曲がったお婆さんが横断歩道をよたよたと渡っているのを

見るだけで涙がにじんできてしまう。保育所の子供たちがあの大きな台車のようなものに乗って小さな公園に向かう様子にも涙する。さすがにそれはお前どうよ、と自分でも思うのでこらえてはいるんだけど。

とにかく怒ったり笑ったり悲しくなったり辛くなったり喜んだり嬉しくなったり。感情が少しでも高ぶると途端に涙が出てくるのだ。

どこでそんな性格付けがされたのかはわからないけど、僕は男子たるもの涙を流しては沽券にかかわる、なんて思ってるタイプの男だ。泣くなんて恥ずかしくてしょうがない。なのにすぐに涙が出てしまう。

だから、泣かないようにしよう、感情を高ぶらせないようにしよう。確か幼稚園のころにはもうそう決めていたはずだ。そう考えると意外と早熟な、大人びた子供だったのかもしれない。そういう性格も何か病気に関係しているのかどうかはもちろん判らない。

母さんのことは、父に殴られて泣いている場面ばかりが強く記憶に残っているけど、ご飯を作ってくれたり、父に怒られた僕らに「ごめんねごめんね」って泣いて謝ってくれたことなんかもよく覚えているので、感謝している。よくあんな環境で僕らを育ててくれたって。

感謝はしているけど、今考えると、十何年もあの父親と一緒に暮らせたことが本当に不思議なぐらい、弱い人だったように思う。結婚したこと自体が間違いだったんじゃないかとも思ったけど、それはまぁ失礼かもしれない。

個人的には探さなくてもいいと思ってるし、実際探したこともないんだ。その方がきっとお互いに幸せなんだって。それはお前冷たいだろう、と言われたら、そうかなとも思う。ひょっとしたら、怒ってないとは言いながらやっぱり少しは怒っているのかもしれない。母さんがもっと強かったら僕らもこんな境遇にならなかったのに、なんて気持ちも少しはあるのかもしれない。自分の心の奥底にあるものなんて、そのときになってみないとわかんないものだ。

ケン兄と紗季も少なからずそんなふうな感情を抱いていると思うよ。

ケン兄は、森田賢一は生まれ故郷の札幌市にいる。

正確に言うと札幌市東区東苗穂というところで、僕の本籍も、つまり工場も実家もそこにある。本籍っていうのが移動できるって知ったのはつい最近で、自動車免許を取ったときに「あぁ本籍っていうのが僕の故郷なんだなこれは一生変わらないんだな」と感じてしまった自分がバカに思えたっけ。いやまぁどうでもいいことなんだけど。

地下鉄の駅から少し離れていて、都心に出ようと思うとバスしかないのだけど、周りには商店街もショッピングモールもあって、生活するのにはとても便利なところだ。住宅街も工場も商店街もごちゃまぜになったようなところで、あのシムシティで素人が最初に作るような町並みだし、なんと実家から一分も歩くと札幌刑務所の塀に辿り着く。細い道一本へだてて、すぐそこがそうなんだ。昔誰かの小説を読んでいて、札幌刑務所の近所の描写が出てきて、随分正確なんだなこの作家はちゃんとここを歩いて調べたんだなって感心したっけ。

小さいころ、悪いことをするとあの塀の向こうに連れていかれちゃうよと言われて、なんだかそれはとても理不尽なことのように思えたけど、今ならそれは単に事実を教えられていたんだなと納得する。同じ幼稚園にはあの塀の中に住んでいる友だちがいて、イッタイカレハドンナ　ワルイコトヲ、と心配したけど、単に敷地内にある職員住宅に住んでいただけだって理解したのは小学校に入ってからだった。

兄は六歳離れていて、今は三十二歳。

株式会社モリタ金属加工所に隣接する実家に住んでいて、結婚して子供も一人いる。奥さんは深雪さん、一人娘は四歳の奈々ちゃんんだ。産まれてすぐのころに会いに行ったきりだけど、ときどき送られてくる写真を見ると奥さん似のカワイイ女の子に育っているみたいだ。いつか叔父さんとしてお小遣いをあげる日をすごく楽しみにしているけど、そのときにはぜひ『おじさま』と呼んでもらおうと決めている。

経理という兄の仕事は、真面目で堅実で優しかった兄にはちょうどいい仕事なんじゃないかと思う。もちろん、株式会社モリタ金属加工所の経理担当だ。

兄は優しかった。

僕と妹が小さい頃には、とてもよく面倒を見てくれた。僕がこの世でいちばん好きだったのは、父に殴られて泣いてばかりいる母さんではなくて、家の中では、父がいるときには常に僕と妹をかばうように前に出てくれるケン兄だった。明二を殴らないで、僕を殴って、とかばってくれる兄だった。

工場や家は俺が守る。お前たちはどこにでも行って好きなようにやれ。帰ってきたくなったらいつでも帰ってこい。

本当に、そんなドラマの台詞のようなことを真顔で真剣に心の底から言ってくれる男なんだ。優しくて責任感が強くて、僕たちのためになら自分を犠牲にしてでもいろいろしてくれる人。

ケン兄。

ガキっぽいけど、今でも僕はそう呼んでいる。すごく、ものすごく、言葉に出来ないぐらい感謝している。兄のためならなんでもしてやろうと思っているけど、残念ながら今のところちっぽけな人間でしかない僕は何もしてあげられないのが本当に悔しい。いつか、いつかケン兄に大きな恩返しをしたいって気持ちを僕は絶対に忘れないようにしているんだ。

結婚して西村という名字になった妹の紗季は、千葉県の浦安市にいる。

猫実っていうなんだか可愛らしい地名がついている町で、「猫がいっぱい居るの？」と訊いたら「わたしもそう思ってたけどそうでもない」と言っていた。なんだか割りとのんびりした感じの町で雰囲気は故郷でもある東苗穂辺りによく似ているかもしれない。妹もそんなふうに言っていたし。東京にいる僕とは電車で三十分ぐらいの距離だから、まぁいろいろとそれなりに顔を合わせてはいる。

二つ下だから今は二十四歳。まだ子供はいない。札幌のヘアメイクの専門学校を出て、東京の美容室に就職できたんだけど、そこのお客さんだった男性と恋に落ちて去年の春に結婚してしまった。西村靖幸という名の旦那さんは三十歳で、なんと警察官だった。前から「結婚するなら公務員」と言っていたので、まんまと目標達成したことになる。そこんところは大したものだなぁと思うし、やっぱり男と女は違うんだなぁなんてことも考える。

旦那さんの西村さんは、四角い顔のとても朗らかな人だ。警察官とは思えないほど気が小さいところもあるし、弱いところもあるみたい。交番勤務だからたぶん警察の中でも地味な仕事ばかりだと思うんだけど、むしろそういう方がいいようなことを言っていた。ケン兄が遠くにいるから、自分のことを長兄と思って、何かあったら何でも相談してきてね、なんて言ってくれる人だから僕は安心している。紗季はきっと、とてもいい人と結婚したんだ。

ヘアメイクの学校に行って美容師になったぐらいだから、センスはいいのだと思う。着ている服なんかも、贅沢はできないけど一生懸命にオシャレしてるって感じだ。身長は高くなくて、眼がくりっとしていて、あらいぐま系の顔だろうか。カワイイと言えば言えなくもないと思う。ケン兄と同じ顔をしてる。僕の眼はどちらかと言えば切れ長だから、これは父親に似たんだろう。母さんの眼はくりっとしていたから二人はそっちに似たんだと思う。決して弱虫ではなく、どちらかと言えば気が強く、自分で自分の人生をしっかり切り開いていける女性。それが紗季かな、と思う。病気のことがあるとはいえ、情けない暮らし方をしている僕を、遠慮のない表現で叱咤激励するのもケン兄よりは紗季の方だ。

奥さんになって、後は旦那さんに全てを任せていいんだろうけど、なんだかんだ言って今も紗季は守ってやりたい可愛い妹だ。僕や兄を殴っていた父も、紗季にだけは手加減をしていた。まぁだから多少は人間らしい感情もあったんだと思う。正直、社長をきちんとやっていたってことが信じられないんだけど。

紗季は、僕のことはメイ兄と呼ぶ。明二のメイだ。ケン兄とメイ兄。二人合わせて〈賢明〉なんて名前をつけたのは、父なのか母さんなのかはわからない。わからないけど、父であるはずがないなと思う。賢明な人間が、自分の息子に暴力を振るうだろうか。社長をやってたぐらいだからやっぱり賢明なんだろうか。それとも自分にないものを息子に求めたんだろうか。

なんてことをぐるぐる考えてもしょうがない。

長々と過ぎてしまったけど、そう、僕の病気の原因は、父にあるんじゃないかと思う。

僕は、兄が大好きだった。妹が可愛かった。

父は、夜中だろうとなんだろうと突然に僕たちに暴力を振るった。酔っぱらって寝たはずなのに、突然むっくり起き上がったかと思うとトイレに行く途中に、寝床に戻る途中に、寝ている僕たちに殴る蹴るの暴行を加えた。いったいなんでそんなことをするのか、できるのか、さっぱり理解できない。まるで違う世界の生物みたいだった。

だから、それを察知するために、逃げるために。

僕は起きていたんだ。

寝ないで。

兄を守るために、妹を守るために、父が起きてきたらすぐに起こして逃げ出すために。

朝になれば、会社に行く時間になれば、父はそんなことをしなかったから。

物心ついた頃から、ずっと、できるだけ夜も起きていたんだ。布団の中で息を殺しながら、眠くなってきたら身体のどこかをつねって、その痛みで。腋のすぐ横のところをつねると本当に痛くてそこがいちばん眠気に効くということも覚えている。学校で使うコンパスを布団の中に持ち込んでお尻に刺していたことだってある。僕の身体は痣だらけだった。

父に殴られた痣と、自分でつねった痣と。

だから、睡眠障害を起こして、こんなふうになったのかなと思う。

一

電車の音で眼が覚めた。

長い眠りのせいなのかどうか、僕は夢をまったく見ない。眼が覚める瞬間は、まるで体育館の窓にめぐらされた暗幕が一斉にバーッ！　と開けられるような感覚なんだ。暗闇から一瞬にして眩しい世界へ放り出される感覚。たとえ起きたのが夜中だろうとそういうふうに思って、眼が覚める。

窓から眩しい光が差し込んでいた。

予定では月曜日の朝の七時ぐらいのはず。自分でも意識しないうちに顔は壁に取り付けた丸い大きな時計に向かっていて、長針と短針は予想通り午前七時五分を指していた。窓から見下ろせる総武線浅草橋駅は通勤ラッシュの一歩手前の時間帯。

ほぼ二十時間の睡眠終了。

続けてパイプベッドにだらしなくうつぶせになっていた自分が服を着ていることに気づいた。ぼろぼろのジーンズに白い長袖シャツ。あ、そうだった、と思い出す。今回の現場の渋谷の駅からここまで、紗季に電話して頼んで運んでもらったんだった。そうだそうだと思いながら記憶が徐々に蘇ってくる。

「服、脱がせてくれてもいいのに」

兄貴の裸を見たって恥ずかしいと騒ぐような年でもないだろうに。きっとめんどくさくなってそのまま帰ったんだ。

ゆっくり起き上がった。頭を掻いた。あくびが出た。ぶわぁぁ、というような意味不明な言葉を吐く。服を着たまま寝るとなんだか身体がごわごわになってしまったような気にはならないだろうか。なので、すぐに脱いだ。脱いで、ベッドの下の方にしわくちゃになっていたパジャマを探し出して着る。これから起きるのにパジャマを着るのも変だけど、四階のこの部屋は周りの高いビルからは見ようと思えば丸見えなのでパンツ一丁でいるわけにもいかないんだ。

腹が減った。まずは、飯。今日は文字通り朝の時間の朝ご飯になった。

二十時間眠った後には、あたりまえだけどお腹が背中にくっつきそうなほどに腹が減っている。ぺっちゃんこだぁ、と叫びたくなるほどに。

ベッドから降りて室内履きを履いて、リノリウムの床をぺたぺたと音を立てて歩く。入り口脇のキッチンスペースにある銀色の冷蔵庫を開ける。起き抜けの食事に用意しておいたのはレタスとキュウリとトマトをぶつ切りしただけのサラダにヨーグルトに牛乳。玉子をベーコンと一緒に二個アンド二枚焼いて、トーストを三枚焼いて、二枚でベーコン玉子レタストマトキュウリホットサンドを作って、一枚は林檎ジャムをつけて食べる。薄めのコーヒーをたっぷり落としてマグカップで二杯飲む。トマトはふんぱつしてとても甘いという高いものを買ってきたので食べるのが楽しみ。

いつものメニュー。

パンが焼ける間にベッドの脇の小さな丸テーブルから携帯を持ってきて、メールの確認をした。

紗季からのメール。

〈任務終了。春だから、カワイイ薄手のカーディガンなんか欲しいかなー〉

はいはい。でもいつものことだけどこの仕事、そんなにギャラは良くない。カーディガンを買ったらそれで全部なくなってしまうかもしれない。

〈おはようございます。ありがとうございました。カーディガンは無理だと思うので、Tシャツかなんかで勘弁してくれませんかユニクロなんかだったら最高です。お願いします。あなたの小さい方の兄は甲斐性無しでそんなに稼いでいません〉

そうやって返信を打っているうちに、トーストが焼けて、コーヒーメーカーもコポコポ言い出したので途中で止めた。携帯メールにはいつまで経っても慣れない。後でパソコンから返信しよう。その他の迷惑メールやどっかのサイトからのお知らせメールは一括で削除。パソコンに送られてきたメールは全部携帯にも転送する設定にしているので、一晩放っておくとけっこう入っているんだ。

いつもじゃないけど、紗季にアルバイトを手伝ってもらっている。手伝いというよりは、運んでもらう。眠気に負けてそこらで眠ってしまった僕を、部屋まで。

報告の時間込みで五十時間限定の〈監視〉業務。

それ以降になってしまったら報告は二十時間後。

今回のアルバイトは予想外に時間が掛かってしまって、渋谷の路上で五十時間が過ぎてしまいそうになって紗季に救出メールを送ったんだ。

〈あと一時間ぐらいが限界。渋谷にいる。頼む〉

それから四十分後に紗季から電話があったとき、僕はとあるマンションの近くの路上で眠気と闘いながら立っていて、住所を告げて早く来てーと泣きそうになって、そしてもう限界と思って通行人の邪魔にならないように歩道の端に座り込んで監視対象が入っていったマンションを見上げていて、あぁ今回の仕事は結局中途半端に終わってしまったなぁと思っているうちに、記憶が途切れた。

そして眼が覚めたら自分の部屋。

別に今に始まったことじゃないんだ。遊んでいるうちに急に眠ってしまった僕を、ケンや紗季が家まで運ぶなんてことはよくあった。うちの兄妹の間ではごくあたりまえの日常のことだ。

ただまぁこうしてお互いに大人になってしかも僕はギャラを貰ってそういうことをしているので、紗季にフォローをお願いするなら、バイト代は払わなきゃ。いつも大抵、服を買ったり何かをおごったりなんだけど。

もちろんこんな〈監視〉なんてことを正業にしているわけじゃない。

職業はゲームプランナーだ。プランナーとはいっても、絵描きもすればプログラミングもする。一応一通りはできるけど、まぁどれも大したもんじゃない。恵比寿にある〈トラップ〉という小さなゲーム制作会社の契約社員。一年契約ではなく半年ごとの更新。

情報系の大学を出たには出たけど、僕にまともな就職は無理だった。そりゃそうだ。どこの世界に五十時間起きているけどその後二十時間寝ますので、そういう勤務体系でもいいでしょうか、なんていうわけのわからん男を雇ってくれる奇特な会社なんかあるだろうか。

「冗談言ってんの？」と人事担当者に本気で怒られたことなんか山ほどある。山ほどあっても挫けずにそれこそ死ぬ思いで駆けずり回って就活をして、ようやく怒らないで理解を示してくれたのが〈トラップ〉の藤田社長だった。藤田伴という名前なので、皆に

〈バンさん〉と呼ばれている。

バンさんは、「そりゃあ大変だぁ」と開口一番言ってくれたんだ。

「判るなぁ。理解できるよ」

「そうなんですか？」

「俺もそうだからなぁ、睡眠障害。お前さんほどひどくはないけどなぁ」

バンさんは眠れなくなるそうだ。特に制作の追い込みの時期になって精神的に追いつめられるとそれが出てくる。眠いのに眠れない。二時間でも眠って体力回復して作業を続けなきゃならないのに、十分二十分しか眠れない。

「だからマスターアップした日にはそれこそ一日中眠っちまうぜ」

二十四時間はオーバーにしても、確実に十二時間は眠りこける。

「きついよなぁ」

「はぁ」

実はきつくないんです、とは言えなかった。バンさんの場合は眠たくても眠れないからきついんだろうけど、僕はコテンと寝てしまう。同じ睡眠障害でも性質が全然違うけど、それでも理解してくれて嬉しかった。

そしてなんと、僕を採用してくれたんだ。

ただし、条件付き。

ものすごい才能があるんだったら、修羅場のときに二十時間眠り続けて進行スケジュール無視したって皆理解してくれる。納得してくれる。でも、大した才能もないのにそんなことされたら、スタッフの志気を下げる。だから、いつまで経ってもアルバイトに毛が生えたような契約社員。

「基本は、皆の補佐。五十時間働いてその後丸一日抜けたって皆から苦情が出ないような仕事をやってもらう」

それもまともにこなせないようならクビだが、と言われたけど幸い僕は器用ではあった。企画書を作るのも資料を揃えるのもざっくり下絵を描くのもミニゲームのflashなんかをささっと組むのも速かった。速いのだけが取り柄で取り立ててすごいというわけでもない。それでも便利だから四年間クビにされないでこうして契約され続けている。不満はない。僕みたいなやっかいな病気を抱えた男にこうして給料を払ってくれるのだから。もちろん給料分は確実に働いているという自負はあるけど。

将来への不安はある。もう二十六だ。このままの形でずっと働いていけるはずもない、とは思う。普通に彼女を作って結婚でもして子供を育ててもいいと思ってるし、ものすごいゲームを作って大ヒットさせてみたいっていう野望もある。

「さて」

久しぶりに、会社に顔を出さなきゃ。

浅草橋から総武線で秋葉原まで行ってそこから山手線で恵比寿まで。浅草橋から都営浅草線で五反田まで行って山手線で恵比寿までとか総武線でも代々木まで行って恵比寿とか本当に東京はいろいろルートがあって。でも、山手線に乗るのが好きで、いつもなんとなく長く山手線に乗っていられるルートを選んでしまう。東京に出てきて初めて覚えたのが山手線の路線だったせいかもしれない。

恵比寿の西口を出て長いエスカレーターを降りて車道を渡って駒沢通り沿いのアーケードの下を歩く。途中の煙草屋さんで煙草を買って角を回ってすぐの細長い小さなビルに入る。四人も入ったらもう一杯のエレベーターはいつもなんだかネコ臭い。きっとネコがオシッコをしたと思うんだけど、いつまでもこの匂いがしてるのはどうしてなんだろうと思う。

四階でエレベーターが開くとすぐ眼の前がもう会社の扉。扉の脇にあるリーダーに、カードを差し込んでロックを外す。ブー、という低音が鳴ってカチリとロックが外れる音がする。時間は八時五十分。

「おはようございまーす」

一応出社は九時。もちろん、制作に入っているときにはその限りじゃない。果てしなくフレックスに近くてそして延々と続く作業。決められたスケジュールに従って、できるだけ速く仕事を上げていく。

「おっ、メイジ」

「はよっす」

ほぼ同期入社のグラフィックの安藤。同じくミケさんに長友さんも顔を上げた。

「おはよう！　体調は？」

「おはようございます。元気元気」

そのままミケさんも長友さんもすぐにディスプレイに眼を向けた。ニコッと笑ってくれた顔には疲労の色がはっきり見えたから、グラフィックチームは泊まり込んだんだろう。徹夜明けで皆で下のモスで朝ご飯食べて顔を洗ってさてもう一頑張りして昼までに上げるってところだ。そんな顔をしている。

いつも思うけど、まだ二十代の結婚前の女性が会社で徹夜して着替えもしないで給湯室で顔を洗ってひたすらディスプレイに向かうって、本当に過酷な商売だ。

〈トラップ〉はこの他にプログラムチームが四人、企画がバンさんと僕であとは経理兼営業兼副社長の岡本さん。合計十人の零細企業。それでも親元が、つまり仕事を流してくれる会社がしっかりしているので、仕事が途切れることはない。まぁ本業のゲーム制作じゃなくて、パチンコのムービー制作だったりウェブサイトのflash制作だったりが多いのはしょうがないけど、コンシューマーの、つまり家庭用のゲームだって下請けだけど年に一本は作ってる。自社作品が創立以来八年でＰＳ２とＤＳ一本ずつしかなくて、多少話題にはなったものの、会社を潤すほどには売れなかったっていうのが玉に瑕だけど。

　給湯室で落としたばっかりだったらしいコーヒーをカップに入れて、戻ってネームボードを見ると、プログラムチームは午後出で、バンさんと岡本さんは銀行直行で昼出社。なるほど、と一人頷いて、ベランダの喫煙スペースに行って、煙草を吸いながらコーヒーを飲みながら恵比寿の町を見下ろしながら、さて今日は何を優先すべきかなんて考えていると安藤が出てきて、頷きながら煙草に火を点けた。

「三日ぶりじゃん」

「だな。いいのか？」

「オレはもうあと色付け一枚昼まで。楽勝」

　某ゲームの攻略本用のキャラ絵のパターンを何十枚かの急ぎの仕事。攻略本の仕事は時間がない、いい加減なタイムスケジュール組まされるしいちいち指定が細かいしそのくせギャラが安い。で、あんまりいいことがない。それでもやらないよりはマシだしたまには実入りのいいこともある。

「なにしてた？」

「いつもの」

「バンさんの秘密ミッション？」

「そう」

僕がときどき不眠の五十時間を使って〈監視〉なんてやってることは、皆は知らない。でも、ときどきこうやって会社から消えてどこかで何かをやってるってのはもちろん判る。それは社長直々の命令で何か将来の仕事に関する種まきやなんかをやってるってことになっている。

別に特別なことじゃない。ゲーム会社はゲームを作るだけじゃない。いやもちろんそれが本業だけど、ゲームには様々な業種が関わっている。出版業界から放送業界から映画業界からキャラクタービジネスからもちろん玩具業界やＩＴ業界やその他もろもろ。

どこで何が発生して、金の成る木に成長するかわからない。というか、そういう木を見つけないと危ない。世界を覆う不況の波はゲーム業界だって無縁じゃない。むしろそのど真ん中にいるかもしれない。

だから、僕のそういう行動も会社の皆は不審には思っていないんだ。むしろイレギュラーメンバーとして存在する僕は、そういうことでもして会社の役に立ってもらわないと困ると思ってるぐらいだ。

「いっつもさぁ、思うけどよ」

「なに」

「お前って、ものすごい才能あると思うんだけどね」

なんだよ急に。

「なんの才能だよ」

「いやわからんけどさぁ」

笑った。安藤は、茶髪でデカくてタトゥーなんかしてて妙に細くて、たぶん普通の人ならあんまり近づきたくない感じの男だ。普段の服装なんか革一色。レザーブルゾンにレザーパンツに鎖ジャラジャラ。むろんゲーム業界でグラフィッカーなんてやってるんだからオタク度高し。

でも、いい奴なんだ。無駄に他人を威圧する容姿と格好はどうかと思うけど、それは小心者の自分を他人の攻撃から守る楯だ。根っこは他人に優しくて自分には厳しい、どちらかと言えば男気のある奴だ。

正直、友達の少ない僕にとっては唯一心を許せる友人だ。そんなことをお互いに話すことなんかないし話し合ったら気持ち悪いけど、安藤もそんなふうに思ってるはず。

「お前、軽いじゃん」

面と向かって言われると軽くムカッとくるけど、まぁそうだ。

僕は軽い。悲しくも辛い生い立ちと病癖にも関わらず。それは紗季にもよく言われる。でも、それはたぶん安藤のレザーファッションと同じだ。自分の中にあるものを守るために、もしくは隠すための武器。だから安藤とは気が合うのかもしれない。

「その軽さがさ、何をやってもひょうひょうとこなしちまうものはさ、貴重だよ」

「そうかね」

そうさ、と眼をむいた。

「その軽妙洒脱な感覚でさ、そろそろ皆を唸らせる企画書をバーン！　と机に叩きつけてくれるんじゃないかって期待してるんだけどね」

安藤は笑った。三日ぶりにあった同僚に対する無駄話にしては、何か含みがあったような気がして、僕はちょっと考えた。

「安藤」

「なに」

「ひょっとして、なんかあったか」

安藤が二本目の煙草に火を点けた。

「なんかって、なんだ」

「引き抜き？　それとも経営悪化の兆し？」

ほうらなぁ？　と安藤は笑った。大げさに手を広げて。

「やっぱりお前は才能ある」

柵に凭れかかって、下を見下ろして煙を吐いてから言った。

「オレさ」

「うん」

「この会社、好きなんだ」

「そうだな」

他の会社に入ったことないからわからないけど、〈トラップ〉はいい会社だと思う。四十代のバンさんと岡本さんを除くと、あとは皆二十代。もうちょっとで三十になる人もいるけど、皆若い。チームワークが抜群だ。仕事はもちろんだけど遊ぶときにも一丸となって動ける。

それはやっぱり、社長であるバンさんのことが皆好きで、あの人の考えることが楽しくてしょうがないって思ってるからだ。

作ったゲームはそんなに売れてはいないけど、個性的で、なんというか、ゲームへの愛を感じる。バンさんのあふれるゲームへの愛情を、皆がわかっているんだ。ついていきたいって思ってる。

「だから、潰れてほしくないんだよね」

「具体的になんか聞いたの？」

実は、安藤の兄貴は泣く子も黙る某大手IT企業に勤めている。そこから漏れ伝わってくるいろんな情報が今までにも会社の役に立ったことがあった。

「Sシステムがさ」

それは、うちの親元だ。別に親会社とかそういうことじゃなくて、元々バンさんが居た会社で、仕事をうちに流してくれる重要かつありがたい会社だ。

「ヤバいのか」

安藤は、小さく頷いた。

「まだ内緒な」

頷いた。噂話だ。そんなのはどこの業界でも掃いて捨てるほど湧き上がってきて、あっという間に消えていく。でも、中にはしっかりと残って真実となっていくものもある。

そうかぁ、と僕は小さく呟いて、タバコを防火バケツの中に放り込んだ。ジュッ、と音がして火が消える。

「だからさ」

「自社努力ね」

うん、と安藤が頷く。

自社開発のゲームを当てるのがゲーム制作会社の理想型だ。どんなに小さな会社だって、イッパツ当てればデカイ。のし上がっていける。ゲーム業界にはまだそんなアメリカンドリーム的なものが残ってるし、事実だ。

「がんばらなきゃ、か」

「だな」

もちろん、皆がそう思ってる。早く自社開発のゲームを作りたいって。でも、それにはお金が掛かる。一本のゲームを作ろうと思ったら、うちみたいな会社は全員がそれに取り組まなきゃならない。つまり、他の金にはなるけどつまらない仕事がまったくできなくなる。いわゆる開発費が必要なんだ。それも数千万、下手したら億単位の。バンさんや岡本さんが銀行を駆けずり回って融資を求めたって、銀行はそう簡単には貸してくれない。いい企画が必要なんだ。今まで誰も見たことも聞いたこともない、斬新でかっとびきりおもしろいゲームの企画が。

「あれどうだ」

「あれか」

僕の頭の中にあるとんでもなくおもしろい、と思っているゲームのアイデア。まだ企画書にしていないし、安藤にしか話していない。

「そろそろ頼むぜよ、プランナーさん」

「あいよ」

二人で笑いながら社内に戻ろうとしたときに、僕の携帯が鳴った。安藤はそのまま中に入っていって、僕はベランダに戻って携帯をポケットから取り出した。

バンさんからだ。

「はい」

(おはよう、眠り姫)

「おはようございます」

(ミッションの報告はしたか?)

「まだです。向こうの要望は、報告は夜になってから自宅のアドレスにってことだったので」

(そっか、で、すまんが引き続きで今日もやってくれってことなんだ。こっちにメールが入った)

「そうですか」

(社内業務の方は?)

頭の中で整理した。引き続きってことはどっちにしろ〈監視〉は夕方からだ。それまでに頼まれた第一次世界大戦に使用された武器の数々の資料を揃えることはできる。なんとかなる。

「大丈夫です」

(じゃ、よろしく。ギャラは等しくそのまま上乗せ)

「了解ッス」

電話を切る。ちょっと首を捻って、携帯をジーンズのポケットに入れる。

そう。僕に〈監視〉のアルバイトをしないかと言ってきたのは、社長のバンさんだった。

なんだって、〈監視〉なんてアルバイトがバンさんのところに入ってくるのかはわからない。今までにそれをこなした回数は、だいたい両手の指ぐらいだ。そんなに頻繁にあるわけじゃないけど、決して少なくはない。

どうしてそんな仕事が？　って質問したら、バンさんはニャッと笑って「企業秘密だ」なんて言うだけだ。大抵は浮気の尾行とか、高校生の夜遊び監視とか、そんなもの。ネットで調べたら興信所に尾行とか監視とかを頼むとけっこうな金額を取られる。そんなに払うぐらいなら暇な知り合いに頼んだ方がいいんじゃないかっていうぐらい掛かる。

だから推測だけど、興信所とか探偵事務所とかそういうところにバンさんの知り合いがいるんじゃないかと思う。頼みたいけどそんなにお金がない。そこで興信所にいるバンさんの知り合いが、こういう男に頼めば安くやってくれますよって回しているんじゃないかと。

そこに、たまたま僕が、五十時間も起きていられるという尾行や監視には持って来いの病いを抱えた僕が入社したんじゃないか。あるいは僕という存在があったから、そういう仕事が発生したんじゃないか、と。

あながち的外れではないと思うけどどうだろう。

昨日の、昨日というのは今から二十二時間ほど前まで、僕が五十時間ずっと監視していたのは、とある大手企業に勤めるサラリーマンだ。

奥さんからの依頼で、浮気してるみたいなのでそれを確かめてほしいと。

素人の監視なんだから、使う機材は基本的には高倍率のデジタルカメラだけだ。それで写真も残せるし、もちろん動画も撮れる。ギャラは五十時間で三万円。交通費別。時給にしたらたぶんコンビニのバイトの方が高いんじゃないかってぐらい。素人だからそれほど綿密で完璧な調査はできないしうっかり見失ってしまうこともある。むろん頼んでくる方もそれを承知の上。

楽しいわけでもないし、稼げるわけでもない。バンさんに頼まれているから仕方なくっていう部分もなきにしもあらずだけど、でも。

僕は、自分のこの病気が人の役に立つんだな、と思ったら、嬉しくなったんだ。大げさだけど初めてバンさんにやってみないかって言われたとき眼からうろこが落ちる思いだった。

そうか、長い間起きていられるっていうのには、そういう使い途があったのかって。だったら今から興信所とか探偵事務所に転職しようかなって考えたぐらい。

だから、まぁそれなりに一生懸命やってるんだ。

フロアに戻ってディスプレイに向かっているミケさんと長友さんに声を掛けた。

「なんか手伝う?」

二人とも無言のまま左手を上げてひらひらと横に振った。それは「大丈夫よ」という合図。その言葉を待ってました、という場合は両手を上げることになっている。頷いて安藤の隣りの自分のデスクに座る。三日ぶりに自分のマシンを立ち上げる。

「今日の予定は？」

ヘッドフォンを少しずらして安藤が訊いた。

「夕方までは資料集め。その後はミッション」

「じゃ、昼飯は〈サイドウォーク〉行こうぜ」

少し歩いたところにあるオープンカフェの店。いつも行ってるから強いて誘う必要もないんだけど。

「昨日新しい子が入ったんだぜ。めちゃカワイイ」

「どうせお前の好みなんだろ」

「当然」

きっとお尻がでん！　としていてしごく健康的な肢体の女の子なんだ。こいつの好みだけは同意できない。

二

十六時ジャスト。

東京駅の八重洲口近くのビルの二階のスタバに僕は陣取っている。

その道路向かいのビルの窓際の席に座って、あ、今お茶らしきものを飲んだのが、監視対象の三島仁志さん。

埼玉県東松山市出身の四十九歳。十一歳年下の千佳子という名の妻有り子供なし。子供がいないのはどちらかに原因があるようだけどそういうことはごくごくプライベートなことなので僕が知る由もないし別に知りたくもない。身長一七三センチ体重七十七キロで若干腹が出てきた部長職。冴えない風貌か、というとそうでもなく、ではいい男か、というとそうでもない。なんか、僕の感想を言うと、きっと守ってあげたくなるような顔つきなんじゃないか。少々失敗してもしょうがないなぁって思っちゃうような。いやそんな趣味はないよ。あくまでも、女性だったらそう思うんじゃないかなぁっていう感じだ。

一生懸命仕事をしているはずの背中を僕はカフェラテを飲みながら見ている。

これから寝るまでの四十時間近くあの人をまた監視する。

なんで監視するかというと、あの人はここのところ東松山市にある自宅に帰っていないからだ。巣鴨にあるウィークリーマンションに泊まり込んでいる。

なんで泊まり込んでいるかというと、経理部長である三島さんはこのところ種々様々な事情でとてもとても忙しいそうだ。決算期か何かなのかなぁと思ったけど、その辺の事情は僕は知らない。

この前の五十時間の行動はこうだ。

三島部長は金曜日の夜の十一時まであのデスクに座って仕事をしていた。それから終電近くの電車に乗って巣鴨に帰って、朝になって休日なのにまた会社に行ってデスクに座ってその日は午後五時過ぎに会社を出て、どこに寄るかと思いきや牛丼屋で晩ご飯を食べた後に、渋谷駅の近くの〈B〉っていうビジネスホテルに入っていった。何故ウィークリーマンションを借りているのにビジネスホテルに泊まるのかは、判らない。

一人きりだったけど、あぁやっぱり浮気なのかな部屋で待ち合わせているのかなって思ったけど、まさか部屋に踏み込むわけにもいかないし、ドラマみたいにフロントの人間に一万円札をひょいと渡して「あの男の部屋何号室？」なんて訊くわけにもいかない。

そこまでの仕事は請け負っていないんだ。

僕の仕事はあくまでも〈素人ができる範囲の監視業務〉。

だから、次の日の朝までその辺で三島部長が出てくるのを待った。午前八時には一人で出てきてそのまままた会社に向かった。後ろから女とか出てこないかなと思って待とうかなと考えたけど、でも仮に女が出てきてもそれが浮気相手かどうかはわからない。僕の仕事は三島部長の跡を尾けるだけ。

そして三島部長はそのまま会社で仕事をして、そこで僕の電池は切れてしまったというわけだ。

女の影はまるでチラつかなかったけど、どう考えても怪しいんだよね。

サービスの気持ちで調べてみたけど、確かに三島部長は巣鴨のウィークリーマンションを、いつも仕事で家に帰れないときに利用するってことは判った。なんで巣鴨なのかは判らないけどそこは周辺ではいちばん安かったからかもしれない。さらについでに渋谷のビジネスホテルを三島部長が今までに利用したことがあるかどうかも調べたけど、ここ一年間の利用実績はなし。

やっぱり怪しいよねぇ確かに。

バンさんには、そういう細かいところまで報告しない。尾行や監視だけじゃなくてそういう細かいところまで調べるなんてのは依頼に入ってないからね。あくまでも僕が納得したいための調査。

なんでそんなことまで調べられるのかっていうと、リローのおかげだ。

ネット仲間のリロー。

大学生のときに始めた僕のブログは、どうしてかは判らないけど大好評でたくさんのアクセスがあった。CB9っていうところのブログサービスを利用していたんだけど、そこの学生ブログアクセスランキングでは常にトップを走っていたんだ。

ただただ日々のできごとを、日常のことをつらつら書いていただけなんだけど、なぜかウケた。ウケまくった。一日何万アクセスもあったから、これはちょっとアフィリエイトで稼ごうかなって思ってやってみたら、それで月に五万円ぐらい稼ぐこともあったんだ。もちろん、そういうお金は全部貯金してある。

僕は自他共に認める倹約家だ。倹約家といってもどこかの主婦みたいにトイレの水を流さないとかなんとか汲々の生活をして無駄遣いを減らすってわけじゃなくて、要するに欲を持たないで毎日を過ごすって感じだ。

欲しいものがあっても買わないで済ます。どこかで無料で貰えるものなら貰ってくる。古くてもキレイにリストアすればいい、汚れていてもキレイに洗えばいい、中古やリサイクルの安い品々はお友だちっていう生活。

今住んでいるこの総武線浅草橋駅近くの雑居ビルの四階の部屋だって、とんでもなくボロだ。ボロい上に古くてまるで六〇年代七〇年代のドラマに出てきそうな感じだ。この部屋であの伝説のドラマの『傷だらけの天使』や『探偵物語』が撮影されたんだぜって言ったらきっと皆が信用してくれるぐらい。

事情は知らないけど、家主さんがここを改築するのは三年後らしい。それまでは月四万円という格安な家賃で貸してくれているんだ。

リローの話だったっけ。

もちろんハンドルネーム。オフで会ったことはないし、本名も性別も判らない。まぁでもなんとなく女性で、僕よりは上っぽいけどそんなに年寄りでもないって感じだ。ギリギリ二十代とか三十代前半。住んでいるのは東京ってことだけは教えてくれた。いつかどこかですれ違うこともあるかもしれないね、なんてことを言っていたから。

実はリローも睡眠障害で悩んでいる、らしい。便宜上彼女って呼ぶけど、彼女の場合は常に眠れないらしい。そして限界がきたときにこてんと眠ってしまう。僕と違って、そのサイクルは全然規則正しくないらしい。だからまともには働いていない。どうやら実家に住んでるかなんかしてるらしくて、一日中ネットの中で暮らしていても生活には困らないらしい。羨しいといえば羨しい環境だ。

そういうことを知ったのは、彼女が僕に直接メールを送ってきてから。

もう廃盤になっていて手に入らないあるミュージシャンのLPを僕が持っているのが判って、それをぜひデータにして送ってほしいと頼んできたんだ。データにしちゃうとやっぱり音質の劣化はあるから直接LP自体を郵送してもいいと僕はメールに書いたんだけど、パーソナルデータをお互いに知って、あとあと面倒になっても困るからデータでいいと彼女は言った。僕は決して個人情報を悪用するような人間じゃないし、勝手にデータにして送るのも著作権の問題はあるんだけど、まぁいいか、とそうしてあげた。

以来、彼女はいたく感謝して、ネットに関わることならなんでも相談に乗ってくれるし手伝ってくれる。

そしてどうやら彼女はほとんどハッカーといってもいいぐらいその方面に精通しているようで、ホテルのサーバーに侵入するなんてのも朝飯前だった。

いや、最初は怪しげな目的で頼んだわけじゃなくて、ゲームの企画書を作っていて、ハッカーやクラッカーについての知識を彼女に求めたときに出てきた話だ。どこかのサーバーに侵入するなんてのは、よっぽどしっかりしたところじゃない限りこうすれば簡単よ、と教えてくれたんだ。

東京は変な街だと思う。

いやそれは失礼な言い方か。人がたくさん集まっているから、変な人も多くなっていってそして変な事態もたくさん出てきてしまって、ということかなと思う。少なくとも生まれ故郷の札幌よりは変なことがたくさん起こってしまう街だと思う。社会に出たのが東京に来てからだから余計にそういうふうに感じるのかな。

今僕はこうやってスタバの席に座って、赤の他人のサラリーマンを監視してる。それを頼んでくるような人がいる、それを僕みたいな若造にやらせる人もいる、それを助けてくれるネットの住人がいる。

賑やかで、煩くて、楽しくて、冷たくて、嬉しくて、つまらなくて。そういうものがごちゃごちゃになっていて、ものすごいスピードで毎日が流れていく街。

こうやってたくさんの人に囲まれているのに、どこか人と離れてふわふわしているような感じ。札幌に住んでいたなら、こんな気持ちは味わえなかったと思う。

午後五時を過ぎた。

眼を離さないようにしていた三島部長の背中が動いた。それまで椅子の背に掛けていた背広を取って、着た。ものすごく判りやすい特徴を持っていて助かった。三島部長の頭の天辺はものの見事にハゲているんだ。

「よし」

僕もカップを持って立ち上がった。また長い監視の始まり。

＊

変だ、と思ったのは、午後八時二十八分。

三島部長の姿が消えていった巣鴨のとげ抜き地蔵の近くにあるウィークリーマンションを見上げる角の商店の自販機の前。

メールが来て携帯がバイブしたので誰から？　と思って、ディスプレイを見たのと同時だった。

兄さんだった。ケン兄。

メールを寄越すのは随分久しぶりなような気がする。ケン兄はメールとかあまり好きじゃなくて、何かあったときには電話を掛けてくるから。

変だ、と、思ったことを放ってはおけないからメールは後で読もうと思ったんだけど、指はつい習慣でボタンを押してしまって、ケン兄からのメールが表示されてしまった。

件名は『明二へ』。

ドキッとした。

ドキッとしないかい？　兄妹からメールが来て、件名に『○○へ』なんて妙にあらたまって名前が書いてあったら。

するよね。だって普通なら『お盆休みの件』とか『ちょっと質問』とか『猫を飼った』とか、そういうメールの内容を示すような件名じゃないか？　あるいはだらしない兄妹だったら『無題』とかさ。

それが、『明二へ』。

何事だ？　と思って、さらにボタンを押して本文を表示させた。

〈元気か。この間紗季と話したときには相変わらず元気でやっていると言っていたが。ところで、近いうちに一度帰ってこられないか。もう何年も帰ってないだろ。飛行機代が必要ならこっちから送ってもいい。実は、いろいろとごたごたしている。お前に会ってきちんと話したいことがある。この件で電話はしないでくれ。普段全くしてこないのにいきなりきたら、深雪が変に思う。あいつに余計な心労を掛けたくない。お前の久しぶりの帰郷ということにしてくれ〉

「えぇっ？」

思わず声が出てしまって、口を押さえて周りを見回した。大丈夫。夜の早いこの辺は人通りも少ない。でも、余計にいつまでもここでうろうろしていられない。今は、自販機にジュースでも買いに来て、そこでメールしてる若者って感じで済ませられるけど。

こんなこと、初めてだ。

こんなふうな話をケン兄がしてきたことなんか、ない。

〈ごたごた〉って、なんだ？

僕ら兄妹の間に、そんな〈ごたごた〉が関わってくるようなことなんか、あったっけ？奥さんの深雪さんに余計な心労を掛けたくないって、そんな心労を掛けるような事態が何か起こっているのか？

ものすごい勢いで頭の中をサーチした。

僕ら三兄妹の、森田三兄妹に起こりうる問題点。

仲は良い。他の兄妹と比べたことなんかないし、比べるものではないと思うけど、仲は良い。そういえば三人だけで会ったのはいつだっけ、と考えた。紗季の結婚式にはもちろん三人揃ったけど他にもたくさんの人がいたし。

たとえば、昔のように、小さな居間のテーブルの周りに三人だけがいて、ケン兄がテーブルで宿題をしていて僕が椅子に胡座をかいてマンガを読んでいて紗季がテーブルの下でお人形さんで遊んでいるっていうような状況。

幸せのような、なんだかそんな気分で三人だけで居たのはいつだろうなぁって。

全然思い出せない。

この先運が良ければ何十年も生きていけるんだろうけど、兄妹三人だけで食卓テーブルを囲むことなんかあるだろうか。もう一度でいいから、そういう時間を過ごしたいなって突然考えてしまった。何十年後かに、同じ老人ホームに三人集まってしまってそこでぽろぽろご飯をこぼしながら食べるっていうのもありだろうか。

いやいやいや、そんなことを考えている場合じゃない。

問題点。

会社がヤバイとか？

確か社長をやってる山下さんの話では、僕も株主になっているとか言っていた。あくまでも便宜上なんで経営とかお金とかそういうものには一切無縁なんだけど。そういえば紗季だってそうのはずだ。

それで、兄妹揃って話し合わなきゃならないってことだろうか。

あるいは。

紗季が離婚するとか。いやそれならそう言ってくるだろうし紗季から僕にも連絡があるはずだからわざわざ札幌に帰らなきゃならない必要はない。

決してペシミストではないけど、僕の職業は一応プランナーだ。企画を仕上げる際にいちばん大事なことは、どこからどう突っ込まれてもいいようにありとあらゆる問題点を書き上げてそれに対処する方法を考えておくことだ。

そうじゃない企画は、結局どこかに穴が空いて、また最初からやり直しということになる。乱暴に言ってしまうとプランニングに完成なんてないんだ。出来上がったと思ってもその時点でどこかに問題点がでてきてまたそれを修正して、というその繰り返し。

後は、なんだ?

どんな問題点がある。

父さんか。今頃になって殺人犯が見つかったとか。いやでもそれは別に問題点ではないな。どっかのニュースにあったみたいに、既に時効になってしまっていてそいつを裁けないとしても。

問題ない。むしろ握手してもいいぐらいだ。人間歳を取ると丸くなってきて、昔の憎しみも薄らいでくるとかいうけど、あいにくと僕の父親に対する気持ちになんの変わりもない。いなくなってホッとした。良かった。

今もそう思っている。

あるいは母さんのことか？

「まぁ」

そんなことを考えていてもしょうがないんだ。携帯からメールするのは好きじゃないし、何より。

「そうだよ」

こっちが先だ。

三島部長だ。

さっきウィークリーマンションの入り口から入って行くのは確認した。今日も女連れではなくて、一人きりで。そして借りている部屋はここから見えるあの角部屋なんだ。だから、そこにすぐに電気が点くはずなのに、まだ点かない。

さっき「変だ」と思ってからケン兄のメールのせいでさらに二分間ぐらいあれこれ考えてしまったような気がする。それなのに、まだ電気は点かない。

どんな可能性が考えられる？

実は同じウィークリーマンションに知人が泊まっていてまっすぐそっちの部屋に行ったか？　まぁその可能性はある。他にはどうだ。部屋に入る前にやっぱりコンビニに行ってこようと思って引き返したっていうのはない。玄関はずっと見ていたから、三島部長が出てきたってことはない。

後は。

停電？　他の部屋には明かりが点いているから、三島部長の部屋だけ電気が壊れた？　まぁそれもないとは言えない。

そして。

突然、廊下で倒れてしまったとか。

「むー」

その可能性もないとは言えない。四十九歳はまだ若いけど、その年齢でも脳卒中とか心筋梗塞とかそういう突然のことは起きるだろう。

時計を見た。三島部長がマンションに入っていってもう十分経っている。まだ部屋の電気は点かない。確かめておいたほうがいいか。可能性だけで言うなら、あの人が僕の尾行に気づいて、どっか僕の調べていない出口から逃げたっていうことだってあるわけだ。いやなんで逃げるのかは僕には判らないけど。

管理人室が入り口にあるけど、あそこにいるオッサンがまるっきり外の様子に無頓着なのは確認済み。そのまんま入っていくとさすがに姿を見られて、どこへ行くんですか？　って声を掛けられるかもしれないけど、カウンターの下をかがんで通っていけば大丈夫。

辺りを見回し、通行人がいないことを確認して、僕はささっとかがみこんで管理人室の前を通過してエレベーターホールに出る。三島部長の部屋は三階の端っこ。すぐに開いたエレベーターに乗り込んで、三階のボタンを押す。

ちょっとドキドキしていた。

今までの尾行や監視でも、こういうことはあった。こういうことっていうのは予想外の出来事があって、まるで本物の探偵のようなマネをすることは。まぁその結果として別段取り立てて何かがあったわけじゃないんだけど。

三階で降りて、廊下に誰も居ないのを確かめる。足早にいちばん端の部屋を目指そうとして奥に眼をやった。

その途端に、後悔した。

足が止まった。

このまま回れ右してこのウィークリーマンションを出ようかって考えた。

だって。

三島部長の借りている部屋のドアが、ほんの少し開いている。

開いているのは、黒い革靴が挟まっているからだ。

三島部長の脱いだ靴が挟まっているのなら、それは別に驚くことじゃないけど、その靴には足もついているんだ。

つまり、靴を履いたまま、その足をドアに挟まれているんだ。そしてそれはピクリとも動いていないんだ。

三

それからの僕の行動を責める人はいないと思う。

順を追って説明するとこうだ。

僕は部屋へ向かって一歩踏み出した。もちろん三島部長を助けようとしたんだ。玄関のところに倒れているということは明白だったから、想像していた心筋梗塞とかそういうことが起きたんじゃないかと思ったから。

そのとき、斜め向かいの部屋のドアが開いてそこから中年のオッサンが出てきた。どこに行こうとしていたのかは判らない。コンビニに酒でも買いに行こうとしたんだろう。二本線のジャージ姿で出てきて僕と眼が合って、きっと僕はとんでもなく慌てた顔をしていたんだろう。何があったのかと訝しげな顔をして僕の視線を追って後ろを見て、ドアに挟まった革靴を見つけたオッサンも慌てた顔になってまた僕と顔を見合わせた。

「あれは」

「判りません！」

二人でドアに駆け寄って開けた。案の定そこには頭の天辺がハゲた三島部長が倒れていて、二人で「どうしました！」と声を掛けて救急車を呼んで管理人さんを呼んで救急車が来るまでの間に脈を取ったりなんだりかんだり。

そこが血の海になっている、なんてことはなかった。見た眼に外傷はまるでなくて、その時点では三島部長に息はあった。少し唸るような声も出した。

救急車はすぐにやってきて、救急隊の人が手際よく担架に乗せて、僕とそのオッサンと管理人さんはエレベーターを止めていたりお手伝いをしたりしてとにかくバタバタしていて。

「お知り合いの方ですか？」

救急隊の人にそう訊かれたのは僕。

思わず頷いてしまった。

確かに知らないわけじゃない。名前も年齢も住所も知っているんだ。それで一緒に救急車に乗ってくださいと言われて、乗ってしまったんだ。

そのとき、オッサンと管理人さんが「荷物荷物！」と慌てたようにあのコロコロ転がすローラーのついたアルミっぽいキャリーバッグを持ってきた。見てすぐにこれはゼロハリバートンのものだと判ったけど、もちろん僕はこんな荷物は持ってきていない。でも、そういえば三島部長の倒れていたドアのところにこれが置いてあったような記憶があって、僕は受け取ってしまったんだ。三島部長の荷物なんだろうと思ってね。

後から考えると、たぶんオッサンと管理人さんは、僕を三島部長を訪ねてきた旅行者、とでも思ったんだろう。だからこれは僕の持ってきた荷物だと勘違いした。救急車に乗っていくなら渡してあげないと、と思って親切心から持ってきてくれたんだろう。だって三島部長の荷物と思ったのなら部屋に置いておけばいいだけの話なんだから。

救急車がたらい回しにされる、なんていうニュースもときどき聞いていたけど、僕が乗ったのはそうじゃなかった。すぐに救急病院に到着して、三島部長はあっという間に運ばれていって、僕はトランクを転がしながら救急入り口の小さなロビーのようなところに入っていって、そこで突っ立って周りを見渡して、さてどうしようかと思ったときに声を掛けられた。

「お身内の方ですか？」

ファイルのようなものを持って僕にそう訊いてきたのは若い看護師さん。

「いえ。知人です」

「患者の方のお名前は？」

正直に答えた。名前と住所。

「奥さんが家にいるはずなので、調べて連絡してもらえますか？」

そう訊いたらその看護師さんはちょっと首を傾げた。

「そちらから連絡できないんですか？」

「電話番号は知らないんです」

これは本当だ。住所は聞いたけど、そしてメールアドレスも知ってるけど電話番号は知らない。別に必要ないからだ。看護師さんはなんかちょっと変な顔をしたけど、すぐに頷いた。

「ではこちらから連絡します。あなたのお名前は？」

「板倉です」

これは、偽名だ。このバイトを始めるときにバンさんに言われたんだ。そんな事態にはならないと思うけど、もし、なんらかのトラブルがあって〈監視〉中に名前を訊かれたら偽名を使えと。

そこで考えたのが板倉修。小学校のときの担任の先生の名前だ先生ごめんなさい。看護師さんはちょっと眉を顰めるようにして言った。

「ではここでお待ちください」

素直に頷いた。でも、その看護師さんが行ってしまうと途端にヤバいんじゃないかっていう考えが頭をもたげてきた。

たぶん、じゃなく間違いなく奥さんが来る。下手したら警察も来るんじゃないか。全然いけないことはしていないけど、僕がやっていたのは監視という変なアルバイトだ。それをどう説明したらいい？　たまたまあそこを通りかかってなんていう言い訳はきかないだろうし。

考えた。

バンさんに電話して指示を仰ぐか？　いやここは病院だからいったん外に出なきゃならないし、そんな悠長なことをしている時間はない。バンさんがどういうルートでこんなバイトを僕に回してくるかは判らないけど、大なり小なり警察には知られたくない理由がないだろうか？

ある可能性のほうが高いような気がする。

たとえば僕は三万円のギャラを貰っているけど、バンさんが実は十万円貰っているとしたらどうだ？　きっとバンさんはそんなのを申告なんかしてないだろう。いい人だけど、ずる賢い人であることも確かだ。

また考えた。

オッサンと管理人さんに顔は見られている。でもそんなのすぐに忘れるだろう。僕は目立つ顔立ちじゃない。どこにでもいそうな若者だ。

名前を名乗ったのはあの看護師さんにだけ。しかも偽名。すぐにここから立ち去っても、誰も僕を見つけることはできないはず。何より僕はなんの犯罪にも加担していない。倒れた中年男を病院に連れてきただけだ。それがいなくなったからって、仮に警察が介入したとしても大騒ぎなんかしないだろう。そんなに警察はヒマじゃないはずだ。

だから、逃げた。

いやそれじゃ僕が悪人みたいだ。

立ち去った。

もし後でごたごたして警察に行方を突き止められて何故立ち去ったかを訊かれたら、理由は「面倒に巻き込まれたくないから」。

たぶん、誰でもそれには納得してくれると思う。道義的にはどうよって思われるだろうけど。

＊

「あーそうか」

電車に乗ろうとしたときに気づいた。自分で転がしていたゼロのトランク。持ってきてしまった。

「マズったな」

キャリーバッグを転がすことに慣れていたので、何も考えずにそのまま手にしていたんだ。荷物を肩に掛けるのがあまり好きじゃないし、本屋で資料を漁ってたくさん持ち運ぶことも多いので、僕は日常的にこういうキャリーがついたトランクを愛用してる。部屋には違うタイプで三種類のキャリーが置いてあるぐらいだ。これより小さい奴だけどゼロの同じタイプのも持ってる。

眉間に皺を寄せて考えたけど、今さら病院まで持っていくのはバカだ。かといってあのウィークリーマンションまで運んでいくのもマズイだろう。三島さんの住所は判っているんだから、後で宅急便で送るっていうのはどうだろう。どこかのコンビニから偽名で送れば、判んないんじゃないか。

「それでいいか」

秋葉原で下りて総武線に乗り換えて浅草橋まで。時計は午後十時近くになっていた。この時間になると浅草橋の駅は急に人通りが少なくなる。もともとそんなに大きな駅じゃないし。

改札を出て、道路沿いに歩いて三分。線路の高架のすぐ眼の前のオンボロビル。入居したときに一階にあった美容室も閉店してしまって、四階建てのここに入っているのは今現在、僕と二階の怪しげなアジアングッズを売る店とそこに繋がってるカフェだけ。オーナーがしょっちゅう変わるので、僕は全然入ったことはない。

エレベーターはもちろんなし。濃い緑とクリーム色に塗り分けられた壁のこれまたボロボロの階段を上がっていく。トランクはかなり重い。鉄でも入っているんじゃないかっていうぐらい重い。もし鍵が掛かっていないのなら、何が入っているかぐらいは確認しておいたほうがいいだろうな。

部屋に入って、壁にあるスイッチを押す。天井には古くさい蛍光灯が並んでいたんだけど、あの白い光が好きじゃないので全部白熱灯の色になるものに換えた。ところどころ間引いてあるので、ほの明るい感じになる。

まずは、バンさんに報告だ。この時間ならまだ会社にいるはず。会社の電話じゃなくバンさんの携帯に掛けた。

（はいよ）

「今、いいですか？」

（いいよ）

「ちょっとマズイ話なんで、煙草でも吸いに行ってもらえませんか」

沈黙があった。ガタガタ音がしたので煙草を持って立ち上がって出ていったんだろう。

（いいぞ。どうした？）

オイルライターの音がする。バンさんの吸っている煙草はラッキーストライクだ。

「監視していた三島さんが倒れて病院に担ぎ込まれました」

（なに？）

これまでの経緯を話した。その場に駆けつけたこと、病院まで一緒に行ったこと、偽名を使ったこと、マズイんじゃないかと思って立ち去ったこと。

「どうですか？」

（ＯＫだ。素晴らしい）

間髪容れずに言った。

（そんなにヤバいことはしていないが、監視のバイトは本当に非公式で、もしお前が警察に事情を話したりなんかしたらちょっと面倒だった）

やっぱり。

（まぁ犯罪とかに加担してるわけじゃない。俺に話を持ってくる奴にちょっとばかし迷惑が掛かるっていうだけだが、そいつはちゃんとした奴なんでね）

経歴に傷がついても可哀相だっていう表現をした。ということは、バンさんにこんなバイトを持ってくるのは、たとえば弁護士さんとかそんな感じだろうか。ひょっとしたら警察官とか。

「報告とか、どうしましょうか」

（いい、俺のほうでやっておく。どっちみち対象の三島の奥さんは今頃病院だろう）

「そうですね、たぶん」

もう連絡がいって、病院に駆けつけているころだと思う。

(これで終了だ。バイト代は振り込んでおく。明日は普通に出社しろ)

「了解です」

(念のために、その巣鴨のウィークリーマンションや病院にはしばらくの間近づかない方がいいだろうな)

「そうですね。判りました」

電話を切って気づいた。このトランクのことを話すのを忘れていたけど。

「まぁいいか」

事後報告で問題ないだろう。何が入っているのか。横に倒してロックをスライドしてみた。バチン、という音がして、開く。鍵は掛かっていなかった。

「変なもの入っていませんように」

念のために蓋の隙間に顔を寄せて匂いを嗅いでみた。大丈夫、異臭なんかしない。

蓋を開けた。

変なものが入っていたときに驚かないようにしよう、と思っていたので声は出なかった。

でも、別の意味でも声が出なかった。

声が出ないで眼を大きくして凝視してしまって、それから大きく溜息をついた。

ジーンズのポケットから煙草を取り出した。青いパッケージのアメリカンスピリット。

青島刑事が吸っていたやつだ。僕は『踊る大捜査線』のファンでDVDボックスも持っている。

頭の中でそのテーマソングが流れていた。

煙草の煙を吐いた。

「どう見ても」

現金。ゲンナマ。それも明らかに使用済みの一万円札の束がズラリ。輪ゴムでとめられてきちんと収まっている。

また大きく煙を吐いた。総武線の電車の音が響いてくる。今はもうすっかり慣れたけど、入居したころは結構悩まされた。

前にゲームの資料で百万円の束がどれぐらいの重さかを調べたことがある。大体百グラム。つまり一万円札は一枚一グラムぐらいの重さ。一億円なら十キロになる計算だ。このキャリーは大型で、ざっと見たって表面に百万円の束が四十束はある。つまり四千万。その下にも当然あるんだろう。まさかその下には着替えのシャツやパンツが入ってるわけはないだろう。きっと。

「重かったよな」

確かに二十キロぐらいはありそうな感じだった。すると、どう考えてもこの中には。

「一億円以上、二億円未満」

「ご名算」

動けなかった。

昔からそうなんだ。けっこう臆病でお化け屋敷なんか好きだけど怖い。でも、驚くと身体が固まってしまうタイプなので、一緒に行った女の子がキャーキャー騒いでも僕は動けなくて、それが傍目にはどっしりと落ち着いているように見えるらしくて、僕は何事にも動じないタイプだと思われている。

今も、まったく動けなかった。

声が、した。

ご名算、と言った。

後ろに、誰か居る。

僕の部屋に、誰かが忍び込んでいる。

気配なんかまったくしなかった。あのドアは開けるときにキィィイと音がするのにその音もなかった。

「その中には、正確には一万九千八百二十五枚。使用済みの一万円札が入っている。つまり一億九千八百二十五万円だ」

男の声。落ち着いた声音。柔らかな感じだ。まるで声優のような張りがありつつ、人を安心させるような深みのある声。

ゆっくり振り向いた。

ドアの前に、スーツ姿の男が立っていた。深いグレイのスーツにこれも深い緑に白のラインが入ったネクタイ。ドアの辺りは薄暗いんだけど、それでもそのスーツが上等なものだっていうのは雰囲気で判った。

少しだけ長めの柔らかくウェーブの掛かった髪の毛。黒縁のメガネ。身長は高過ぎず低過ぎず。一七八センチある僕と同じぐらいだろうか。

たとえば、保険会社のイケメンの営業マンと言われたら納得するし、イギリスの紳士服メーカーのショップのマネージャーだよと言われても頷けるし、有名出版社の編集をやってますと紹介されても納得できる。

僕と眼が合うと、微笑んだ。いい男だ。渋さの中に甘さがある感じ。何歳ぐらいだ。四十歳ぐらいか、それとももっと若いんだろうか。スーツの内ポケットから煙草を取り出して、火を点けた。同じ煙草だった。アメリカンスピリット。

『踊る大捜査線』好きですかって訊こうとしてやめた。

「驚かないな」

「驚いてます」

「顔に出ないのか」

「そのようです」

ニヤッと笑った。

「いいな」

「何がですか」

　ドアの前の薄暗がりから一歩前に出てきたので、顔形がはっきり見えた。見えたけど、やっぱり何歳ぐらいなのかはっきりしない。細身だけど痩せてるって感じはしない。しっかり鍛えてある感じの体つきだ。

「君みたいなタイプの男は好きだよ」

「僕はストレートです」

　また笑った。今度はもっと柔らかく。優しそうな顔つきはしているけど、どこかに陰がある感じ。

「安心しろ」

　俺も女が好きだ、と言いながら、煙草をひょいと持ち上げて、眉も少し上げた。灰皿はどこだ？　という仕草だろう。

「キッチンのところに」

　頷いて、一段上がったところにあるキッチンシンクに行って、アルミの灰皿を取り上げて、灰を落とした。

「ナタネだ」

「はい？」

菜種油なんか置いてあったかなって考えたけどそんなものはうちのキッチンにはない。

「名前、でしょうか」

「そうだ」

頷いてから、キッチンで名乗ったのは初めてなんで気づかなかったな、と可笑しそうに笑った。

「菜種油のことじゃない。ナタネ、と呼んでくれ」

それから、もう感じているとは思うが、と続けた。

「俺は危険な男じゃない。忍び込んだのは悪かったし違法行為だが、これは俺という男の職業をより印象づけ理解してもらうためだ」

職業。部屋に勝手に忍び込めるような技術を必要とする職業は、どんなものなんだろう。泥棒さんしか思いつかない。

「森田明二くん」

「はい」

「北海道札幌市生まれの二十六歳。住所はここ。職業は恵比寿にあるゲーム制作会社〈トラップ〉の契約社員でゲームプランナー。これで間違いないかな?」

返事をするのを躊躇ったけど、なんかもう僕は観念していた。

監視していたサラリーマンが倒れてそこにあった荷物を持ってきてしまってその中には

二億円近い現金が入っていてそしてそのことを知っている怪しい男が踏み込んできて。誤解されやすいけど、ゲームを作っているからと言って、そういう人間が現実離れした感覚で生活しているわけじゃない。

ゲームは、全てがプログラムで動く世界だ。主人公が顔を一ミリ動かすのだって、あれはプログラムで動かしている。そこにあるものは全てが計算され尽くした結果の動きだ。何から何まで全部が計算された世界。つまり現実離れした感覚が入り込む隙間なんかこれっぽっちもない。僕らゲームクリエイターはそのほとんどが現実主義者だ。しかも、計算され尽くしているのにもかかわらず、バグが出る。計算上有り得ない、考えられないミスが出る。つまりこの世の不思議や無情というものにも何度となく襲われている。

だから、僕らはリアリストだ。

今現在こういう状況にあるんだから、じたばたしてもしょうがないじゃないか。

「その通りです」

ナタネさんは、うん、と頷いて微笑んだ。観念したのは、そして落ち着いているのはこの人の声と笑顔のせいっていう部分もある。初対面の人でも安心させて、寛がせるような笑みと声。

「お互い名前を呼びあえるようになったところで、落ち着いて話し合えるようにしてもらって構わないかな？」

「と、いうと」

コーヒーメーカーを指差した。

「ちょうどコーヒーが飲みたいと思っていたんだ。淹れてもらって、そこのソファでゆっくり語り合いたいな」

そう言うと、灰皿を持ったままキッチンから下りてきて、つかつかとソファに向かって歩いて、どさりと腰を下ろして灰皿をテーブルに置いて足を組んで煙草を吹かした。

一切淀みのない、滑らかな身のこなし。どこかにドッキリのテレビカメラでもあってそこに向かって演技しているんじゃないかって思うぐらいの。

コーヒーが落ちるまでの間、僕はどうしようもなくてただキッチンに立っていた。ナタネさんも何も喋らないでただ煙草を吹かし、部屋のあちこちを眺めていた。電車の音がすると窓のほうを見て立ち上がり、そこから駅のほうを眺めた。

「いい部屋だ」

そう言ってから、振り返って僕を見て微笑む。

「家賃はいくらだったかな？」

「四万円です」

ひゅう、と口笛を吹いた。いちいち演技みたいだけど、それが自然だ。全然わざとらしくないっていうのはどうしてなんだろう。

「格安だな。他に部屋として使えるところは空いてなかったか」

僕のパーソナルデータは知っていたのにそういうことは知らないのか。

「一階と三階が空いてますけど事務所用です。ここみたいにキッチンもシャワールームもありません」

うん、と頷いた。

「隠れ家には持ってこいだな。まさかこんなところに人が住んでいるとは誰も思わない」

それは確かにそうなんだ。たまたまこの部屋は管理人さんが以前に住んでいたらしくてキッチンとシャワールームが完備されているんだけど。普通は事務所が入っていると誰もが思うだろう。

コーヒーが落ちたので、マグカップに入れた。

「お砂糖とミルクは」

ブラックだろうと思ったけど一応訊いた。ナタネさんはいらない、と首を振った。

「どうぞ」

「ありがとう」

僕もカップを持って向かいのソファに腰を下ろした。すぐ脇にはほぼ二億円が入ったトランクがそのまま置いてある。非現実な光景だけど、現実だ。

ナタネさんは一口飲んで、旨い、と呟いた。

「いい豆だな」

「三軒先の専門店から買ってます」

山田珈琲店という店だ。自家焙煎の店で、すごく気に入ってる。ナタネさんは何度も満足そうに頷いた。

「さて」

マグカップを置いて、また煙草に火を点けた。

「話をしよう」

「はい」

「その前に」

何もかも、包み隠さず話して欲しい、とナタネさんは言った。

「俺は君に危害を加えるつもりは一切ない。君もしくは君に関係する人物に敵対する者では決して、ない。君が俺に危害を加えようとしない限りは、君に対してはまったく無害な人間だ」

「無害」

「そう。まぁ嘘ぐらいはつくかもしれないがそれで君が不利益を被ることはない」

そして、と続けた。

「全ての事情を知っても、それを決して進んで口外したりはしない。君の許可があれば別だが」

むろん信じてもらうしかないが、と微笑んだ。そんなこと言われても、ここは、はい判りましたって言う以外に道はない。

「判りました」

うん、とナタネさんは頷く。

「君は、三島仁志を監視していた」

しらばっくれてもしょうがない。

「そうです」

「実は俺も、監視していた」

「そうなんですか？」

驚いたけど、考えてみればそうだ。この人が、ナタネさんが僕の前に現れたのは僕があのお金をここまで持ってきてしまったからだろう。ということは、そういうことになる。僕を監視していたっていう可能性もあると思ったけど、とりあえず黙っていた。まずは話を聞いてからだ。

「君が何故あいつを監視していたのかは知らないが、誰かの依頼か？」

「そうです」

あとは野となれ山となれ。

「奥さんからの依頼でした」

実は僕は五十時間起きていて二十時間眠るという体質の男であること、それを利用して監視というバイトをしていること、バイトの話を持ってくるのは社長のバンさんであることなどなどなど。

とにかく全部を話した。ナタネさんは、ほんの少し笑みを湛えたような顔つきのままじっと聞いていて、そして大きく頷いた。

「了解した」

では、俺だ、と軽く手を振った。

「俺は、〈種苗屋〉と呼ばれている」

「シュビョウヤ？」

なんだそれは。

「種に苗、と書くシュビョウだ」

「あぁ」

なるほど。

え？

「園芸とか農業とか、そういう業種の方なんですか？」

ナタネさんは軽く笑った。

「よくそう驚かれるが、そうじゃない。それは業界内での呼び方だ。まぁ符号みたいなものだな。正式な職業名などない」

ますます判らない。

「その金は」

煙草を指で挟んで、トランクを差した。

「世の中の表には出せない金だ。〈裏金〉と言えば判りやすいだろう」

素直に頷いた。そうとしか思えないじゃないか。どこの世界に真っ当に稼いだお金をこんなトランクに詰め込む話があるかっていうんだ。

「そういう金は、この社会どこにでも転がっている。誰でもそういうのは知識としてはあるだろうが、実際に眼にする事はまずない。その裏金を作った人間でさえ、小額ならばまだしもこんなに大きな金額を、現金という形で見るのは稀だろう。そして仮にその総計を出したならば、恐ろしいぐらいの額になる。小国の国家予算並みのな」

ここまではいいか？　と訊くので頷いた。別に驚くような話じゃない。僕にはまったく無縁の世界の話だけど簡単に想像できる。

「俺は、そういう金を、きれいな形で表に出すことを職業としている」

「マネーロンダリング」

思わず言うと、ナタネさんは首を横に振った。

「それは、違う」

「違うんですか？」

裏金をきれいにするのは、そういうふうに言うんじゃないのか。

「それは、不正に、不当に稼いだ金をきれいにすることを言う。暴力団関係や犯罪組織が行なうものだ。俺が扱うのは真っ当な企業や政治家やその他もろもろが、いざというときのために溜め込んだもの、税制から逃れた金を、世間的社会的な非難を浴びる前にちゃんとした金にするのが仕事だ」

「はぁ」

判ったような、判らないような。税制から逃れて貯めたお金は不正なお金ではないんだろうか。充分に不正だと思うんだけど。

「不満か」

「いえ」

ナタネさんはニヤッと笑った。

「裏金というと聞こえは悪いし、昨今のニュースですっかり認知度は高まってしまった。だが、企業や政治家が有事の際に自由にできる金というのは、絶対に必要なものなんだ。必要悪という言葉があるが、裏金は正にそれだ。道義的にはあってはならないものだが、現実的にはなければ困る」

まぁそう思って納得してくれと言った。オッケー納得した。僕は素直なんだ。

「そして、俺は、裏金を集めてそれを種として苗として、不正のない方法できれいに大きく育てて出荷し、頃合いを見計らいまた裏金に回す」

思わずポン、と膝を叩いてしまった。

「それで、〈種苗屋〉」

その通り、とナタネさんは頷いた。

「さらに話は続いて長くなるので、まず結論から言うが」

「はい」

煙草を一度大きく吸って、煙を吐いた。電車が通り過ぎていって、その音が止むまでナタネさんは待った。

「その金は、全て君のものだ。好きに使っていい」

「はい？」

ナタネさんは、悠然と微笑んでソファの背に凭れた。

僕の、もの？

一億九千八百二十五万円が？

四

とんでもない結論の言葉を吐いてナタネさんは口を閉じた。笑みをたたえて煙草を指に挟んで僕を見ている。

ではどうぞ、って感じだ。僕がどう反応するのか楽しんでいるみたいだ。いや、この人は明らかに今の状況を楽しんでいると思う。かなり悪趣味な人なんじゃないか。

でも、自慢じゃないけど、いや自慢になってしまうかもしれないけど、僕は仕事が速い。速いというのは、臨機応変に自分で判断して動いてそれが的を射ているということだ。まぁだいたい合ってるっていうレベルかもしれないけど外してはいない。そしてそういうことが常にできる。浮き沈みがないんだ。多少はあるのかもしれないけど許容範囲内。

だから、ナタネさんが今さっき言ったとんでもない言葉の真意を瞬時に何パターンも考えてそれを精査した。

その結果。

「この裏金を」

僕はトランクを指差した。

「動機も方法も何も判りませんけど、三島さんは、何らかの方法でどこかから奪ってきた。まぁたぶん自分の会社かあるいはその関係からなんでしょう」

ナタネさんは小さく頷いただけで否定も肯定もしなかったので続けた。

「ここのところの三島さんの不審な行動は決して浮気とかそういうものじゃなくて、この裏金を入手するために動いていたんだと思います。僕はそんなとんでもないことはつゆ知らずに、ただ監視していた。そして、ナタネさんは職業柄、三島さんの行動を察知して監視している最中に、僕に気づいた」

「そういうことだな」

そう言って今度は大きく頷いたナタネさんの顔を見ながら、僕はコーヒーを一口飲んだ。飲んだ瞬間にめちゃくちゃ口の中が渇いていたことに気づいた。あたりまえだ。普通の生活をしていたらゼッタイ出くわさない状況に、今僕は置かれているんだ。

「続けていいですか？」

「どうぞ」

「さらに、僕が持ってきてしまったこの裏金を、好きに使っていい、なんてとんでもないことをあなたは言った。ということは、ナタネさんはこの金の動きをただ〈監視〉していただけであって、僕から取り返したり元のところに戻す、なんてことは仕事の範疇ではないんじゃないでしょうか。このお金がどこでどうなろうがナタネさんの知ったことではなく、ただ〈結果〉だけが把握できればいい。だから、この金を好きに使っていい、なんて言った」

　そうか？　とナタネさんは微笑みながら首を捻った。

「ひょっとしたら、俺は何らかの悪巧みを抱えていて、君を利用しようとしているのかもしれない。そういう可能性もあるんじゃないか？」

「それは、ありません」

「何故だ」

　簡単だ。

「僕に、利用価値なんかないからです。こんな大金を動かす悪巧みの目的は、もっとお金を儲けようとすることだけです。僕なんか、どこをどう叩いても、吊り下げて揺らしたってこのお金をさらに増やすためになんか使えない。仮に使えるとしても、全然即効性はなくて、たぶんものすごい手間も時間も掛かるはず」

「それでも利用しようとしてるかもしれない。時間を掛けてゆっくり」

「有り得ないです」

「何故だ？」

　それも、簡単だ。

「頭の良い人は、シンプルな方法でしか動かないんです。手間や手数を増やせば増やすだけリスクは増える。そんなことは絶対にしません」

　これは、ゲーム制作と同じなんだ。プログラムで動くゲームは、つまり計画を立てて何かを実行するというふうに言い換えられる。計画と実行は、シンプルであればあるほどいい。プログラミングとはそういうものだ。

「手数を増やすことは、イコール、失敗の可能性を増やすことなんです。もしあなたが本当に、そんな〈種苗屋〉なんていう裏側の仕事をしていて成功しているのなら、僕みたいな素人を巻き込むはずがない。だから、あなたが僕を何かに利用しようとしているなんてことは、ないはず」

「では、君を何かのスケープゴートに仕立てようとしてる、というのはどうだ?」

それも、考えた。でも、違う。

「あなたは最初に〈僕に危害は加えない〉と言いました。何かを始める前に、僕に説明をする前に自分でルールを決めていたんです。線引きをしました。それは、交渉事の基本です。そして交渉が済むまで決して破ってはいけない鉄則です。それを破るのならただの詐欺師です。あなたのその商売を考えるなら、詐欺師ではなく、高等な交渉技術をもったビジネスマンのはず。決して、インチキな詐欺師じゃない」

素晴らしい、とナタネさんは薄く笑みを浮かべながら三回拍手した。

「この状況下でそれだけ頭が回って、かつ理路整然と説明できるということは」

一度言葉を切って、僕を見てニヤッと笑った。

「君はなかなか仕事ができる男らしい」

「そうでもないですけど」

いやいや、と煙草をふかした。

「俺もいろんな若い奴を見てきたが、君はなかなか興味深い」

褒められているのか、からかわれているのか、判断がつかなかった。

「ほぼ正解だ。君の言った通り、俺は君を騙すつもりはさらさらないし、その裏金に対しても責任はまるでない。ただ、それだけ大きな金額がどこかに動くというのは、俺の仕事に少なからず影響を及ぼす。だから、監視していた。言ってみればアフターケアみたいなものだ」

「もしくは、マーケティング？」

今度は、ナタネさんは眼を少し丸くして、口笛を吹くように唇を尖らせた。

「素晴らしい。そのほうが的確な表現だ。言語表現に関しては君のほうが上のようだな」

「恐れ入ります」

ノッてきた。基本的に僕はお調子者でもある。ノってくると、頭も冴える。

「でも、ですよ」

「うん」

「その動きだけ、お金がどう動くのかを把握できればいいだけなら、ナタネさんはこうして僕の前に姿を現す必要性はないんです」

うん、とナタネさんは頷いて、煙草をふかした。

「その〈種苗屋〉というお仕事の内容を考えたなら、無関係の人間に正体を晒すのはできるだけ避けたほうがいいはず。いや、むしろそれはタブーであるかもしれない。さっきも言いましたけど、ナタネさんは、ただ監視をしていればいいはずなのに、手数を増やしてしまったんです。つまり」

言葉を切ったら、ナタネさんはコーヒーを口にしながら、それで？　と眼で言った。

「こうしてあなたが僕に堂々と正体を晒したということは、そこに何か意図があるんです。監視とは別のところに、何かが」

「ブラボォ」

また、パンパン、と拍手した。

「君を助手に雇いたくなってきた」

「お断わりします」

「即断だな」

だって。

「僕は、ゲーム屋ですから」

ナタネさんは、ひょいと肩をすくめて笑った。映画の中の外国人しかしないその仕草が、こんなにも似合う日本人を初めて見た。たぶんキムタクだって日常の中では似合わないと思う。

「まぁいい」

コーヒーカップをくい、と持ち上げ飲み干して、もう一杯貰えるかな？　と差し出してきた。僕が受け取って歩いてキッチンまで行って注ぐ間に、ナタネさんは立ち上がって窓の外を眺めていた。

「俺は、ゲーム制作という仕事の内容をほとんど知らない」

窓の外を見ながら言った。僕がカップを持ってソファのところに戻ると、すまんな、と言いながら戻ってきて座った。

「おもしろいものなのか？」

「おもしろいです」

じゃなきゃ、やっていない。

「たとえば、ＲＰＧとかいうものがあるな。ロールプレイングゲームというものだ。主人公が冒険をして成長していって最後に宿敵を倒すという」

「はい」

「ドラゴンクエストしか、しかもスーパーファミコンのやつしかやったことがないんだが」

「充分です。ＲＰＧというゲームの概念を理解するのには」

ナタネさんは頷いて、コーヒーを一口飲んだ。

「しかし美味いなこのコーヒー。何ていう店だった？　豆を買ったのは」

「山田珈琲店です。ここを出て左に行ったらすぐです」

明日寄っていこう、と小さく呟いた。明日？　ちょっと疑問に思ったけどまぁいいや。

「RPGには物語があるな」

「はい」

「あれは、ストーリーは、誰が筋書きを考えるものなんだ」

「そのゲームによって違います。シナリオライターと呼ばれる人間が考えることもあるし、トップであるプロデューサーや、あるいはゲームプランナーが考えることもありますけど、最終的には、多くはチームで考えます」

「チーム？」

そう。シナリオ部隊。

「ひとりで考えるシナリオは、どうしても一本調子になりがちですし、周りが見えなくなってしまいます。ゲームは基本的にかなり幅広い年齢層に対応しなきゃなりません。それこそ、幼稚園の子どもからずいぶん年配のひとまで」

「なるほど」

だからチームか、とナタネさんは頷いた。

「ありとあらゆる方向からその物語を突き詰め、おもしろさやわかりやすさなどを追求していくためにだな？」

「その通りです」

思わず『ザッツライト』と言いそうになった。それはバンさんの口癖なんだ。ブレストやミーティングのときに何度も聞かされる。

「まぁ言われてみれば、どんな仕事にも共通の鉄則だな」

「そうですね」

僕はアルバイトを除けばこの仕事しかしたことないけど、世の中の他のどの職種でも同じだと思う。ミスを犯さないためには、たくさんの人間の眼が必要になるってことだ。

「そういうことだ」

「なにがですか」

ナタネさんは、ずっと手に持っていたコーヒーカップをゆっくりした動作でテーブルに置いて、それからまたゆっくりソファの背に凭れかかって、僕を見た。

「チームを組む」

「誰がですか」

「君と俺のチームだ」

また何を言い出すんだこの人は、と。

「さっき助手になるのは断わりました」

「助手じゃない。チームだと言ったが？」

ナタネさんの右の眉がひょいと上がった。楽しそうな顔をしている。本当にこの状況を楽しんでいるんだと思うとなんだか悔しくなってきた。

「君はなかなか頭の回転が早い。俺が何故〈チームを組む〉なんて言い出すのか、考えてみてくれ」

考えた。煙草に火を点けた。うちの会社は喫煙率は高いんだけど、社内は禁煙だ。それは別に社員の健康を考えているわけじゃなくて、コンピュータに煙草の煙は最悪の状況を与えるからだ。煙はコンピュータの内部にどんどん入っていってヤニを残す。自分の部屋のパソコンなら自業自得だけど、データ命の会社のマシンは守らなきゃならない。だから社内は絶対禁煙。

でも、煙草は僕には必要だ。何かを考えるのにどうしてもこれがないと手持ちぶさただ。それはニコチン中毒で病気なんだと笑わば笑えと思ってる。マナーは守っている。

チームを組む。

それを言いたいためにナタネさんは僕の前に姿を現したというんだろうか。

だとしたら、それは。

ものすごくイヤーな考えが浮かんできてしまって、思わず僕はごくりと唾を飲み込んでしまった。煙草の苦さが口の中に広がって慌てて口直しにコーヒーを飲んだ。

「あの」

「なんだ」

ひょっとしてナタネさんは。

「僕を救いに来てくれたんでしょうか」

ナタネさんは、ニヤリと笑った。

「大変素晴らしいご理解だ」

そんな大層な言葉遣いで言われても。

「まぁ少し考えれば誰にでも判る理屈だが」

ポン、と軽く手を打った。

「大金には、必ずそれに群がる人間たちが居る。俺ももちろんその一人だ。ただ、皆が俺のように紳士的であるのなら何も問題ないのだが、そうじゃない連中のほうが多い。むしろそうじゃない、荒っぽい方々のほうがスタンダードだ」

仕組みを説明しよう、と右手の人差し指を上げた。

「裏金には二種類ある。ニュースなんかで話題になったのは、公的な機関が公的に発表できない用途のために、こっそりと溜め込んでいく金だ。それは正直言って微々たる金額で、俺たちの間では裏金などとは呼ばない。ただの〈へそくり〉だ」

なるほど、と頷いてしまった。確かにちょっと前のニュースで見たそういうものは、そんな感じだった。

「俺が扱うような裏金は、規模が違う。単位が違う。そこにある金額だってまぁごくスタンダードな部類に入る。さっきも言ったが、世界的な企業や政治団体などがものごとを円滑に動かすために使うものだ。くり返すが、下手したら小国の国家予算並みの裏金だって、この世には存在する」

そう言われたら、僕にはまったく縁のない世界なんだからはぁそうですか、と頷くしかない。

「そういう金は、寝かしておいても増えるわけじゃない。むろん株や海外の銀行に回るものがあるが、国内においては社団法人や財団法人、最近ではＮＰＯなんかを表の入り口として、公的に使いながら増やしていく。もしくは、その金で何らかの地固めをしていく」

「ナタネさんは、そういうことをしている」

そうだ、と微笑みながら頷いた。

「断わっておくが、世の中のそういう団体が全てそういうことをしているわけじゃないからな」

「判ってます」

僕だって新聞ぐらいは読む。むしろ人より多く読んでいると思う。プランナーには、情報というものが何よりの動力源になるんだから。そういう団体には確かに怪しいところもあるけれど、真面目なところだってあるはず。

「そして当然のことだが、楽して儲けようという方々にとっては、この巨額な裏金の存在は非常に魅力的だ。ただ、奪ってしまえばそれでいい。盗まれましたと言えないんだから、奪ったって捕まらない。そりゃあもう、何とかしてそれを奪ってしまえと考えている方々は大勢いる。ときどき、ものすごい大金が落ちていて、それを拾った人が届けたはいいけど落とし主が現れない事件があるな？　思い出したようにポロッと」

「ありますね」

「あれは、奪われた裏金であることがほとんどだ。なんらかのトラブルで落とし物になってしまったが、そういう金だから、落とし主が現れない」

僕は頷いた。たぶん世の中の人のほとんどが、どうせ表に出せない金なんだろうと思ってるはずだ。

「裏の道を歩くおっかない人たちは、鼻が利く。裏金が正当ではない手段で動いたことを知ると、まるでハイエナのように近づいてくる。つまり」

つまり。

僕とナタネさんは同時にトランクのほうを見た。

「この金が三島の手によって奪われたことを、動いたことを、もう既にそういう方々は察知しているはずだ」

言いながら右手をくいっ、と上げて時計を見た。ものすごい高そうな時計だ。あれはロレックスのオイスターじゃないのか。

「既に、このトランクが君の手元に来てから二時間弱が経過している。三島の手で奪われてからを含めると実は十時間以上が過ぎている。さっき確かめてみたが、周りに誰かが張っている気配はまだない」

窓から外を眺めていたのは、それか。

「ということは、君はまだ彼らに捕捉されてはいない、が」

ニヤリと笑った。僕は背中に何か冷たい物が流れたような気がした。

「この裏金が動いたことは間違いなくその方面の方々に知られている。そして君は少し調べれば誰にでも判るようにあの男を監視していた。病院にまで連れて行った。何人かの人間に顔を見られている。まぁ所詮は素人なんだからその辺はしょうがないが」

足跡をたくさん残してしまっているんだ。僕は。

「遅かれ早かれ、おっかない人たちは君の存在を知るだろう」

唾を飲んでしまった。

「ひょっとしたら明日にでもここに彼らがやってきて、その金を奪い、存在を知った君をどこか遠くの海か山に捨ててしまうかもしれないだろうな。その確率は非常に高い。ほぼ確実だと言ってもいいぐらい」

「それを」

声が裏返ってしまった。

「ナタネさんが救ってくれるんですか」

人間の命なんか紙切れより軽い。このトランクの中身を奪うためなら、僕なんか蚊より簡単に叩きつぶされてしまうだろう。ナタネさんは、ほんの少し申し訳なさそうに笑った。

「惜しい」

「惜しい？」

「さっき、この金は君のものだ、と言わなかったか？」

「言いました」

「それはつまり？」

つまり。

「逃げろ、と？」

大きく頷いた。

「それも選択肢のひとつだ。それだけの金があれば世界中のどこにでも行けて、当面の間は困らないで生活することができる。むろん、素知らぬ顔をしてその金をどこかに捨てる、という方法もある。彼らが君の存在を把握できなければ、それも有効な手段だろう」

「でも、その保証はないんですよね」

「残念ながら」

ちょっとだけ身体が震えた。ナタネさんは気の毒そうな顔をして、僕を見た。

「チームを組む、と言ったが、それは俺が動く、という意味ではない。君の結論を俺が補佐する、という意味合いで、だ」

まぁチームというよりアドバイザーと言ったほうが的確か、とナタネさんは微笑んだ。

頭を抱え込んでしまった。

少し考えろ、と言われたからだ。ここまで話を聞いて、まず考えて、疑問点なんかを整理しろって。ナタネさんは、ただ黙って煙草をふかしながら、ときどき立って窓の外を見ながら、僕が口を開くのを待っている。

正直、冷静だった。慌ててはいなかった。

まだ何にも起きていないからだ。

これでナタネさんがいきなり表で誰かが見張っている、なんて言い出したらアドレナリンも出まくるのかもしれないけど。まだ、普通の夜だった。いつもと変わらない。すぐそばに大金がある以外は。

どうしたらいいのか。

ずーっと考えているけど全然考えがまとまらない。人間切羽詰まった状態にならないと重大な結論って出せないんじゃないかと思う。頭の中ではいつものように、プランニングを立てるときのメソッドがぐるぐる回っているんだけど。

大きな選択肢は二つだ。

・お金を捨てる
・お金を使う

この二つしかない。まず、お金を捨てることによって得られるものは。

〈日常に戻れる〉

これだけ。その代わり、捨てたとしても、おっかない人たちによって捕捉されて、この金の存在を知ったことで殺されてしまうかもしれない。それは、今のところ全然判断できない。

お金を使う、という選択肢はすなわち〈逃げる〉ということになる。それは、今までの日常を捨てるということだ。ひょっとしたら一生逃亡生活になるのかもしれない。おっかない人たちはどれだけ執念深く狙うのかはナタネさんに訊いてみないと判らない。

でも、お金を使っても、逃げないという選択肢もあるんじゃないかと。おっかない人たちが僕を全然捕捉できない、という可能性もあるんだ。現に、まだ誰も来ていない。このまま何事もなく僕はこのお金を使えるという、かなり良心が痛むけれども、選択肢もある。

それに、〈お金を返す〉という選択肢もあるんじゃないかと思うんだ。三島さんがどこから持ってきたのか判らないけど、たぶんナタネさんは知っている。だから、頼んで上手く返してもらう。そうすればおっかない人たちだって僕を殺すなんていうリスクは冒さないだろう。

「言い忘れたが」

窓のほうを見たままナタネさんが言った。

「なんですか」

「元の持ち主に返す、というのはムリだ」

僕の心の中を読んだように、振り返って言った。

「どうしてですか」

たった今、それをお願いしようかなんて考えていたのに。

「君は、その金の存在を知ってしまった。黙っているからこのまま僕を放っておいてくださいと言っても、どんな企業も放ってはおけない。どこの、何のお金か全然知らないと言っても、相手は君を信用しない。何せ、それは裏金なんだ。どこかにリークされたらとんでもない信用問題だ」

それは、つまり。

「至極真っ当な、世間に知られても問題ない正当な手段を使って君の口を塞ごうと考えるだろうな。何せ方法はいくらでもある。弁護士が君を適当な罪状で訴えて、かなり長い間臭い飯を食ってもらおうか、なんていうことでな。むろん、君はそれに対抗する術を知らない」

その気になれば、と続けた。

「一流の企業は、一流の犯罪集団にもなれる技量と方法を持っているものなのだよ」

五

午前一時になるとナタネさんはベッドを貸してくれと言った。

「ベッド？」

「そうだ」

「何するんですか」

「ベッドで一人することは、寝ること以外ないと思うんだがどうだ？」

夜通し誰かが来ないかどうか見張るのかと思ったら、もうここまで時間が経ったということは今晩中には動かないという可能性が大きいんだそうだ。そしててっきり帰るものだと思っていたんだけど、明日〈山田珈琲店〉で豆を買っていくから泊まらせてくれ、と微笑んだ。

「それに」

「はい」

「君は、起きているんだろう？　五十時間」

警戒していなきゃならないのは確かだけど、わざわざ二人で揃って起きている必要はまったくない。君のその病気は実に便利だなと笑って、何かあったらすぐに起こしてくれと。毎日、きっかり一時から六時まで五時間眠るのが習慣だそうだ。その習慣は絶対に崩さないのがポリシーで、そういうことが、この仕事には必要なんだそうだ。何故かは判らなかったけど。

でも、ナタネさんがわざわざ泊まっていく理由は、すぐに思い当たった。いや本当にコーヒー豆を買いたかったのかもしれないけど、たぶん。

僕を守るためなんだと思う。

本当にたぶん、でしかないけど、お金を手に入れたこの夜が、いちばん危ないんじゃないかと思う。そういう人たちは、その機会を逃さないように動くんじゃないかと。そしてもし動いたとしたら、ナタネさんはそこから逃げきる術を持っているんだ。僕と一緒に。

だとしたら、本当にナタネさんはいい人なのかもしれない。他に何かの理由はあるのかもしれないけど、とりあえず僕に危害を加えないのは、確かなんだ。

ついでにパジャマも貸してあげた。もちろんちゃんと洗濯してあるし、僕とナタネさんの身長はそんなに変わらない。スーツを脱いだその肉体にはとんでもなくコンプレックスを感じてしまったけど。相当、鍛えてあると思う。筋肉ムキムキって感じじゃないけど、とんでもなくしなやかな筋肉って感じだ。

それじゃお休み、とパジャマを着て横になったナタネさんの寝息が聞こえてきたら、なんだか急に淋しくなってきてしまった。

僕は〈狙われる〉。

なんとかしなければ、一生。

長い夜を過ごすことには、慣れている。っていうかもうそれが日常だからなんとも思わない。一人でいればDVDを見たりマンガを読んだり仕事をしたり部屋の掃除をしたりいろいろだ。ゲームが長い間ずっとできるっていうのも、仕事上、本当に助かるぐらいだ。短いゲームなら僕にとっての一晩で攻略できて次の日の仕事に役立てることも普通にできるんだから。

ナタネさんがすやすやと僕のベッドで寝ている横で、机に座ってスケッチブックを広げてずっと考えていた。

何でスケッチブックかというと、プランニングするときには何よりもまずこれに書きながらいろいろ考えるからだ。図式化するって言ってもいい。頭の中でぐだぐだ考えていてもまるで具現化しない。何かをきちんと具体化しようと思ったら、まず手を動かして書く。これはたぶんどんな創作の場面でも鉄則だと思うけど、どうなんだろう。

スケッチブックにはどんどん文字と丸と四角とか矢印が増えていった。交差していった。もし、ナタネさんの言うところの〈おっかない人たち〉が、字で書くのはめんどくさいのでドクロマークにしたその人たちが僕のことを把握したなら、当然、僕の身内のことも調べると思う。探してみて僕がここから消えていたら、当然実家とかそういうとこに捜索の手を拡げるはずだ。

そう思ったら急に胸が締めつけられるような思いが込み上げてきた。

ケン兄と紗季。

二人にも、ヤバイ連中の手が伸びる。

「冗談じゃない」

思わず呟いていた。そんなこと、させたくない。あの二人は普通に、平和に暮らしているんだ。こんな病気のせいでふらふらしている僕なんかとは違う。きちんと結婚して幸せな家庭を築いている。そうだ、ケン兄の奥さんの深雪さんや一人娘の奈々ちゃんや、紗季の旦那さんの靖幸さんにだって迷惑が。

迷惑ならまだしも、命の危険が。

頭を二、三回横に振った。それだけは、ゼッタイに阻止しなきゃならない。

靖幸さんか。

そうだ、靖幸さんは警察官なんだ。

前に、勤務している交番にちょっと寄ったとき、四角い顔で制帽を頭に乗せて、僕に向かって笑いながら敬礼した靖幸さんの姿が浮かんできた。

真面目で、地域の人に愛されている優しいお巡りさん。靖幸さんに相談するというのはどうだ。優しいあの人ならきっと僕の力になってくれる。いやいや待て。ちょっと待て。その考えはひとまず置いておこう。そこになんらかの可能性を探るのはまだ先のほうがいいような気がする。たぶん、判らないけど、直感はそれは最終手段だと言ってる。

気になることはまだあるんだ。

〈トラップ〉の皆。特に、バンさん。

僕に監視の仕事を回したのはバンさんなんだ。ヤバイ連中が僕のことを調べたのなら当然バンさんに行き当たり、そしてその向こうにいるバンさんが迷惑を掛けたくないと言った誰かさんにも。

すぐにでも連絡するべきなのか？

でも、連絡して何といえばいいのか。逃げろって？　それにはこのお金のことを話さなきゃならない。

が。
怖くなった。今のこの事態がじゃなくて、このお金のことを皆に話した結果どうなるか
お金は、人の心を狂わせるんだ。
「そうだよ」
忘れてた。ケン兄は、ごたごたがあるとメールしてきたんだ。ひょっとしてそのごたご
たが、お金に関することだったら？　このお金があったらそれがイッパツで解決するとし
たら？
「まてまて」
〈トラップ〉だってそうだ。安藤が言っていた。ひょっとしたら会社の存続がマズイこと
になるかもしれないって。この金があればどんなにマズイことになってもとりあえず自社
制作のゲームに着手することはできる。
そうなんだ。僕が比較的こんな大金を前にしても落ち着いていられるのは、ゲーム制作
ではこれぐらいの金は普通だからだ。僕のパソコンにExcelのデータで予算管理のシート
が入っているけど、そこに記載される金額はこれぐらいごくごくあたりまえだ。あたりま
えで、充分なんだ。
自分たちが考える最高のゲームを一本作ることができる。ヒットするかどうかは別だけ
ど。

なんだか昔の、どっかのカード会社が作ったオダギリジョーのCMが頭に浮かんできた。

〈どうする！　俺？〉ってやつだ。

悩んだって、結論は出さなきゃならない。

社会人になって、考えて何らかの結論を自分で出さなきゃならない職種につくことができて本当に良かったと思った。それが身に沁みているからだ。

結論を出して、自分から動かないと、何も起こらない。

ナタネさんにアドバイスを求めなきゃならないことがたくさんある。それはとりあえず朝まで待たなきゃならないけど、その前に僕が起こした行動は、四つだった。

ひとつは、ケン兄にメールすること。
〈返信遅れてゴメン。こっちもいろいろごたごたしてた。
そっちのごたごたって、メールで説明できないんだよね？
直接会って話さなきゃならないんだよね？
たぶん、二、三日中に帰れると思うから、また後でメールする〉
もちろんケン兄は寝てる時間だから、これを読むのは明日の朝のはずだ。
もうひとつは、バンさんにメールすること。

〈すみませんが、明日は休みます。その後眠っちゃうんで、二、三日休むことになると思います。やるべきことはやってデータで送っておきます。詳細は後ほど。お願いします〉

これで大丈夫だ。とりあえず皆に頼まれた仕事さえやっておけば僕は会社にいなくても誰にも迷惑を掛けない。イレギュラーの立場で良かったと思った。バンさんももう眠っているだろうから返信は明日来るだろう。

三つ目は、リローにメールすること。

〈いつも変な質問で悪いけど〈種苗屋〉っていうのを知ってる？　裏の世界の商売らしいんだけど。

もしリローに迷惑が掛からないで調べられるのなら、調べてみてもらえる？　ムリだったらしなくて大丈夫です〉

ナタネさんは信用できる、と僕の直感は告げているんだけど、僕の直感がアテにならないことだってある。いろいろ保険が必要なのはどんな場合でも同じだ。リローが起きていればすぐに返信が来るけど、限界が来ていつ眠ってしまうのかは本人にも判らない。でも、きっかり一分後に返信が来た。

〈もろもろ了解。朝になってからメールする〉

よろしく、と返信した。何かで忙しいんだろう。ひょっとしたらネットゲームの真っ最中かもしれない。


四つ目は、安藤にメール。

〈申し訳ないけどしばらく休む。バンさんの動向を気にしてくれないか？

何かおかしな動きがあったらすぐにメールしてほしい。

電話じゃなくてメールで。理由は訊くな。後から、ちゃんと説明する。

当然だけど、僕が休む理由も詮索しないでほしい。

これも後から説明するから〉

たぶん、すぐに返信が来ると思ったら、来た。

〈了解。まかせとけ。

何があったか判らんが、がんばれ。

俺にしてほしいことがあったらすぐに言え〉

ありがたい。安藤は、友達だ。

初めて僕が〈トラップ〉に出社した日。安藤はその前の日に入社していた。バンさんが皆の前で僕の厄介な病気のことを説明した。ほとんどの人がちょっと眉を顰めたり、なんだそりゃって顔をしたけど、安藤だけは、笑った。そして後から僕に「それってすげぇ武器だな羨しいぜ」って言ってきたんだ。いや冗談じゃなくて真面目に。それから安藤はいつも僕の味方をしてくれる。本当にありがたい友だ。

バンさんを気にしたのは、可能性の問題だ。

僕が三島さんを監視していたのは偶然だって思っているけど、ひょっとしたら、万が一だけど、バンさんの向こう側にいる人が、三島さんが裏金を奪うというようなことを知っていた可能性だって、ないわけじゃないんだ。もしリローが後で〈種苗屋〉のことを調べてくれるようだったら、ついでにバンさんの向こう側にいる人のことも調べてもらおうと思っていた。

それ以外は、身辺整理は別として、するべきことは見つからなかった。いつどうなってもいいように必要なものをまとめておくことだけど、それは大したことじゃない。僕の鞄の中にはいつだって必要なものが全部入っている。旅行に行くときにはそれに着替えを足すだけでオッケーなんだ。

だから、結論だけ出して、ナタネさんが起きるのを待つしかない。

*

あと二十七時間。

今は火曜日の午前六時過ぎ。明日の朝の九時までは僕の昼だ。それまでに、二十時間の眠りに就くまでに、さてこの状況をどうにかしなきゃならない。

カーテンのない窓から盛大に朝の陽差しが入り込んできていて、眩しい。

「カーテンを買ったほうがいいと思うがな」

僕のパジャマを着て眠り込んで、朝の六時に目覚ましもなしで起きたナタネさんはそう言ってベッドから降りて、壁のハンガーに掛けておいたスーツの胸ポケットから柔らかそうな革製の袋を出すと、そこから小型の銀製の歯ブラシを取り出した。

なんだそれは！　と眼を剝いた僕を見て笑った。

「便利だろう？」

革の袋にはその他にも髭剃りやら爪切りやら爪楊枝やら箸やらとにかくいろいろ小型化されたものが入っていて、その全部が銀製かもしくは高そうなスチール製だった。

「特注ですよね？」

「むろんだ」

この人は、本当に何なんだ、と改めて思った。

歯を磨き顔を洗って身なりをピシッと整えて、テーブルについた。その間に僕はいつものようにレタスとキュウリとトマトをぶつ切りしただけのサラダにヨーグルトに牛乳と玉子とベーコンとトーストの朝食を作って、テーブルに並べておいた。もちろん二人分。薄めのコーヒーをたっぷり落としてマグカップに入れた。

「済まないな。手間掛けさせて」

「ついでですから」

うん、と頷いて、いただきます、と両手を合わせた。僕が少し眼を大きくしたら笑った。

「俺たちの世代では、あたりまえだ」

そうなのか。あんまり見たことないけど。そもそも何歳なのか聞いていない。

「食事を美味くするために教えてやるが」

「はい」

「太陽が昇っている時間帯に、君が襲われることはまず、ない」

「そうなんですか？」

ずっと外を気にしていたんだけど。

「君も言っていた通り、プロは、リスクを極力減らす。動くなら夜だ」

「じゃあ、夜は常に人目のあるところにいれば」

ナタネさんは頷いた。

「危険度は大幅に減る。人混みになってしまうとかえってリスクは高くなるがな」

横に並ばれて腕を掴まれて拳銃を押し付けられてそれで終わりだって。

「遠くからスナイパーに狙われたりは」

笑った。

「本物の悪党は、この日本で、銃を使うようなことはしない」

何か音楽をかけてくれ、というので、Mac の iTune を立ち上げて Dragon Ash の〈Rio de Emocion〉を流した。こういう朝に聴くと元気が出てくる。

「いいな。Dragon Ash は好きか」

「好きです」

すぐにわかったということは、ナタネさんも好きなんだろう。

「あの、質問していいですか」

どうぞ、と手を広げた。

「俺はそのためにいる」

「なんで、僕を助けてくれるんですか？」

結局この質問の答えを昨夜は訊き損ねてしまった。はぐらかされたような気もした。放っておいたってナタネさんにはなんのメリットもない。むしろ僕を助けることでデメリットが増えるはずだ。それなのに、ここに現れたその意図は。

ナタネさんはトーストを頬張りながら、頷いた。

「それは」

「はい」

「簡単だ」

「なんでしょう」

くいっ、と首を斜めにした。

「君は、落語は好きか？」

「はい？」

落語？

「嫌いじゃないと思いますけど」

まともに聴いたことはない。テレビでちらっと見たことはあるけど。

「俺は好きなんだ。いちばんの贔屓は三代目古今亭志ん朝だ」

「はぁ」

名前は知ってるけど、その人がどんな顔をしているのかもわからない。

「大家と言えば」

言葉を切って僕の顔を見たので、促されたんだと思って続けた。

「親も同然」

「知ってるか」

頷いた。よく落語に出てくる大家さんと店子のうんぬんで、きっとそういう台詞回しがなんかの落語にあるんだろう。それぐらいは、まぁコモンセンスだ。

「それだ」

「どれです」

ナタネさんはぐるりと部屋を見回した。

「このビルのオーナーは俺だ」

「え?」

なんですか?

「たぶん君が会っている大家は、単なる雇われでな。オーナーは俺なんだよ。むろん、この他に数多く所有しているビルのひとつということなんだが」

「それって」

「だから、俺は君の大家だ。大家と言えば親も同然。店子と言えば子も同然。世話をしてやるのが筋ってもんだ」

「それは、いつ知ったんですか」

「愚問だな。すぐだよ」

そりゃそうか。三島さんを監視しているあの若いのは誰だって調べたらここに住んでると判ったんだから。

「それだけですか？」

それだけで、僕を救おうとしてる？

「すごい偶然だとは思うが、袖振り合うも他生の縁というだろう」

「言いますね」

「不満か？」

不満ではないけど。

「他に質問は？」

本当なのかな、と疑ったけどここで問い詰めてもしょうがない。

「結論を出しました」

「ほぅ」

さんざん悩んだ末に、出した結論。コーヒーを一口飲んだ。

「〈おっかない人たち〉が、接触してこない限り、つまりこのお金を僕が持ってきてしまったということが彼らに判らない限り、僕は安全なんですよね？」

「そうだな」

「そして、今現在、その兆候はない」

ナタネさんはちょっと待ってくれ、と携帯を出した。プラダの携帯でも持っているんじゃないかと思ったけど、普通のDoCoMoのものだった。

「今のところ、ないようだな」

メールを確認していたようだけど、どこからメールが入るんだろう。

「だとしたら、放っておきます」

「放っておく？」

返すのがいちばんいい。でも、それはできない。できないなら、こんな身分不相応なお金なんか持っていたくないから捨てたい。でも捨てても巻き込まれる可能性がある。八方塞がり。

だったら。

「今、いろいろとごたごたしかけているんです。僕の身辺で。このお金以外のことで」

「そうか」

「そのごたごたを解決するのにひょっとしたら」

「大金が必要になるかもしれない、か」

頷いた。自分のものではないお金を使うのは、気が引ける。僕は正直者だし臆病者だ。できることなら、こんなことには関わりたくない。

「でも、関わってしまったんですからしょうがない。運命だと思ってあきらめます。ただ、僕のせいで周りにいる人たちを不幸にはしたくないし巻き込みたくない。もし、このお金を使うことでその不幸や禍いを回避できるんだったら」

「思う存分使うというわけか、この金を」

「そうです」

それには、〈おっかない人たち〉がやってこないうちにさっさと動いて、ごたごたを全部はっきりさせて解決方法を考えたい。そうしなきゃならない。

「だからまず、故郷へ帰ります」

「札幌に？」

「はい」

ケン兄の言うごたごたとは何なのか。それはお金で解決できるのか。そしてこのお金を使って問題ないのか。しっかり考えたい。

成程、とナタネさんは頷いた。

「まぁ、妥当なラインか」

「そうですよね？」

「本気でアドバイスさせてもらうと、天涯孤独になったと思って、親兄弟親戚友人すべてを捨てて、遠い外国で第二の人生を歩んだほうがいいと言いたいんだが、情に流されるその気持ちも理解できる」

落語好きだから？　とは訊かなかった。

「だとしたら、さっさと動いたほうがいいな。悠長に朝飯など食べていないで、今すぐにでも空港に向かおう」

「何故です？」

ナタネさんは、また携帯を開いて、見た。

「昨夜、ご君の手で病院に運ばれた三島仁志が」

まさか。

「死んだ」

六

死んだ？

三島さんが？

きっと僕は眼を見開いていたんだと思うけど、ナタネさんは眉ひとつ動かさなかった。

携帯をパチンと閉じて言った。

「知りたいだろうとは思うが、死因までは判らない」

「殺されたとか」

「それもわからない。調べれば判るだろうが、そんなところまで深く調べようと思えば、そこから連中に動きを摑まれる可能性が大きくなる。リスクは冒せない」

事実として、三島仁志さんが死んだ。

「本当なんですか？」

「こんなことで嘘をついても俺に何のメリットもない」

そりゃそうか。心の中で手を合わせた。どうか三島さんが僕を恨んだりしませんように。いや僕のことなんか知らないはずだけど。

「あの」

「なんだ」

「ドラマで見るような、口封じ、なんてことは、現実には」

ひょい、という感じで携帯をポケットに入れた。

「何度も言うが、そうされたかどうかは不明だ。ただ、おっかない連中がやろうと思えばそういうことは平気で行なうというのは、事実としてはある」

覚悟はしていたつもりだけど、溜息が出てしまった。神様が本当にいるんだったら、何で僕にこんなドラマチックな人生を与えるんだろう。遊んでいるとしか思えない。確かに両親のことか考えれば、普通の人よりは不幸な星の下に生まれたのかもしれないけど。

ナタネさんが、人差し指を折り曲げて、額のあたりをトントンと叩いている。何かを考えているふうに。

「どうしました？」

うん、と、頷いた。

「むろん俺は現場を見ていないのだが、三島仁志は明らかに何かの発作のようだったのは間違いないんだな？」

「間違いないです」

持病があったのかどうかは判らないけど、心筋梗塞とか、あるいは脳溢血とか脳梗塞とか。

「ドラマで見てるような、あんな感じでした」

ドラマの事実の再現性が確かなら。ナタネさんは右眼を細めた。

「そうであるなら、まぁ自然死の可能性が高いだろうが、消されたとしても今後の状況にはあまり変わりはないだろう」

「どうしてですか」

「連中が三島に接触したのは確実だろうが、三島から君の跡を辿ろうとしても、彼が君の情報を持っていたとは考え難い。従って消されたとしても、君の情報を聞き出したから用無しになって殺したという可能性は限りなく低い」

確かに。

「殺されたとしたのなら、裏金の情報を闇に葬るため、とは、考えられるがな」

それも、確かに。ナタネさんは立ち上がって、また窓の外を見た。

「朝になっても連中がここまで来た形跡はない。つまりまだ君は捕捉されていないんだろう。だが、三島の身辺を洗えば、誰かが三島の監視を依頼したことは確実に浮かび上がる。依頼人である三島の妻から、君の雇い主に、バンさんとやらに辿り着き、そしてバンさんに監視を依頼した誰かに行き着く」

「僕の情報も」

「そうだ」

じゃあ。ぶるっ、と身体が震えた。

「次に危ないのは」

「君より、そのバンさんか、依頼主だろうな。裏金の情報が既にもたらされたと判断したなら、消されるかもしれない」

とんでもない。

「すぐ、バンさんに」

「それはしない方がいい」

「どうしてですか」

コーヒーを一口飲んだ。

「君が警告しようとしまいと、連中は確実にバンさんや依頼主の元に辿り着く。しかし、連中もこの狭い日本で死体をやたらめったら作るほどバカではない。接触は慎重に行なわれて、彼らが裏金のことは何も知らないと判れば、手出しはしない。何度も言うが」

「プロはリスクを減らす」

その通り、と微笑んだ。

「僕が下手に警告すると」

「事情を知ってしまって慌てて逃げ出したりしたら殺される可能性は逆に高くなる、ということだ。つまり、これから行なうことに何も変わりはない」

行くぞ、とナタネさんは立ち上がった。

「どこへですか」

「札幌に行くんだろう。君の命があるうちに、お兄さんのゴタゴタというのが何なのか確かめるために」

それって、ナタネさんも？

「一緒に行ってくれるんですか？」

「むろんだ」

少なくとも、と、トランクを指差した。

「その行く末を確かめなきゃならんのでな」

まるっきり無駄に使われるのか、そうではないのか。

「あ、でも」

こんなものを持って飛行機に乗れるものだろうか。あの検査の機械を通したら、中に入っているのは大量の現金だって。

「判ってしまいますよね」

「当たり前だ」

そんなことは考えるまでもないって顔をした。

「大量の現金を持ち歩いていたからといって、それは法律違反ではない。海外に行くのなら間違いなく別室に連れていかれるが、国内旅行においてはそれに類するものはない、が」

「疑われますよね」

「むろんだ。こんなご時世だからちょっと失礼こちらへ来てください、と調べられるのは確実だ。麻薬取引でもしようとしてると判断されて拘留されるのがオチだろうな」

「じゃあ」

これはどうしたらいいんだろう。ここに置いておくわけにもいかない。

「それについては、心配するな」

きちんとフォローしてやる、と、ナタネさんはにやっと笑った。とりあえず、空港へは俺の車で行くからそれに載せろと。

僕はMacBook Proと二、三日分の着替え、預金通帳に至るまで逃亡生活に最低限度のものを詰め込んだキャリートランクを持っていこうとしたのに、着替えなんかは全て置いていけってナタネさんは言う。

「ノートパソコンと免許証と預金通帳に印鑑、携帯に財布、メモ帳と筆記用具。要するに、ほら、そのメッセンジャーバッグに入る分だけの荷物にしろ。せいぜいそれが限度だ」

「でも」

「〈起きて半畳寝て一畳〉という言葉を知っているか？」

「知ってますけど」

「人間には分相応ってのがある。今の君の状況で最善を考えればそうなる」

それはちょっと言葉の解釈が違うと思ったけど、身軽になれと言われて渋々従った。確かに追われることを考えるなら、重いキャリーを引きずって歩くよりメッセンジャーバッグだけの方がいい。

「それから、この部屋に踏み込まれたときにプライバシーが判るような書類や手紙の類いはとりあえずゴミ袋に突っ込んで持っていってどこかで焼く」

「無駄じゃないですか」

「どうしてだ」

「DMとか、カード会社からのお知らせとか手紙が来るかもしれないんだから」

ナタネさんがやれやれというふうに首を振った。

「少なくとも、時間稼ぎが出来るかもというパーセンテージが増える。やっておけることはなんでもやっておくんだ」

「判りました」

「急げ。着替えなんかは現地で買えばいい」

お金があるんだからって言った。まぁそうかも。

「事態がどう動くかまだわからない。ましてや君は一度眠ったら二十時間は起きない。ということは二十時間の安眠を約束してくれる場所を早急に確保しなければならない」

「そうですね」

「だったら」

そこで時計を見た。何度見ても高そうな、いや実際高いんだろう時計。一流の高級品というのは、誰が見てもはっきりわかるオーラみたいなものを放ってると思う。使う人の資質にもよるんだろうけど。

「君が眠るまであと二十六時間。一分でも早く札幌に行って、ホテルの部屋を確保した方がいい。いや」

ちょっと頭を捻って、眉間に皺を寄せた。憎たらしいんだけどいちいち仕草がカッコいい。この人絶対男友だちは少ないと思う。だって、なんだかあんまりカッコよくて殴りたくなるんだ。

「逆にボロボロのアパートを借りるという手もあるな」

「アパートですか？」

うむ、とナタネさんは頷いた。

「年寄りの夫婦がやってるような時代に取り残されたアパートだ。不動産屋なんかにも登録してなくて、いまだに〈部屋あります〉なんて張り紙をしているようなアパート。東京にだってまだ存在しているのだから、札幌にだってあるだろう」

「まぁ、あるかもしれませんね」

「そういうところを借りた方が、足どりが摑めない。それか、逆に札幌で一番のホテルのスイートを長期にわたって借りるかだ。そういう客のプライバシーは、一流であればあるほどホテルは守ってくれる」

なるほど。納得できる。

「最上か、最下層かっていうことですね」

にこり、とナタネさんは微笑んだ。

「いつの時代でも、身を隠すのにはそのどちらかしかないんだよ」

真理かもしれない。

現実問題として着いて早々にそういうアパートを探し回るのも時間の無駄なので、一番上等なホテルがベストだろうとナタネさんは言った。札幌で一番上等なホテルってどこだろう。

*

「俺の携帯の番号」

「はい」

入力する。

「メアド」

「はい」

メアドは携帯のとパソコンのと両方。そういう裏の仕事をしているのだったら、どこのだかわからないメアドかもしくはフリーのものなんだろうな、と思っていたら、しっかりと大手企業のもので笑ってしまったんだけど。

「もちろん、ヤバいものはフリーメールで済ます」

「そうでしょうね。住所は？」

「そんなものは今一緒に居るんだから必要ない」

という会話を、僕はナタネさんの車の中でしていた。運転しているのはもちろんナタネさんだ。車はポルシェのカイエン。こんな高級車見たことはあるけど乗ってる人と知り合いになるのも乗るのも初めてだ。

ほぼ二億円の現金と僕のバッグとゴミ袋を詰め込んで、高速道路を走っていた。車の中をきょろきょろと見回したけど、本当にナタネさんの荷物がない。小さな鞄ひとつない。

「身軽であることは美徳なんだ」

「そうですか」

「人間長く生きれば生きるほど、いろんなものをその身に背負い込む」

比喩だろうけど、言ってることは判る。

「だから、実際の荷物は極力少ない方がいい」

「ナタネさんももちろん仕事とかであちこち行きますよね」

「行くな」

「そういうときも、たとえば鞄ひとつですか？」

煙草を取り出して、窓を少し開けて火を点けた。風切り音がやかましくなって、ナタネさんは声のボリュームを少し上げた。

「鞄すら持たないな。できるだけ、身に付けるだけの持ち物で済ます」

あの革製の袋に入った小さな歯ブラシとかも、そのためのものなんだろう。

何ていうか、僕自身に降りかかってきたこの災難はとてつもなく大きなもので、それで頭が一杯になって然るべきなんだけど、僕はこのナタネという人物にとんでもなく興味が湧いてきてしまった。

イッタイ　コノヒトハ　ドウイウジンセイヲ。

「個人的なこと、訊いていいですか」

「どうぞ」

「本名は何ていうんですか？」

「ナタネだが」

え、と声を出した。〈種苗屋〉だからそこからどうにかなって〈菜種〉なんてあだ名、もしくは呼び名になったと思っていたのに。

「むろん名字が〈ナタネ〉だ。フルネームは教える必要はない。その必要ができたら教える」

「はい」

「質問の手間を省かせると、出身は北海道だ」

「え」

同郷？

「ただ、俺は稚内だがな」

あぁ、とお互いに頷いた。同じ北海道でも札幌と稚内じゃ全然違う。東京に来ていつも思うんだけど、知り合いが「彼も北海道出身なんだよ」とか言って誰かを紹介してくれても、その人の生まれが釧路だったり函館だったり網走だったりとか言われると、お互いに微妙な笑顔で頷くしかないんだ。僕だけじゃないと思うけど、北海道生まれの人の〈出身地〉は、〈どこの町か〉だ。北海道というくくりじゃ広過ぎて、とても同じ感覚を共有はできない。もちろん、ある程度はするけどね。

「年齢は四十五。血液型はＡＢ。結婚には一回失敗していて子供はいない。学歴も職歴もいろんなものがあり過ぎてどうでもいい、高校は中退してるが大学は出てる。昔は普通の職業も経験している。賞罰は」

そこで一回、言葉を切った。ちらっと僕を見て、ニヤッと笑った。

「適当にある」

まぁ、〈種苗屋〉なんてわけの判らない職業の人が、清廉潔白な人生を歩んでいるとは思えないけど。

「それ以外の質問はあるか」

「え、と」

思いつかなくて、ご趣味は、と訊いてしまった。

「趣味か」

鼻で笑われると思ったけど意外にも真面目な顔をした。

「実はそいつが問題なんだ」

「問題?」

「君の、いや」

いや?

「名前で呼び合おう。今後どうなるかまだ未確定だがそれに慣れておいた方がいい。森田くんの趣味は何だ」

「明二でいいです」

この人に森田くんなんて呼ばれるのはこそばゆい。ナタネさんは頷いた。

「僕は、ないんです」

ゲームはもう趣味じゃない。仕事だ。音楽を聴くのも映画を見るのも本を読むのも好きだけど、プランナーという職業を選んでしまったので、やることなすこと全部がそれに結びついてしまう。

「仕事に繋がってしまうので、純粋に、それだけを楽しめるものってないんですよね」

「判るな。俺もそうだ」

そうなのか。

「全ての経済活動が、俺の仕事に直結している。何を見ても何をやってもその裏に流れる金のことを思ってしまう。メイジと同じだ」

うんうん判る判る、と二人で頷き合ってしまった。思わぬところで共感しあってしまった。

「札幌は、どこだ」

煙草を吹かして前を見ながら質問してきた。

「実家は、東区東苗穂というところです」

「刑務所のあるところだな」

「そうです。知ってるんですね」

うん、と頷いた。札幌に住んでいても意外と刑務所のあるところだって知らない人も多いのに。

「札幌にも、短い期間だが住んだことはある」

どこにですか、と訊こうと思ったけど、すぐにナタネさんは続けた。

「お兄さんがいると言ったな」

「はい」

「他に兄弟は？」

「妹が、千葉に」

千葉か、と顔を顰めた。僕のパーソナルデータを知っていたのにその他のことは調べていなかったんだろうか。

「妹さんの名前と住所と電話番号を俺のパソコンのアドレスに送ってくれ」

「え？」

渋い表情のまま、続けた。

「もう判っていると思うが、俺には手足になって動いてくれる人間がいる。そいつに連中の動きがはっきりするまで妹さんの身辺の警護をさせよう」

「あ」

すみません、と思わず言ってしまってから、靖幸さんのことを思い出した。教えた方がいいんだろうか。いいんだろうな。警察官が身内に居るんだから。

「あの」

「なんだ」

「妹の、紗季っていうんですけど、紗季の旦那さんは警察官なんですけど」

ほう、という形に口を開けて、ナタネさんがちらっと僕を見た。

「何をやってる」

「千葉の猫実町というところの交番勤務です」

「ハコ詰めか」

ハコ詰め。それは確か警察の隠語じゃなかったか。

「警官になって何年だ」

「えーと、確か十年ぐらいじゃないかと」

「階級は、巡査部長か」

「確か、そのはずです」

ナタネさんは、うーん、と軽く唸って煙草を吹かした。煙が窓の外へ吸い込まれていく。

「まぁ今のところは大した問題じゃないな。妹さんとは頻繁に連絡を取っているのか」

「なんだかんだで」

「じゃあ」

連絡しておいた方がいいなって言った。

「ちょっとお兄さんと話があって実家へ帰る。詳しくは後で連絡するからと。急に東京からいなくなったことを心配して旦那さんに相談しないようにな」

「判りました」

「紗季さんのデータを俺のメアドに送るのが先だ」

「了解です」

なんて返事をしてしまって、これは僕は完全に仕事モードに入ってしまってるだろうと。

バンさんと一緒に喋りながら次の仕事の指示を受けているのとおんなじだ。

「そろそろ着くぞ」

視界が開けた。見慣れた羽田空港の大きな敷地が、ウィンドウの向こうに拡がっていた。

「車は」

このまま駐車場に置いておくんだろうかっていう意味で訊いたら、ナタネさんは約二億円が入ったトランクを、そのまま車の中に置いておけと言い出して僕はビックリしてまた眼を丸くして。なんかこのままナタネさんと付き合っていると僕は眼がパッチリのいい男になるかもしれない。

「心配するな。後で俺の仲間が取りに来る」

もう来てる、とナタネさんは駐車場をぐるりと見渡した。どこに居るのか僕もきょろきょろしたけど判らなかった。

「車を引き取って、金を君の名義で各銀行で口座を作る」

「はぁ」

「札幌での滞在場所が決まり次第、全部郵送で届けさせる」

「はぁ」

「ゴミ袋に入れたものも全部こちらで焼却処分する」

「はぁ」

なんか僕はただの馬鹿みたいで嫌になったけど、しょうがない。とにかくナタネさんを信用する以外、今のところ道はないんだ。

「当座の生活費として、三百万ぐらい持っていくといい」

「さん」

　三百万なんて、当座の生活費なんてもんじゃない。それは一年分のいや下手したら二年分の僕の生活費だ。ゲーム開発の費用として考えるならはした金もいいとこだけど、生活費って考えると別だ。三百万なんて多過ぎる。後で通帳を届けてくれるんなら、十万もあればいいんじゃないか。それぐらいなら今の僕の口座にも入っているから、札幌でおろせばいいって言ったんだけど、ナタネさんは首を横に振った。

「今、現在の君の口座から金を動かすのは駄目だ。奴らは金融機関関係には鼻が利く。札幌で金を下ろしたことをすぐに摑まれて、自分の足どりを教えるようなものだ」

　なるほど。

「もっとも君のことを調べれば札幌に実家があることはすぐに知られるだろうが、それでもその場に居ることを知られるのはまずい」

「じゃあせめて百万円でどうでしょうか」

　渋い顔して頷いた。まぁいいだろうってね。それでも、百万円なんて大金を持ち歩くのは、どうなんだ。少なくとも今までの人生では一回もない。

　行くぞ、とナタネさんは身を翻して、歩き出した。もちろん、何も持っていない。上等のスーツをピシリと着こなしている。僕はその後ろをメッセンジャーバッグを抱えてあたふたとついていく冴えない青年で、なんだか悔しくて言ってみた。

「ナタネさん、昨日から下着も換えてませんよ」

「向こうで買う」

「洗濯物は？」

くるりと振り向いて、何の話をしてる？　というふうに右目を細めた。

「捨てる」

だと思いましたとも。

七

新千歳空港に飛行機が着いて、降りた途端に僕は鞄の中にある百万円が気になって気になってしょうがなかった。背中に回すのが普通のメッセンジャーバッグをお腹の方に回して抱えてしまったぐらいだ。

「普通にしてろ」

JRで札幌に向かうんだと思ってそっちに進もうとしたら、ナタネさんは僕の腕を摑んでタクシー乗り場に引っ張っていった。

「そんなバッグを後生大事に抱えていたら、私は分不相応な大事なものをこの鞄に入れていますと宣伝してるようなものだ」

そうなのか。そうかもしれない。バッグを背中に回した。ナタネさんは歩きながら電話を掛けていた。

「部屋を頼む。スイートは空いているかな」

スイート？　一時間半後には着く、と言って電話を切った。

「どこですか」

「Gホテル」

あそこは歴史がある、という理由でナタネさんは選んだらしい。しかもスイート。スイートに男二人で泊まるっていうのはどうなんだって思ったけど、しょうがない。

「ここから先は、普通に帰省した男、という気持ちで行動していい」

「はい」

「部屋に落ち着いてから、どう動く？」

まず。

「着替えやら、なんやらを買います」

「うん」

「帰省してきたのに着替えも何も持ってないと兄に怪しまれますから。それから、昼間に帰っても兄は仕事の最中なので、夜にでも行くから、と連絡を入れておきます」

「正解だな。では夜までどう過ごす」

それは、たぶん。

「買い物以外は、部屋に閉じこもって、東京の皆にメールやら電話で連絡を取って、何とか怪しまれないように過ごします」

そこで、思いついた。

「ナタネさんは、何かすることがあるんですか」

軽く首を振った。

「火急の用はない。君のフォローをするのが当面の俺の用事だが？」

「じゃあ、趣味を探しませんか」

「趣味？」

まだ、午前十一時前。夕方までには時間がたっぷりある。

「二人で、どんなものを趣味にすればいいのか検討するというのは」

笑った。

「そいつは、いいな」

＊

僕がGホテルのスイートルームにとんでもねぇー、ときょろきょろしているうちに、ナタネさんはさっさと買い物に出掛けてしまった。男二人でつるんで下着や服を買いに行くのは気持ち悪いと。確かにそうだ。昼ご飯は一緒に食べようと、一時に部屋で合流することにした。

いつまでもスイートの豪華さにどぎまぎしてる場合じゃない。MacBook Proを取り出して、ネットに繋いでメールのチェックをした。ナタネさんの居ないときの方がゆっくり考えられていい。

ケン兄からの返信は。

〈わかった。済まんな。決まったら連絡くれ〉

それだけ。もともとネットとかそういうものには興味ないし苦手な人だから、簡潔。

バンさんからも簡潔なメール。

〈了解。監視の方は事情を話しておいた。問題はないから安心しろ〉

それだけ。ということは、まだバンさんは三島さんが死んだことを知らないんだ。そのうちに慌てて電話が入るかもしれない。そのときには、慌てたフリをしなきゃならないと思う。

安藤からも入っていた。

〈バンさん十時過ぎに出社。特に変わったことなし。以降、何も連絡がなかったら平和だ

と思ってくれ〉

　了解。

　リローからのメールがまだ入っていない。朝になったらメールすると返信が来たんだけど、まだってことはどうなんだろう。リローはきちんとしている。約束を破ったことはないし、返信なんかも相当に速いんだけど。

「面倒なことがあったのかな」

　たとえば、〈種苗屋〉について調べているうちに。なんて考えていたら、メールが入った。グッドタイミング。リローだ。

〈遅くなってごめんね。いろいろ手間取ってしまった。でも面倒なことにはなってないので大丈夫。

　まず、〈種苗屋〉なる職業についてだけど、存在するよ。いや、するらしい。いつものように自分で確かめたわけじゃないけどね。

　金融関係の裏側で動くバイヤーとか卸業とか、たとえたらそんな感じらしい。美術品を動かしたり、土地を転がしたり、何かの団体を立ち上げたり、いろんなことをするみたい。

　個人なのか、チームなのか、その辺ははっきりしないかな。一人でそんなことやるのは難しいと思うけど。

　危ないか危なくないかで考えると、そんなに危なくないような気もする。もちろん真っ当な商売人ではないけど、株の世界で怪しいことをやってる人たちよりは健全な感じかな。まぁメイジには縁のない世界の人なので、お近づきにはならない方がいいんじゃ。もちろん、近づけないだろうし。相当ガード固いから。ゲームに使うのなら、〈フィクサー〉っていうのがピッタリな表現じゃないかな。

〈種苗屋〉という呼び方は、実は意外と歴史が古くて、元々は明治の北海道開拓期に暗躍した人たちの間で広まった名前らしいね。戦後の混乱期にもそういう人たちがたくさん出てきたようだよ。闇市とかで。

こんなもんかな。よろしく〉

納得してしまった。

〈フィクサー〉か。明治の開拓期か、闇市か。そういうことなら、そんな商売があるのも頷ける。ナタネさんが北海道出身っていうのは、まぁ偶然か。

〈ありがとう。助かった〉

そこまで書いてどうしようかと考えた。バンさんの向こう側にいる人、バンさんを通じて僕に三島仁志の監視を依頼した人。その人のことを調べてもらった方がいいだろうか。わかったからってどうってことはないんだろうけど、どんなことでも知っておいた方が不意打ちを食わないからいい。ゲームのプランニングと同じだ。

〈申し訳ないけど、もうひとつ、いいかな？　こないだ調べてもらった三島仁志の件なんだけど、バンさんを通じてもともと僕に監視を頼んできた人がいったい誰なのか調べてほしいんだ。もちろんこれも、リローに迷惑が掛からなければという条件で。

すみません、お願いします〉

送って二十秒でメールが来た。

〈いいよ。それは簡単そうだし。今、なんかヒマだから、ごたごたしてるんなら何でも言ってきていいよ。調べるのは楽しいから。じゃあね〉

助かる。

昔、父さんが「友だちに持つんなら医者と弁護士とヤクザだ」って言ってたことがあるけど、今ならそれに〈ハッカー〉が加わるんじゃないかと思う。


「スイートルームで男二人でルームサービスって、やっぱり変に思われるんじゃないですかね」

僕はカレーライスにサラダにコーヒー、ナタネさんはシェフのおすすめコースでチキンのソテーなんとか添えとかそういうものを食べている。値段はこれだけで牛丼が百杯ぐらい食べられるんじゃないだろうか。

「変に思っても、それを外部に漏らしたりはしない。まぁ」

ナイフとフォークを置いて、水を一口飲んだ。

「ホテルマンが買収でもされたら別だが、それは防ぎようがない」

「ですね」

ここの支払いは全部僕持ちだとナタネさんは言う。もちろん飛行機代も。あの二億円弱を、使うってことだ。なんとなくピンとこない。まだ自分の手持ちのお金でなんとかなるっていう範囲のせいだと思う。

これでたとえば移動用の車を買えとか言われたら、初めて意識するんじゃないだろうか。僕は拾ったお金をとんでもないことに使ってるって。今はまだ、全然だ。

「兄の家に一緒に来るんですか？」

「まさか」

「ですよね」

「だが」

部屋に帰ってきたときにはナタネさんは柔らかそうな白いシャツにこれも柔らかそうなクリーム色のカーディガン、下はウオッシュドのブルージーンズというラフなスタイルになっていた。どうってことのない組み合わせなんだけど、確かめてないけど全部エルメスだとかグッチだとか言われてもたぶん頷ける。僕が着てるおんなじようなブルーのシャツにジーンズとは全然生地やカッティングが違う。スーツも捨てたのかと思ったけど、さすがにそれはクリーニングに出したそうだ。

「だが？」

　フォークでライスを口に運んでから立ち上がって、さっき買ってきたらしい小さな革のバッグを手に取った。そこから名刺入れを取り出した。

「これを持っていろ」

　名刺。

〈弁護士　鉈禰淳一郎〉

「弁護士？　ナタネジュンイチロウ？」

　ニヤリとふてぶてしく笑った。ということは。

「いくつも持っている仕事用の名刺の一つって感じですか」

「まぁそう思っておけ」

　そう言って、フォークで肉を口に運んだ。

「兄さんと話して、そのトラブルが深刻なもので相談を受けたなら、こういう人が知り合いにいると出せ。会社の仕事の関係で知り合って、友だち付き合いをしてると」

「はぁ」

「会社の顧問弁護士ぐらいいるだろ？　特にゲーム会社は」

「います」

　最近は権利関係やなんだかんだで、僕たちのところみたいな弱小でも弁護士さんに相談する場面は多々ある。

「君のゲームプランナーという職種を考えたら、こういう人間と友人関係を築いていても不思議ではない。それで君の家を訪問する口実ができる。出入りしても不思議じゃなくなる」

「それで、そのトラブルを一緒になって解決してくれるんですか」

「アドバイスだ。俺を頼られても困る」

あくまでも、僕は自力でこのトラブルから抜け出すように努力しなければならないって言う。

「ただ、あまりにも手に余るだろうから、俺がいる、ということを忘れないように」

「大家として」

「そうだ」

ニヤリと笑ってから、続けた。

「友人関係を築いたのは、共通の趣味があったとした方が兄さんは信用するだろうな」

「あ、そうですね」

さて、何がいいだろうか。二人でパクパクとご飯を食べながら考え出した。

＊

タクシーで移動しろ、と言われて、四時過ぎにホテルを出てすぐタクシーに乗った。

「東区東苗穂三条一丁目まで」

運転手さんが頷いて、三条ねぇ、と呟いた。

「刑務所の近辺なんでそこに行ってもらえれば」

少し早いけど、久しぶりだからうろうろしようと思っていたんだ。あの辺は、僕の生まれた頃は本当に何にもない空白地帯みたいなところだったらしいんだけど、バブルの時期にショッピングセンターとかいろんなものがポロポロできて、あっという間に混み合ったところになってしまったらしい。

だから、僕の小さいころの思い出は全部が当時の新しい建物に直結してる。家から走って三十秒のところにあった大型ショッピングセンターや、スポーツセンターにゲームセンター、回転寿司にラーメン屋。もちろん、すぐ近くの刑務所やバスセンターや公園も。

特にやっぱり、長く高い塀に囲まれた刑務所は、印象深い。塀のすぐ表側に畑があって、受刑者の人たちが農作業をしているのも、僕が友だちと自転車で走り回る道路から見ていたりしたんだ。

母さんは買い物帰りに僕の手を握りながら、あるいは自転車を止めて、後ろに乗った僕に言っていた。

『あそこに入るようなことをしちゃダメなのよ?』

わかったー、と、幼い僕は何も考えないで答えていた。ケン兄の話では今は逆にどんどんまた空白地帯が増えてたり、いろんなものが入れ替わったりしてる。どんなふうに変わっているのか。

見慣れた札幌の街を、タクシーは走っていく。市街地からなら車で二十分も掛からない。

「ご旅行ですか？」

運転手さんが訊いてきたので、そうです、と答えた。ホテルからタクシーに乗れば誰もがそう思うだろう。

「あっちに友だちがいるので訪ねるんです」

これも、一応用意しておいた受け答えだ。そうですか、と運転手さんが答える。

「昨日、刑務所で脱走騒ぎがありましたよ」

「そうなんですか？」

それは知らない。確か、僕が住んでいた頃に一回か二回か、そんなことがあったような気がする。脱走者じゃなかったように思うけど、たぶん、農作業に出ていた受刑者だと思うけど、そういう人と話したこともあった。今考えると、監視の人がいるんだからそんなことはできないと思うんだけど、確かにしたんだ。

そうだ、そのときもケン兄に話したけど、信じてくれなかった。

夏だった。どんな状況だったか覚えてないけど、その人にアイスキャンディーをあげたら美味しそうに食べて、なんだか泣いていた。ありがとうって言っていた。あの人はどうしてるんだろう。ちゃんと刑期を終えて社会復帰したんだろうか。

着いたら、四時半になるかな。

ケン兄の言う〈ごたごた〉を確かめて、その解決方法を考えるぐらいの時間はあるだろうか。

眠ってしまうまで、あと、十六時間ぐらい。

「明二くん、痩せたんじゃない？」

深雪さんは笑顔にちょっと心配そうな声音で僕を迎えてくれた。ケン兄の奥さんで僕の義理の姉さん。

お姉さんができたっていうのは、すごく新鮮な感じだった。ケン兄の高校時代の部活の後輩で、ずっと付き合ってきてそのまま結婚したんだ。明るくて元気ですっごく家庭的な女性で、高校時代から家に遊びに来てご飯を作ってくれたりしてた。もう単純に嬉しくてまだ小学生だった僕と紗季は「深雪ねえちゃん」って呼んでまとわりついてたっけ。

「そんなことないよ」

奈々ちゃんが、深雪さんの後ろに隠れて僕を見ていた。じーっと見てる。丸い眼でものすっごい見てる。ガン見だ。深雪さんは笑って言った。

「すごく人見知りするの。泣いちゃうかもしれないけど、ゴメンね」

「大丈夫大丈夫」

実は、自信があった。女の子にはモテるんだ。これぐらいの子供限定なんだけど。前にゲームの企画段階で幼稚園に取材に行って、年少さんから年長さんまでもういやっていうぐらい遊びに遊びまくった。それで、どんなに人見知りの子でも、僕にはすぐに懐いてくれるっていうのを発見して以来〈トラップ〉での子供担当は僕なんだ。

「奈々ちゃん?」

まだ奈々ちゃんは、隠れて真面目な顔で僕をじーっと見てる。

「おじさんだよー。明二おじさん。メイチャンでいいよー」

これで、ぴくっ、と反応した。

「メイチャーンだよー」

トトロは偉大だ。どこのどんな子供でもそれで反応してくれる。奈々ちゃんが、そっと深雪さんの陰から出てきた。

「遊ぼう?」

こくん、と小さく頷いて、笑ってくれた。ほらね、子供にはモテるんだ。

「良かったねー奈々。メイジおじちゃん遊んでくれるって」

それからは、もう普通に久しぶりに実家に帰省した次男、という気持ちで過ごしていた。

僕が奈々ちゃんと遊んでいるうちに深雪さんが助かるわーと言って晩ご飯の支度をする。合間に僕の東京の暮らしぶりなんかを話す。

「彼女はできた？」

「いやー、まだかなー」

そんな感じ。

「明二くん、大人しすぎるからね」

もっと積極的に行かなきゃ、なんて深雪さんが笑う。そうなんだけどね。あんまりガッツするタイプじゃないし。

「きっとね、明二くん、紗季ちゃんに似た彼女を作ると思うな」

「なんで！　シスコンじゃないそれじゃ」

「でもそう思う」

ケラケラッって感じで深雪さんは笑う。そうなんだろうか。紗季や僕の性格を把握している大人の女性の深雪さんが言うんだから間違いないんだろうか。

「ほら、キリンだよ」

「わー、すごい首長いねー」

奈々ちゃんは僕に向かって、ずっとしゃべりながらクレヨンで絵を描いている。奈々ちゃんと二人で入るコタツは、なんだか嬉しくてしょうがない。いやいくら札幌だっていっても季節はもう春。コタツ布団はとっくにしまってあって、代わりに深雪さんが作ったキルトの薄手のカバーが掛けてある。

昔からなんだよね。この居間にはいつでもコタツが置いてあったから、もうこれがない生活は考えられないんだ。

ここは、僕が住んでいたころからまるで変わっていない家の居間だけど、雰囲気は全然違う。まるで別世界。

温かいんだ。なんかありきたりの表現で申し訳ないけど本当にそう思うんだ。ケン兄と深雪さんが作り上げてきたこの家庭はとても温かい。いつでもお前たちはここに帰ってきていいんだってケン兄が言ってくれている実家は、あのころの、父や母さんが居たころのものとはまるで別物になっている。

ケン兄が、そうしてくれたんだ。僕たちのために。感謝してるし、スゴイ男だって尊敬もする。

そうして〈モリタ金属加工所〉での仕事を終えたケン兄が笑顔を作りながら、まぁたぶん作り笑顔だろうけど、帰宅して久しぶりの兄弟の再会をやって、晩ご飯を食べて、奈々ちゃんを寝かせて。

それで、ようやく大人の時間。

一度、ナタネさんからメールが入った。特に問題なし。近くにいるから緊急事態なら直接電話しろと。

近くに居るって、どこなんだろう。それにしてもナタネさん、本当に泣けてくるぐらい僕をフォローしてくれる。嬉しいんだけど、どこか薄ら寒い感じもするんだ。全面的に信用するようにはしているけど、どうしてここまでって気持ちもある。用心するに越したことはないとは思う。

深雪さんは、久しぶりに兄弟で近くの安い居酒屋で一杯やってくるっていうのを、何の疑いも持たないで頷いていた。ケン兄は本当にいい旦那さんのはずなんだ。お酒もそんなに飲まないし、女遊びもしないはずだし、優しいし。

僕にそんなに人を見る眼があるとは思わないけど、久しぶりに会った深雪さんは元気そうだった。その表情にも態度にも何の陰りもなかったと思う。

ただ、ケン兄は、家を出た途端に小さく息を吐いたけど。

本当に近所だった居酒屋は小さかったけれど、奥に個室があった。ケン兄はここの常連らしくて、そこを予約していた。弱くはないけど、そんなに酒好きでもない森田兄弟。実は紗季の方が強いぐらい。熱燗を一本頼んで、つまみを少し頼んで、乾杯。

「済まなかったな、こんなに早く来てくれて」

「いいよ。大丈夫」

ケン兄は、少し髪の毛が薄くなった。やせ型で、どちらかと言えば母に似てる顔つき。性格は似ないで良かった。

「会社、大変なんでしょ？」

苦笑いして、まぁ、と答えた。

「それはうちだけじゃない。このご時世どこもかしこも大変だ。お前のところだってそうだろう。大丈夫なのか？」

東京は札幌よりパイの奪い合いで大変だろうって。そうだけどね。

「なんとかかんとかやってる。今すぐにどうこうってことはないと思うよ」

ケン兄は、そうかって微笑んだ。

「うちもそうだ。今すぐどうこうはない。けれど」

けれど。僕の眼を見た。

「仮にお前や紗季に何かの援助を、たとえば車を買うから援助を、と頼まれても無理な状況にはある」

小さく息を吐いた。

「情けない兄貴で申し訳ないけどな」

「そんなことないよ」

大丈夫だよって笑ったけど、実はけっこうびっくりしていた。ダメージを受けてしまっていた。

今まで、ケン兄とこんな話、つまりお金の話なんてしたことはない。いや、たとえば学費とか生活費とかそういうのはあるけど、大変だとか、無理だとか、そんな言葉はケン兄から聞いたことはない。

いつも、大丈夫だって。お前たちは心配するな。会社は俺がしっかり守っていく。お前たちは好きなように生きていけって。お前たちの後ろには父親も母親もいないけど、俺がいるから安心しろって、言ってくれた。

僕と紗季は、その言葉に元気を貰ってきたんだ。ケン兄がいつでも後ろにいてくれるからって、好きにやってこれたんだ。

感謝してる。本当に感謝してるんだ。

いつか必ず恩返ししようって、紗季とは何度も話している。お金を貯めて、ケン兄と深雪さんと奈々ちゃんでディズニーランドに来てもらおうとかいろいろ考えている。実際に、二人で共同でお金も貯めてるんだ。もうディズニーランドに二回ぐらい来てもらえるぐらいには貯まっている。

ケン兄は、相当追い込まれている。それが、あの二億円弱を、僕に意識させた。だけど、まだ言えない。

「ごたごたって、なに？　会社のこと？」

ケン兄が僕を見た。それからちらっと店内を見渡した。個室って言ってもドアとかはない。開いているけど、有線も流れているし、カウンターのお客さんは騒いでいるから話は聞こえないと思う。

「紗季には、話すな」

「判った」

「まだ、整理がつかないけどな」

「うん」

お猪口から、一口酒を飲んだ。また大きく息を吐いた。

「ふたつ、ある」

「ふたつ」

「まず、作次さんだ」

「作次さん？」

岡元作次さん。父の代からずっと働いていてくれた職人さんだ。昔は神の手を持つとか言われて、鈑金加工なんかではとにかくすごい職人さんだったらしい。僕にとっては、ただの優しいおじいちゃんだったんだけど。

「もう、七十歳になったんだ」

頷いた。とっくの昔に定年退職してる。東京に出てからはずっと会っていない。

「実は、すっかり惚けてしまってる」

「そうなの？」

七十でも元気なおじいちゃんはたくさんいるだろうけど、そうなってしまう人もいるんだろう。ケン兄がまた溜息をついた。本当に話すのが辛そうだしあの作次さんが惚けてしまったっていうのは僕も悲しいけど、それを告げたくて呼んだわけじゃないよね。何の関係があるんだ？

「そんなに、言い辛いことなの？」

頷いた。またお猪口から酒を飲んだ。

「どう扱っていいか判らないんだ」

僕も、何を言っていいか判らないから待った。ケン兄の決心がつくのを。

「山下さん」

「山下さん？」

今の〈モリタ金属加工所〉の社長だ。僕らの親代わりみたいな人だ。母さんが失踪して父が殺されて子供たちだけになってしまった森田家を支えてくれて、僕たちを育ててくれた大恩人だ。明日会社の方に行って、挨拶してこようと思っていた。もうとっくに還暦を越えたけど、今も会社を守ってくれている。

ケン兄を右腕にして僕らを支えてくれた、どんなに感謝してもしつくせない人。

「山下さんが、どうかしたの？」

惚けてしまった作次さんじゃなくて、山下さんがどうかしたのか？　ケン兄は息を吐いた。小さく呟いた。

「殺したと」

え？

八

今度は僕の頭の中には『ボーン・アイデンティティー』のテーマソングが聞こえてきたような気がした。

殺した？

って、何だ？

僕はどこにでもいる、いやちょっとヘンな病気は抱えているけど、普通の男の子で犯罪とかそういうものにも無縁で、できれば目立たず平和に人生を無難に過ごしていきたいと思っていたのに。

なんでこんなに物騒な言葉や事態が急にドミノ倒しのように襲ってくるんだ。

「殺した、って、誰が、誰を、どういうこと？」

声を潜めた。ケン兄も背中を丸めるようにして卓の上に乗り出してきて、僕を見た。

「最初から話そう」

「そうして」

ケン兄がお猪口を口に運んでくいっ、と飲んだ。こんな話は飲まなきゃしてられないってことだろうか。

「二週間ぐらい前だ。刑事が工場にやってきた。札幌東警察署の新島という人だった」

もちろん身元を照会したので間違いないとケン兄は言った。昔から慎重な性格だったから自分で警察署に電話して確かめたのに違いない。

「新島さんは親父の事件を担当していたそうだ。これはまぁ後からの雑談の中でだけど、当時はまだ新米刑事で、表現が適当でなくて申し訳ないがわくわくして走り回っていたと言ってたよ」

うん、と、僕は頷いた。全然申し訳なくはない。僕らは父が殺されても悲しくもなんともなかったのだから。新人の刑事さんで最初の強盗殺人事件だったらそりゃあ張り切るだろうと思う。ドラマや小説でもだいたいそうだし現実でもそうじゃないのかなって思う。

「親父の事件は、もうじき時効になるそうだ」

「やっぱり」

そういう時期なんじゃないかって思ってたけど。

「それで、新島さんが改めて事件を洗い直している。警察は決して諦めたわけではありませんって言ってたよ」

真面目そうな人だったそうだ。なかなかいい体つきはしていたそうだけど全然強面じゃなくて柔和で丁寧で、家の外装を直しませんか？　とやってきた営業マンと言われても通るぐらいの感じ。

「改めて話を伺いたいってことだったんだけど、ほら、俺たちに言われてもな」

「そうだね」

その日はケン兄も紗季も家にいなかったんだから、事件のことを訊かれても何も答えようがない。知ってるのは第一発見者である三人。

「山下さんと、作次さんと、飯田さんだよな」

「そうだね」

モリタ金属加工所の現社長の山下さんと、もう引退して惚けてきてしまったらしい腕利きの職人だった作次さんと、もう亡くなってしまった同じく凄腕の職人だった飯田さん。

後から山下さんに聞かされた、父が殺されたときの状況はこうだ。

＊

六月の二十日だったはず。

もうすぐ昼休みになる十一時五十分頃だったそうだ。ケン兄と紗季はそれぞれ学校に行っていて、父はもちろん工場に働きに行っていた。僕はその少し前に二十時間の眠りに突入してしまい、家の兄妹の部屋で長い眠りに就いていた。起きたのは事件の十二時間後なのでもちろん何が起こったのか何も判らなかった。

当時の工場と僕らの家は、その間に犬や猫や子供しか歩けないような細い隙間はあったけど直結していたと言っていい。それは今もほとんど変わらない。家の裏側が工場だったと言えばいい感じだ。

父は何か用事を思い出したという感じで作業の手を止め、家に向かった。鉄の扉を開けると渡り廊下のような板場があり、洗面所もあってそこで手を洗ったりできる。反対側に木の扉があってそこを開けば家の中だ。物置と風呂場があるところに出る。

父と一緒に作業をしていた山下さんと飯田さんと作次さんも、父の姿が家に消えたところで手を止めた。父の作業待ちになってしまったからだ。そういうことはごく普通にあったそうで、父の行動は特別なことではなかったらしい。時計を見たらもうすぐ昼休みで、これはそのまま昼飯にしてしまった方がいいんじゃないか、と、三人ともアイコンタクトで確認した。一応、四、五分は待ったけど父は戻ってこなかった。そこで、父に声を掛けるために山下さんが鉄の扉を開け、板場に足を踏み入れたけど父はいなかった。家の中に入っていったのかと木の扉を開けた。山下さんの後ろには作次さんもいた。少し離れて飯田さんも。

山下さんが「社長!」と呼んだが返事はなかった。首を捻ったが、続けて「昼飯にしますよ!」と、さらに大声で言った。それにも返事がなかった。さて、便所にでも籠ってるのか、それとも家の表玄関から外へ行ってしまったのかと考えた。まぁいいか飯にしてしまうか、と立ち去ろうとしたが、何か大きな音が聞こえたような気がした。

顔を見合わせた山下さんと飯田さんと作次さんは、家の中に入っていった。さらに父を呼んだが返事がない。どこに父がいるのか判らず、山下さんと作次さんは父の寝室があった二階に上がっていき、飯田さんは居間の方に向かった。

父は、二階の寝室で倒れていた。胸から血を流して。

慌てて作次さんは下に降りていき、電話で救急車と警察を呼んだ。入れ違いに二階に駆け上がった飯田さんは、そこで父の脈を取っている山下さんを見た。一瞬で状況を察した飯田さんが、どうだ? と訊くと、山下さんは首を横に振った。既に脈はなかった。

表玄関の鍵は開いていた。二階の寝室の窓も開いていた。家の中に土足で踏み込んだ靴の跡があった。あちこちに何か物色したような跡があった。貴重品がなくなったかどうかは、子供の僕らには全然判らなかったし三人にも判らなかった。ただ、儲かっているわけではなかったから貴重品があったとは思えない。

それで、強盗殺人事件として捜査されたけど、犯人は判らずじまい。第一発見者である三人もある程度は疑われたようだけど、三人には動機も何もなかった。

凶器は細く尖った、たとえばアイスピックのようなものということが判ったけど、少なくとも家にはアイスピックはなかった。家の中にも関係者以外の指紋は発見されなかった。唯一の犯人の手掛かりの足跡はどこにでもあるような靴の跡で何の役にも立たなかった。家から走り去る不審な男を見かけたというような近所の人の証言もあったようだけど、それもただそれだけという情報だった。

結果として、犯人の手掛かりは何もなし。捜査は行き詰まってしまって、未解決の事件として警察のファイルの中に綴じられてしまった。

*

そういうことだ。

第一発見者の一人である飯田さんはもうこの世にいない。十年前に交通事故で亡くなってしまってもちろん僕らはお葬式に顔を出した。だから、その新島さんという刑事さんが話を聞こうとするなら、山下さんか、作次さんになるけど。

「まぁ山下さんは、普通に話をしたそうだよ。もっとも新しく思い出したことなんか何もなくて、あの当時と同じ話を繰り返しただけと言っていたけど」

「そうだろうね」

「で、作次さんは、惚けてしまっていて、まともに話もできやしない」

作次さんは、町から少し離れた病院に入院している。ケン兄が新島さんと一緒に行って、一応確認してきた。ケン兄もその病院に行くのは久しぶりだったそうだ。

「なんだか、泣けてきちゃったよ」

ケン兄が悲しそうに顔を歪めた。昔はよく遊んでくれた作次さん。優しくて、厳しくて、本当に僕ら兄弟は可愛がってもらったんだ。

「本当に、俺のことも何も判らないんだ。どこの誰ですかって顔をされてさ。質問にもまともに答えられなくてさ」

そうなのか。作次さんのいかついけど、でも、笑うと優しい顔が浮かんできた。工場の中は危ないから小さい頃に入るとよく怒られたけど、でも、休憩時間なんかにはカッコいい工具を触らせてくれたり、膝の上に載せて鉄板を曲げる作業を見せてくれたり。

しんみりしてしまった。僕が今モノを作る仕事をしているというのも、やっぱり家がそうやって職人の集まりだったことが影響しているんだと思う。

今思えば、いや現状でも、貧しい冴えない町工場だったけど、現場は、職人さんたちの気概で満ち溢れていたんだ。

いいモノを作る。妥協は許さない。自分たちの技術に満足しないで、日々腕を磨くことも仕事のうち。

そんな空気の中で、僕は育ってきた。ゲーム制作だって同じだ。妥協の産物でしかないそれはただのクズだ。真剣に向かい合って作られたゲームは、何ものにも換え難い輝きを放つのに。

「煙草、あるか」

「うん」

ケン兄は吸わない。というか、子供が出来てから禁煙したはず。でも、ときどきこうやって酒の席では吸ってしまうことがあると言っていた。僕が差し出した煙草を一本取って、火を点けてやると美味そうに煙を吐いた。

「新島さんがな、いろいろ当時の捜査状況を話してくれたんだ」

「どんな」

本来は話していい内容じゃない。ケン兄が当時は犯人の目星とかあったのか、と水を向けると、時効寸前の事件だし、まだ子供だった僕たちも随分大人になったからと、苦笑いしながら少し教えてくれた。

「近所での親父の評判はやっぱりかなり悪かったらしい。あちこちで、あの人だったら誰かに恨みを買っていたかもねって話がたくさん出たらしい」

「あぁ」

そうだろうなと思う。父が僕らに対してしてきたことを他の人にもしていたんだったらそりゃあ恨みも買うだろう。

「その反面、仕事相手には、仕事に関してだけは評判が良かった。腕利きの職人として相当だったらしい。だから、新島さんが言ってたよ。ひょっとしたら社長ではなくて一職人としての道を選んだら、歩んでいたのなら、頑固な職人というだけでそれほど悪い評判は立たなかったかもしれませんねって」

「なるほどね」

「警察は、母さんも探したそうだ」

頷いた。そうだろうと思う。失踪中の妻なんか容疑者の筆頭になって然るべきだと僕も考えたことがある。

「当然、見つからなかったよね」

ケン兄が頷いた。

「まるっきり、影も形も。その後連絡はありませんかって確認されたけど、さっぱりだからね」

「うん」

はっきり言って、容疑者はまるで浮かんでこなかった。だから、いわゆる流しの強盗にばったり出くわしてしまって殺されたのだろうという判断で捜査が行なわれていたらしい。

「それでな」

「うん」

「そんな話も聞いて、あきらめないで頑張りますって新島さんが言ってくれて、帰った後もしばらく作次さんの側にいたんだ。もうほとんど寝たきりみたいになっていてさ。その顔を見ながら、あれこれ勝手に喋っていたんだ」

昔のことを思い出しながら、ほとんど反応しない作次さんに話しかけていた。

「そうしたら、驚いたんだけど、急に作次さんが顔を動かして、俺を見たんだ。そして、『あぁ、居たのかい』って言ったんだ」

「うん！」

惚けてしまった人も、突然チャンネルが繋がるみたいに頭がハッキリすることもあるって聞く。

「驚いたよ。よく眼に意志の光が宿るなんていうじゃないか。あれは本当にそういうものなんだなって思ったよ。さっきまでぼんやりしていた作次さんの眼が、本当にしっかりしたんだ」

「それで？」

ケン兄が溜息をついた。

「作次さんが言ったことを、そのときの会話をそのまま言うぞ？」

「うん」

胸ポケットから紙を取り出した。どうやら僕に伝えようとして、きちんとメモしておいたらしい。ケン兄らしい。


「あれだねぇ」

「なに？　作次さん」

「最近思うんだよなぁ」

「なにを？」

「秘密を墓場まで持っていった隆史は立派だった。大したもんだ」

「秘密？」

「でもね、最近、本当にそれでいいのかと思う。由枝さんを、きちんと葬ってやらないでいいのかと」

「え？　母さん？」

「人を殺しちまったあいつの心の重荷を軽くしてやるってことも、必要なのかとねぇ。最近よく思うんだ。俺ももう長くないだろうしなぁ」

「作次さん、何の話？」

「あぁ、辛いなぁ。辛い辛い」

そこまで一気に言って、ケン兄が口を閉じた。僕を見た。その唇が硬く結ばれてから、迷うようにごにょごにょ動いて、また開いた。

「それだけなんだ」

「それだけ？」

それだけ会話をすると、作次さんはまた元の状態に戻ってしまった。いくら話しかけてもダメだった。そして、その後何度か見舞いに行って話しかけたけど、作次さんが正気に戻ることはなかった。一瞬、ケン兄のことが判って、嬉しそうに微笑んだり名前を呼んだことはあったらしいけど、このメモの内容に関してはそれっきり。

「どう思う？」

どう思うったって。

僕はケン兄からメモを受け取って、眺めた。

隆史っていうのは亡くなった飯田さんのことだ。飯田隆史さんっていう名前だった。由枝さんっていうのは、もちろん森田由枝で、母さんのことだろう。

「そのメモ、後で燃やすかもしれないからな」

「うん」

もう一度、最初から最後までゆっくりと読んだ。

「正確なんだよね？　この作次さんの言った言葉は？」

訊いたら、ケン兄は頷いた。

「九割方、間違いない。百パーセント間違いないかと言われたら、自信がないけどな」

大丈夫なんだろう。ケン兄は頭がいい。記憶力も抜群だった。学校の成績は三兄妹の中では一番だったんだ。

検討してみた。書かれた言葉をきちんと分析するのは、今では僕の方が上のはずだ。プランナーとして文章制作には普段から馴染んでいるんだから。

〈秘密を墓場まで持っていった隆史は立派だった〉

これはそのままの意味か。飯田さんは秘密を、作次さんと共有のそれを口にすることなく死んでいったというんだろう。約束をしたということだ。小説にもよくある台詞の『これは、お互いに墓場まで持っていく秘密だぜ』ってやつだ。

では、その秘密とは？　それは文脈からすると、この言葉にかかるはずだ。

〈由枝さんを、きちんと葬ってやらないでいいのかと〉

「この言葉を鵜呑みにするのなら、母さんは、森田由枝は既に故人になっていて、しかもきちんと葬られていない。まともに葬式を挙げていないってことになるね」

「そうだな」

そして。

〈人を殺しちまったあいつの心の重荷を軽くしてやるってことも、必要なのかとねぇ〉

あいつって。

「この文章全体から判断するとさ」

言うと、ケン兄が僕を見た。

「かなり、怖いって言うか、ヤバイ話になってるよね」

「そう思う」

「母さんが、誰かに、少なくとも飯田さんや作次さんのごくごく身近な人に殺されて、どっかに捨てられているような感じだよね」

ケン兄が、ごくりと唾を飲み込んだ。

「お前も、そう思うか」

「たぶん、誰だってそう判断すると思うよ。あくまでも、この会話だけから判断すると、だけど」

「〈あいつ〉って、誰だと思う」

あくまでもこの文章から考えるとだけど、って言ってから続けた。

「飯田さんはもう死んじゃっているんだから、心の重荷を軽くしてやる、なんて必要はないよね。ってことは、〈あいつ〉ってのはまだ生きているんだ。生きてその秘密を抱えているんだよ。そして作次さんが〈あいつ〉なんて言って、母さんに関係している人って考えると」

それは。

「山下さん」

僕らの親代わりの。そうなんだ、と、ケン兄が顔を顰めた。

「でも、そんなの考えられないだろ？　おかしいだろ？」

大きく頷いた。きっと山下さんを知っている人なら誰でもそう言うと思う。人殺しなんてするはずがないって。父も母さんもいなくなってしまった僕ら三兄妹を育ててくれた、山下さん。

飯田さんも作次さんも山下さんもいい人だ。母さんともすごく仲が良かったのを覚えている。そんな人たちが母さんを殺すはずもないし、殺したとしてもそれを今まで隠し通せるとも思えない。

皆、本当にいい人たちばかりなんだ。

「惚けちゃってるんだよね、作次さん」

「そうだ」

「ってことは、何か混乱してるってことも考えられるよね。全然違うことを言ってるってことも」

そうなんだよなぁ、とケン兄がまた酒を飲んだ。

「その後、刑事さんは？」

「来てないな。少なくとも俺のところには」

むーん、と唸ってしまった。お猪口を持って酒を飲んだけど全然味がしなかった。ケン兄がすぐにでも僕に来てほしいって思ったその気持ちが判った。なんだか、奇妙な生物が眼の前に現れてどうしていいかわかんないって感じだ。

そもそも殺人なんていうものが身近ではないから、その言葉が気持ちの中でふわふわしてしまっている。いや確かに父の事件は強盗殺人として処理されているんだから、そういう経験がない人よりは身近かもしれないけど。

同じだ、と思った。

今、僕の身の上に起こっている約二億円の裏金事件と。

とらえどころが見つからないんだ。

裏金事件の場合は、僕を始末しに来るはずのおっかない方々の影すら僕には見えないから脅えようもないし、二億円なんて大金を使ったことがないのでどうしていいかも判らない。いきなり新幹線の運転席に座らされて好きに運転していいよって言われるのと同じだ。喜んでいいのか悲しんでいいのかさっぱり判らない。

ふわふわしてしまっているんだ。

「どう、思う」

ケン兄が僕を見た。

「正直に言うと」

どう思ったらいいのか、これからどうしたらいいのか、さっぱり判らない。そう言うと
ケン兄も溜息をついた。

「だろうな」

うんうん、と頷いた。

「困ってるんだ」

「そうだろうね」

これは、確かに困る。ケン兄はさらに大きく頷いてから、実はそれだけじゃないんだ、
と、続けた。

「うん」

「さっき、お前や紗季になんかの援助を頼まれても、無理な状況にはある、と言ったろ」

「うん」

言った。工場の経営は厳しいと。

「今すぐどうこうということはない、と言ったが、今すぐではないけど、二年、いや一年
後にはどうなるか判らない状況になってる」

「そうなの？」

もちろん、この不況で仕事自体が減っていることがまず大前提としてある。それに加えて、コンピュータを駆使した機械が職人の腕と大差ないほどの仕事ができるようになってきてること。

「それでも、細々とならなんとかやっていける。リストラや経費節減なんかを慎重に行なっていけば、誰かに泣いてもらわなきゃならないけど、会社自体は維持できるかもしれない」

でも、と、ケン兄は首を少し横に振った。

「判るだろ？」

「うん」

誰の涙も流させたくない。頑張って、工場を維持して、なんとかしてやっていきたい。それは判る。別に父親に義理を立てるわけじゃない。後ろから支えて工場を守って、父亡き後は僕ら兄妹をしっかりと育ててくれた工場の皆と山下さんたちに、その苦労に報いたいと思ってるんだ。

「何か、手段はあるの？」

「新しい受注を受けていくしかない」

今までの鈑金加工なんかに加えて、世界中で通用するメッキ加工やなんかの新技術をラインナップに加えていく。

「もちろんそれには」

「お金が掛かる」

設備投資。難しそうな顔をしながら、ケン兄は頷いた。でも、このご時世に銀行は小さな町工場なんかに融資はしてくれない。してくれても、かえってややこしいことになってしまうかもしれない。ただでさえそんなことでケン兄は悩んでいるのに、そこへ、こんなものが、作次さんのとんでもない言葉が舞い込んでしまったんだ。

九

午後十時になっていた。眠ってしまうまであと十一時間ぐらい。

実家を出てからナタネさんの携帯に電話すると、家から歩いて二分の国道沿いのファミレスに居ると言う。僕が住んでいた頃にはなかったんだけど、こんなのが出来たんだー、と夕方に来たときに確認していた。

コーヒーカップを前に、ナタネさんは文庫本を読んでいた。僕の気配を感じて顔を上げて、よぉ、という表情を見せて微笑んで本を閉じた。何を読んでるのかと思ったら、東野圭吾の『容疑者Xの献身』だった。

「好きなんですか？」

ウェイトレスにコーヒーを頼んでから訊いてみた。

「何をだ」

「東野圭吾」

くいっ、と首を傾げた。

「好きと言うほどではないな」

じゃあ何で読んでるのかと訊こうと思ったら、ニヤッと笑った。

「柴崎コウが好きなんだ」

ドラマや映画を観てから、それなら原作の小説の方を読んでみようと思ったそうだ。そうなのかああいう女性がタイプなのか。とても強そうな女性なので僕はちょっと苦手だ。

いや可愛いからいいんだけど。

「それなら不満でしょう」

その本には柴崎コウが演じた女性刑事は出てこない。そう言うと、確かに、と頷いた。

「不満だが、まぁ物語自体は面白くなくはない。むしろよく出来た話だと思うな」

そう言って、煙草に火を点けた。

「それで？　久しぶりの兄さんとの語らいはどうだった」

「疲れました」

もちろん泊まっていくんだと思っていたケン兄に、仕事があるのでホテルを取ったんだと言ってきた。ついでにGホテルなんていいところに泊まっているのも、会社に出張扱いにしてもらったからだとも嘘をついてきた。ゲーム業界のことはよく判らないケン兄はとりあえず納得していたみたいだ。

一人になってもう一度よく考えてみる。あと十時間ぐらいで眠っちゃうから、起きたらまた家に寄ると約束してきた。

「ゴタゴタというのは、どんなものだった」

「えーと、二つありました」

「ほう」

何もかもナタネさんには話そうと思っていたけど、さすがにこれはどうなのよと考えていた。どっちにしてもこんなところで話せるもんじゃないけど。

「工場がもうにっちもさっちもいかなくなってきて、マズイという話がひとつで」

これぐらいは、ここで話してもいい。近頃じゃそこら中で季節の挨拶みたいにされてる話だ。ナタネさんは、うん、と頷いて微笑んだ。

「良かったじゃないか」

「はい？」

人差し指を立てた。

「さっそく、あれが役に立つ」

約二億円。

「それは」

当然のように考えていた。設備投資をして〈モリタ金属加工所〉が立て直せるんだったら、僕が手にしている約二億円は充分すぎるほどの額のはずだ。でも。

そこで、携帯電話が震えた。ディスプレイを見たらバンさんからだった。ナタネさんにそう言って席を立って、店の玄関ホールまで歩いた。

「はい」

(森田か)

「そうです」

バンさんの声が低い。しかも、僕のことを〈森田〉と呼んだ。これは僕がミスをしたときかあるいは何か良くないことが起こったときに限る。ということは。

(少々具合の悪い報告なんだがな)

「はい」

(せっかくお前に助けられたんだが、あの男が亡くなったぞ)

やっぱりその話か。ここは驚いておくべき。

「いつですか⁉」

(今朝方だな。死因は心筋梗塞とかそんなのらしいが)

少なくとも、表面上は殺されたようにはなってないらしい。自然死であることを改めて祈った。

「そうですか」

(ひとつだけ確認したいことがあるんだがな)

「なんですか」

(あの男を助けたのは、ウィークリーマンションの部屋の中だったんだよな?)

「正確には玄関のところです」

(お前は部屋の中には入っていないんだな?)

「いません。玄関のたたきのところに入っただけです。なんかありましたか?」

(いや、それならいい。依頼人から訊かれただけだ)

依頼人。正確には三島部長の奥さんが依頼人だけど、その奥さんが相談してバンさんに尾行の仕事を回した人のことかもしれない。

その人は、誰なんだ。

「あの」

(なんだ)

「単純に好奇心なんですけど、バンさんにいつも尾行の仕事を回している人って、どんな人なんですか？」

受話器の向こうでバンさんが少し笑った。

（何度も言うが、守秘義務だ。気にするな、お前の尾行の仕事は向こうには迷惑掛けていない。じゃあな）

それで、電話が切れた。何処にいるんだって訊かれなくて助かった。たぶん部屋にいると思ってるんだろう。携帯をポケットにしまって、店内に入ろうと思ったらレジにいるナタネさんが見えた。

「部屋に戻るか」

ニヤッと笑って肩を叩いた。

「もうひとつのゴタゴタは、こんなところじゃ話せないんだろう？」

その通りです。

タクシーの中で携帯を確認すると、いくつかのどうでもいいメールに混じってリローからのメールが入っていた。たぶん、僕が頼んだ件だ。バンさんの向こう側に居る人が判ったんだろうか。そこで読もうかと思ったけど、今はとりあえずいい。ナタネさんに何もかも話してからにしようと思って、携帯を閉じた。

「札幌の街は、いいな」

「そうですか？」

タクシーの窓の向こう側の街を眺めて、ナタネさんは言った。

「すっきりしているのも好きだが、こういうのもいい」

僕は、どちらかと言えば東京のごちゃごちゃしている方が好きだ。いつかこっちに戻ってくるかと訊かれたら、たぶん戻らないって今は思ってる。歳を取ったら故郷に帰りたくなるというから将来は判らないけど。

＊

なるほどな、と呟いて、ナタネさんはメモを見ながら口に手を当てた。

ケン兄に聞いた話を全部した。ついでに僕の生い立ちについても全て話した。父や母さんのこと、僕がどうしてこんな病気を抱えているかも、何もかも全て。

けっこう時間が掛かってしまって、時計を見たら午後十一時三十分になっていた。

「君も随分と過酷な人生を送ってる」

「どうも」

いやいや、とナタネさんは首を横に二度三度振った。

「俺も並みの人生は送ってきてないと自負していたが、君には負けるかもしれない」

勝ち負けじゃないし、そんなんで勝っても嬉しくないけど。

「それでよくこんな素直な青年に育ってくれたものだ」

感心したような眼で僕を見る。

「褒めてくれてるんですか？」

「むろんだ。俺はお世辞は嫌いだ」

ナタネさんは持っていたケン兄のメモをひらりと僕に向けた。

「こいつに関しては、あの金では解決できそうもないな」

「そうですね」

それからまたメモを自分の方に向けて、眉間に皺を寄せた。

「訊いていいか」

「どうぞ」

「お母さんが失踪したときのことを覚えているか？　その前後も含めて覚えていることを話してくれ」

「そんなに話すこともないんですけど」

小学校四年生の、夏休みに入ってすぐの七月の末だった。日付までは覚えていないけど、たぶん三十日ぐらい。

「休みに入って五日ぐらい経っていたはずです」

あぁ、とナタネさんが頷いた。

「こっちは夏休みに入るのが遅いからな」

「そうです」

僕と紗季は二泊三日で留萌の海に行っていた。僕の同級生のちーちゃんのお祖母ちゃんの家へ誘われて一緒に行っていたんだ。ちーちゃん、千葉卓也くんのお母さんは母さんと仲が良くて、工場の仕事があるのでどこにも遊びに連れていってもらえない僕たちをよく一緒に連れていってくれた。

ケン兄は、部活の剣道部の合宿で美唄という町のお寺に行っていた。

「だから、そのとき家には両親しかいなかったんですよ」

ナタネさんが眉間に皺を寄せたまま頷いた。

「君が家を出るときにはお母さんがいたんだな？」

「いました」

いってらっしゃい、と手を振ってくれた。考えてみれば、それが母さんの姿を見た最後だったんだ。でも、その姿もなんかおぼろげになってしまってる。

「それで、帰ってきたらもういなかったのか？」

「そうです」

実は、母さんの失踪はそれが初めてじゃなかった。失踪というほどでもないけど突然いなくなって、夜中に帰ってきたり翌日に帰ってきたりしたことは何度かあったんだ。

「そうなのか」

「たぶん、父の暴力に耐えかねて出ていったけど、僕らのことが心配で戻ってきていたんだと思います」

そんなときの母さんはいつもより優しくて、そしていつもより父に殴られていたりした。それはよく覚えている。実際僕の父と母さんの思い出なんか、だいたいのところがそこへ行き着いてしまう。幸せな夫婦の姿なんか、まるで思いつかない。

そうか、僕に結婚願望とかカノジョが欲しいなんて気持ちがまったく起こらないのはそういうのがトラウマになってるからだろうか。いやでもケン兄も紗季も幸せな家庭を築いているしなぁ。

そんなことはどうでもいいんだ。

「帰ってきたら母さんはいない。その夜も帰ってこなかった。あぁこれはまたどっかへ行ってしまったんだと思っていたら」

「そのまままずっと帰ってこなかった」

「そうです」

「そんなとき、君たち子供の世話は？　まさかお父さんがしたわけでもないだろう」

「作次さんや、飯田さんや山下さんの奥さんたちが」

本当に、いまだにそれが謎だ。よくあんな父に作次さんも飯田さんも山下さんもついていってくれたものだと思う。それはやはりそれだけ父の腕が良かったという証左なのかもしれないけど。

「皆で僕たちの面倒を見てくれたんですよ」

それは昔からのことだったから、僕たちも別にそれで不自由を感じてはいなかった。何度も言うけど、僕は、母さんがいなくなって良かったと思ったのだ。これで母さんはもう父に殴られることもない、どうかそのまま帰ってこないで幸せになってくれとまで、小学四年生の子供が考えたのだからよっぽどのことだと自分でも思う。

「なるほどね。そこだけ取って見れば、いかにも家庭的な町工場という図なわけだな」

「その通りです」

ナタネさんは、ふむ、と唸った。

「メイジ」

「はい」

「お兄さんと、この作次さんがしゃべった内容について考えると、怖い事実が浮かび上がるという話をした」

「はい」

「この〈あいつの心の重荷を軽くしてやるってことも〉の部分について、心の重荷を軽くしてやる、という表現は、死んだ人間に対しては使わない。ということは、作次さんは生きている人間について語っているということになる。すなわちそれは関係者の中だけに限っているのなら」

「山下さんです」

そうだ、と言って、煙草を取って火を点けた。

「君の親代わりの山下さんとやらがお母さんを殺したのか？　と推測したようだが、そうとは限らないんじゃないのか」

「そうですか？」

「作次さんは、由枝さんに関しては〈きちんと葬ってやらなければ〉と、表現しただけだ。決して殺したとは言っていない。きちんと葬るというのはたとえばきちんと葬式を挙げてないという意味だけかもしれない」

確かに。

「むしろ、由枝さんに関してはただ葬ってやりたいと考えている。殺してしまったとはむしろお父さんのことを言っているんじゃないのか」

そうか。そういう考え方も確かにできる。ナタネさんは、むろん、と、付け加えた。

「作次さんは惚けてしまっているのだから、一連の発言にも一貫性はなく、飯田さんをまだ生きていると勘違いして言った可能性もあるのだがな。そういう場合は誰を殺したかは別にして、殺人犯は飯田さんということになるのだが」

　大きく煙を吐き出して、ナタネさんは、さてどうする？　というふうに僕に向かって少し首を傾げた。

「今まで君は今回の裏金のトラブルに巻き込まれたただの〈運のない若者〉と認識していたんだが」

「はぁ」

「どうやら〈特別にアンラッキーな星の下に生まれた人間〉だったんだ、と思った方がよさそうだな」

　僕もそう思う。

「でも、繰り返しになっちゃって、希望的な観測ですけど、作次さんがまるっきり惚けてしまっていて、妄想を話してしまったという可能性もありますよね」

「あるな」

　それは確かにある、と頷いた。

「だが、それを確かめるには、君は今よりさらに多大な苦労を背負い込むことになりそうだな」

　いろいろなパターンが考えられるとナタネさんは言う。

「君はゲームプランナーだ。シナリオも書くんだろう」

「今、この手持ちの材料の中でどんなシナリオを書く？　そして、それが真実に近いかどうかを確かめるためには何をしたらいい？」

ルームサービスで取っていたコーヒーを、ナタネさんは飲んだ。

「山田珈琲店の豆の方が美味いな」

僕もそう思っていた。

「シナリオ、ですか」

「そうだ。自分のことではなく、あくまでもゲームシナリオだと考えてみればいい。冷静に判断できるだろう」

仕事か。仕事のモードになればいいんだな。ミステリのゲームを考えていると思えばいい。今までだってそんなことは何度も考えてきた。何十人の人間を殺したかわからないぐらいだ。

頭を、切り替えた。これは、シナリオだ。素材から導き出される物語を作るんだ。

「まず、作次さんのまるっきりの妄想、虚言、勘違いという可能性は排除しますね」

「そうだな。事実を話しているとしよう」

母さんはきちんと葬られていない、それはすなわち死んでいるということ。それは事実だ。

「書きますね」

母さんが殺されているとして、誰に殺されたのかと考えるのなら。

「まず、犯人の第一候補は父ですね」

ナタネさんは頷いた。

「ただ、明確な殺意があったとは考えられません。いつものように暴力をふるっていて、打ち所が悪くて死んでしまったというのが、パターンとしては素直ですか」

「そうだな。それは君の話からしても納得できる。そして？」

「作次さんも飯田さんも山下さんもその現場にいたのか、あるいは父に相談された。そして母さんの死を隠蔽したというのが〈秘密〉ですね。何故隠蔽したのかという理由はいくらでも想像できるでしょうけど、とりあえず〈工場を守るため〉というのが妥当なラインです。作次さん飯田さん山下さんの三人のキャラクターのラインを守るのなら、殺人の隠蔽工作なんていう恐ろしいことに加担する理由なんてそれしか考えられません」

ナタネさんが大きく頷く。

「今ここで事件を明るみにしては皆が路頭に迷う。自分たちはともかく子供たちを守らなければならない、と。善人にはありがちな行動パターンだな」

頷いて、僕は続けた。

「でも、そうなると、その一年後に起こった父の強盗殺人というのが浮いてしまいます。ゲームシナリオなら三流どころです。ただストーリーを大きくするために無関係な事件を追加してるってことになってしまう」

「なるほど」

我ながらよくこんなこと想像できるって思うけど、仕事モードになればなんてことはない。

「ということは、母さんの死と父の死が繋がっている。連続したひとつの事件だとした方がいい。まさしくミステリの王道パターンでしょう。ならば、父の死は強盗殺人ではなく、母さんの死に対する答えだというのが流れとしては自然でしょう」

「そうだな」

「そうなると、誰が、父を殺したのか？　ということになります。登場人物は三人。山下さんと作次さんと飯田さんです。作次さんの言った内容からすると作次さんは直接手を下していない感じがします。ならば、飯田さんか山下さんのどちらか。では、その動機は何なのか。三人が隠蔽工作に加担したとするなら、誰かが良心の呵責に耐えかねて自首するとでもしたんでしょうか。それを父に反対されて、揉み合っているうちに父を殺してしまった。母さんと父の死のタイムラグ、一年という時間を考えるのなら、そうするのが妥当なラインですか」

「そうして、生き残った三人は、工場を守るために、あるいは遺された君たちを守るために、二人の死を隠し通して生きてきた、か」

筋は通るな、とナタネさんが続けた。

「三人で共謀して証言を作り上げたのなら、警察も嘘を看破できなかったのかもしれない。あるいは君のお父さんの人となりというのも捜査を攪乱したのかもしれない」

コーヒーを一口飲んで、続けた。

「職人さんというのは意志の固い人が多い。どうやらその三人は君たちにたくさんの愛情を持っていたようだ。子供を、自分たちの愛する職場を守るためにならどんな嘘でも突き通す。そういう強さを持っていたのだろう」

所詮は、と、言ってナタネさんがニヤリと笑った。

「岩よりも強固な〈意志〉の前には、何の証拠もない警察の捜査なんて屁みたいなものなのだよ。ましてや、彼らには〈強固な意志〉に加えて〈愛による団結力〉があったらしい。だとしたら」

右手を振って、ひらひらさせた。

「警察なんか敵いっこない」

「なんか、身に覚えがあるような言い方ですね」

そうか？　という表情をしてから笑った。

「いずれにしても」

「はい」

「それを確かめる方法は、ただひとつのようだな」

「そうですね」

判っていた。

「山下さんに訊いてみるしかないです」

もう夜中の十二時を過ぎている。これから家に行って叩き起こすわけにもいかない。そうなると朝になってからだけど、僕が眠ってしまう。

「前半終了だな」

ナタネさんが言った。

「勝負は、ハーフタイム終了後の後半戦」

そのハーフタイムに、僕が二十時間の眠りについている間に何も起こらないことを祈るしかない。

もちろん、約二億円の方も。

十

いつものように、すとん、と目覚めた。

まるっきり夢を見ないで、いや見てるのかもしれないけどまったく覚えていなくて暗闇から一気に明るいところへ出て行く感覚。二十時間の睡眠終了。

でも、自分の部屋じゃない。ホテルだよなぁと思いながら、身体を動かした。手を伸ばした。ベッドサイドのテーブルに置いてあった携帯を掴んで開いた。

午前五時三十九分。

今日は木曜日。

まぁ、いつも通りだ。寝足りないとかそういうことは全然ない。隣りのベッドを見たらナタネさんは布団を頭っから被って寝ていた。こないだはあんな寝方はしてなかったけど息苦しくならないんだろうか。まぁ寝方は人それぞれだからね。放っておこう。

ナタネさんが起きるのは午前六時ぐらい。起こさないようにそっとベッドを降りて、寝室のドアを開けてリビングに出た。

僕が寝ている間、ナタネさんは何をやって過ごしていたんだろう。何かの痕跡があるかと思って見回したけど、何にもなかった。

リビングはしっかり整頓されている。っていうか、お部屋を掃除したそのまんまじゃないかって思うぐらい。唯一違うのは灰皿に煙草の吸い殻があるぐらいか。スイートにもやっぱり禁煙室と喫煙室ってあるんだろうか。

メモも何もなかった。

ナタネさんには、寝ている間に何かあったらお願いしますと言っておいた。もし伝言があればメモをって。何もないってことは、何もなかったんだろう。あるいはちょうど同じぐらいの時間に起きることになったから、そのときに伝えれば済むことしかなかったのかもしれない。

いつものようにものすごくお腹が空いているんだけど、朝ご飯はナタネさんが起きてからルームサービスを一緒に取ろうと思って、まずはメールチェックのためにMacBook Proの電源を入れた。冷蔵庫まで歩いて中から買っておいたミネラルウォーターを取り出して、キャップを開けて飲む。

美味い。

ホテルの嫌なところはどうしても乾燥してるってことだ。朝起きたら咽喉がからからになっている。一日中エアコンが動いているとそうなるんだと思うけど。

僕はトラックパッドを使わない。マウスを操作してメールをチェックした。どうでもいいようなお店やらなんやらのDMは全部消去。残ったのはリローとバンさんと安藤からのメールと、グラフィッカーのミケさんからのメール。会社の連中はもちろん僕の病気のことを知ってるから、滅多に電話を掛けてこない。ほとんどの連絡がメールだ。

重要度が低そうな、いや決してミケさんが重要じゃないっていうんじゃなくて、今回のゴタゴタには関係なさそうなミケさんのメールをまず開いた。

〈寝てる最中かな。トップスの仕事完了。少し手が空くから、ちょっと会いたいんだけど

近いうちにスケジュールつけてね〉

あー、はいはい。判りました。

ミケさんは、さんづけしてるけどひとつ下だ。僕より少し早く入社したし、ものすごくお姉さん属性を持っているし、見た眼もストレートヘアに黒縁眼鏡で知的で非常にお姉さんしてるので皆がさんづけで呼ぶ。バンさんだってそう呼ぶ。よく知らない人は我が社に来るとミケさんのことを社長秘書か何かと勘違いするぐらいだ。

カワイイんだけどちょっと毒のあるキャラを描くのが得意で、我が社のＤＳでの自社製品である『マリッチ・エア！』というゲームのメインキャラを担当した。ギリギリ赤字にならない程度にしか売れなかったんだけど、そのマリッチというキャラはけっこう人気があって同人誌なんかにも使われてる。もっとそっちで話題になってくれればさらに売れるんだけど、知る人ぞ知るって段階で止まってしまった。

実は、ミケさんとは、よくデートするんだ。でも、恋人じゃないし大人のそういう関係もない。

ミケさんは、思うところがあって今のところ恋人を作りたくないそうだ。理由はよく判らないし知りたいとも思わないけどそうらしい。でも、淋しいときや辛いときや遊びたいときにそばにいてくれる異性は欲しい。それに選ばれたのが、光栄にも僕だった。何故僕を選んだのかと訊くと直感だったらしい。この人は間違いなくめんどくさくない男だって。

ま、要するに僕は都合の良いときだけ使われて遊ばれるというわけだけど、別に不満はない。特定の彼女はいないしいろんな意味で僕は淡泊で、確かにめんどくさくない男だと自分でも思う。

〈ちょっと今ゴタゴタしてるので、動きが判り次第連絡するから。よろしく〉

とりあえず無難なメールを送っておいた。これぐらいでオッケー。

バンさんからのメール。

〈いつ会社に来られるか連絡寄越せ。また監視のバイトがあるらしい〉

んー。これはどうするか。ナタネさんに相談してからにするか。この状況をどうやって抜け出すかまだ全然見当もつかないんだ。

安藤からのメール。

〈バンさんの件じゃないぜー。TCプランの熱田さん今度打ち合わせしたいってさ。サポートしてほしいものがあるみたいだぜ。バンさんの了承済み。急ぎじゃないらしいからそっちの手が空いたら直接連絡してくれ。ちなみにバンさんの方には何もないぜ。いつも通りだ〉

熱田さんか。あの人の仕事はいっつも粗いから嫌なんだけど、金払いはいいからしょうがない。

〈了解。いろいろバタバタしてるので、片づいたら連絡する〉

リローからのメール。

〈依頼の件。君のボスのバンさんって、M大卒だよね？　同級生に仲川秀という人物がいるんだ。バンさんの親友みたい。よく一緒につるんでる感じ。で、この人の職業は弁護士。

この人から監視のバイト依頼がでてるね。さすがに弁護士さんでメールなんかの証拠はまるで残していないようだけど、そんな節があるよ。バンさんのメールにいくつかそんな感じのが残ってる。たぶん間違いないと思うな〉

弁護士さんか。やっぱりそうだったのか。じゃあ、弁護士さんが表立って引き受けられないそういうものを、あるいは何かの必要があってバンさんに頼んで、バンさんから僕の方に監視の仕事が来たってことでいいんだ。

これは、どうなんだろう。僕の身に危険が迫っているけど、この弁護士さんの方は大丈夫か。今のところバンさんには何の変化もないようだし。

「まぁこれもナタネさんに相談してからだな」

テーブルの上にきちんと置いてあった僕の煙草を取って、火を点けた。これもナタネさんがきちんと置き直したんだろうな。

一回煙を吐いた。大丈夫、今日も煙草が美味い。体調はなんともないみたいだ。

ナタネさん。

向こうの寝室で寝ている不思議な、そしてたぶんしばらくの間の相棒になってしまった人のことを考えた。

一応全面的に信用はしているんだけど、やっぱりおかしな人だと思う。神経質なようでいて、けっこう大ざっぱなところもあって。変な商売をしていて、お金を湯水のように使うことを何とも思わないで。

本人には確かめていないけど、どうも違和感というか、おかしく感じることがいくつかあるんだ。出会ってから今日まで、いや正確には寝るまでの間での会話なんかを思い出して検討していた。別に何かを疑っていたわけじゃなくて、習慣みたいなもので。

ゲームのブレストなんかやってると、よくそういう作業をする。どこもたぶん同じようなものだと思うけど、新しいゲームを考えるためのミーティング、ブレストは長くかかる。短く済ませるところもあるかもしれないけどバンさんのやり方は違うんだ。とにかく徹底的に話し合う。

真面目な話もすれば、脱線してだらだらと無駄話もする。途中で飲み物を買いに行ったりお弁当を買いに行ったりもする。参考になりそうなゲームをその場で皆でやったりもする。

そうやって何時間も、下手したら十時間ぐらいやってることもある。何かのヒントを摑むために。ヒントさえ掴んだら、後は早いんだ。おぼろげでしかないものに何らかの形を与えて、あとはそれぞれに考えてきてまた検討する。

そのヒントを掴むために、今まで話し合ってきたことのなかに何かないかって探るんだ。ホワイトボードに書き込んだキーワードや、頭の中に残っている誰かの言葉なんかを行きつ戻りつして、探る。

そんなことを、ナタネさんにもやっていた。ナタネさんが今まで僕に告げたことや、話したことや、いろんなことを。くだらない話もしたし、何を趣味にしたらいいかも話し合ったし。

それで、いくつかの違和感を感じる事柄がでてきた。どれも大したものじゃないんだけど、ちょっと首を傾げたくなること。

寝る前にもそんなことを考えていたんだけど。それをどう解釈すればいいか迷っていた。本人に確かめればいいのか、どうすればいいのか。

「リローにかな」

相談してみようか。リローは、信用できる。一度も会ったことないけど、もう何十回とメールでは〈話して〉いる。もう頭の中では謎の美女としてできあがっちゃってるリロー。

いや、それは僕の願望が入ってるか。

〈種苗屋〉のことは調べてもらったけど、そこからさらにナタネさん自身のことは調べてもらえないだろうか。調べられるだろうか。

寝室の方を見てみた。まだ起きてくる気配はない。

テキストエディットを立ち上げた。メールに打つ前にこれまでのことを整理してからにしようと思った。

そのときだ。

カチャン、という微かな音がした。ドアの方からだ。

「え?」

カードキーを差し込む音。ドアが開く音。誰かが歩く音。

「おはよう」

ざっくりした白いシャツに、焦げ茶色のスリムなパンツ姿、新聞を脇に挟んでナタネさんが現れた。

え?

十一

「モーニングは注文しておいたぞ。もう来るだろう」

にこやかにそう言って、僕の向かい側のソファに腰掛けた。新聞を拡げた。僕はただ眼を見開いたままあんぐりと口を開けてナタネさんを見ていた。

「なんだ」

「なんだって」

僕は寝室の方を見た。

「あぁ」

そうか、とナタネさんは頷きながらニヤッと笑った。ゼッタイ判っててこの人はこんな態度を取ってる。おもしろがってるんだと思う。ナタネさんが悪趣味な人だっていうのはもう判ってるんだ。

「カワイイだろう？」

「カワイイ？」

なんだ、と、今度は演技ではない表情を見せた。

「まだ顔を見てないのか」

「見てません。布団を被って寝てるんで」

へぇ、と、拡げた新聞をテーブルに置いて、軽やかな足どりで寝室に向かって中をひょいと覗き込んで、戻ってきて「本当だな」と微笑んだ。

「おもしろい子だな。今までベッドの中にいるのを見た女には居なかったな、ああいうのは」

「女」

もう僕は驚かないぞ、と思いながらもまた驚くんだ。

「女を連れ込んだんですか？」

「まぁそういう表現もできる」

むっとした。いや、それはいいですよ別に。ナタネさんだっていろいろあるんだろうし、せっかくのスイートに男と二人でむなしくなって女を連れ込んだっていい。

でも、人が眠ってる横でやらかすことはないだろうに。そりゃあ僕はそんなことされたって絶対に起きないんだけど。

いや待てよ。ナタネさんは六時まではしっかりと寝るはずだ。さっき僕が起きたときにはベッドの中にいなかったんだから。

「ナタネさんはどこで寝たんですか」

「すぐ近くのダブルの部屋を借りた」

当然というふうにして言う。

「まぁ用心のために部屋はもうひとつあった方が便利だしな。心配するな。その部屋の支払いは俺が持ってやる。言っておくが別に彼女は現地調達したわけじゃないぞ。東京からきたんだ」

「東京から？」

ナタネさんは、たぶん眼を白黒させてる僕を見て本当に可笑しそうにしている。

「実に素直な反応で嬉しくなるな」

「なんですか」

「まぁいい。会えば判る」

会えば？　そこで、ドアがノックされた。

「モーニングだろう」

ナタネさんがくいっ、と顎を動かすので僕が出た。お待たせしましたという客室係が二人いて、ワゴンを三つ押してきた。部屋に招き入れると、ナタネさんがそこらに置いといてくれ、と言って、すいっ、と何かを二人の客室係の手に滑り込ませた。

チップだろう。日本のホテルでは基本的にはチップの習慣はないんだけど、まぁスイートを取るような客が何もしないのも不自然だと思う。

客室係の二人も一応遠慮はしたけど、ナタネさんに笑顔で背中を押されて、すいませんありがとうございます、と立ち去っていった。

「さぁ、朝ご飯を食べよう。嫌な話はおいおいだ」

「嫌な話？」

ナタネさんは、ひょい、と眉を動かした。

「君がすやすやと寝ている間にもいろいろあってね」

やっぱり、そうなのか。寝室の方を示してから言った。

「彼女、昨夜は疲れていて十一時ぐらいに寝たから、もう睡眠は充分だろう。起こしてきてくれ」

「僕がですか」

「名前は、笈川さんだ。笈川麻衣子さん」

オイカワマイコさん？　まるっきり覚えがない名前。逆らってもしょうがないので、寝室のドアをそっと開けた。ベッドの上の掛け布団の膨らみがもぞもぞ動いている。

「あのー」

動きが止まった。手が見えた。その手がゆっくり布団を動かして、髪の毛が見えて、おでこが見えて。そして顔が見えた。その顔がゆっくり動いて僕の方を見た。

女の子だった。

女の人じゃなくて、女の子、と言ってもいいぐらいの年齢だと思う。見覚えがまったくない。丸っこい眼で僕を凝視していた。いや、急に眼を細めて睨んだ。睨んだのじゃなくて眼が悪いのかもしれない。

「朝ご飯が来たので、一緒にどうですか、とナタネさんが」

凝視したまま、二秒ぐらい時間が経って彼女は小さく頭を動かした。声は出なかったけど何となく恥ずかしそうな表情をしていた。

誰なんだ？

厚手のトーストにベーコンエッグにたっぷりの野菜サラダ、コーンスープにヨーグルト、甘めのパンが三種類、フルーツの盛り合わせにコーヒーと紅茶。ナタネさんがリクエストして特別に作ってもらったらしい焼きソーセージと玉葱炒め。

豪華だ。

「いただきます」

三人でソファに座って、食べだした。笈川麻衣子さんはスウェットの上下に巻きスカートというでたちで、おずおずといった感じで寝室を出てきてすぐに「おはようございます」と頭を下げた。少し赤が入ったセルフレームのメガネを掛けていたから、さっき睨んだのはやっぱり近眼のせいだね。化粧も何もしていないスッピン。ものすごく緊張しているような表情だったけど、食欲はあるみたいだ。

「まだ判らないか？」

シュガーがかかったパンを一口噛んで、口をもぐもぐさせながらナタネさんが言った。

「なにがですか」

「彼女が誰なのか」

「判りませんけど？」

僕はバターをたっぷり塗ったトーストにかぶりついた。彼女は僕のその言葉にちょっと顔を伏せて、コーンスープの入ったカップの取っ手を持って口まで運んで、スプーンで一口飲んだ。美味しかったみたいだ。それまでの仏頂面が急にほころんだ。うん、確かにこのコーンスープは美味しい。

「君は彼女に四回会ってるそうだぞ」

「四回？」

何だそのどう判断していいか判らない微妙な回数は。しかも会った回数を覚えているってどういうことだ。彼女を見ると、スープを飲みながら僕を見て、小さく頭を縦に振った。

「どこで？」

訊いたら、ちょっと迷った風に唇を動かしてから、小さな声で言った。

「病院です」

「病院？」

彼女を見た。そんなに身長は高くない。短めの髪の毛は黒い。印象としてはさっぱりしたちょっとだけ気の強そうな女の子だ。

病院ということは、医者？　なわけはないか。看護師さんか？　彼女の顔の下に白衣を想像してみた。看護師さんの友人はいない。でも、確かに僕は看護師さんに会う機会は昔から多かった。もちろんあの病気のせいで。

でも東京では数えるほどしか病院に行っていない。風邪を引いたのが何回かと、あとはあの病気の治療のために、地元の先生に紹介してもらった病院に何度か行ったぐらいで。

「あれ？」

いきなりその場面が頭の中に浮かんできた。

二日、いや三日前か？　どっちでもいいけど、あの人を、亡くなってしまった三島部長を運び込んだ病院で、僕に応対したあの若い看護師さん。

「あ」

あの子だ。そうだ。

「思い出したか」

「あの、僕が救急車で一緒についていった病院で、会った」

彼女が、笈川麻衣子さんが、こくん、と頷いた。いや、でも。

「それは、判ったけど、え？　どうして？」

全然判らない。なんだこの事態は。どうしてあの看護師さんがここに居るんだ。

「まぁ食べろ。トーストが固くなるぞ」

言われるままにトーストを齧ったけど確かに少し固くなってきていた。ナタネさんは順調に自分の分をどんどん食べている。一緒に行動していて判ったけど、この人は何をするにしても早い。食事も、決して急いでいるふうには見えないんだけど、あっという間に平らげてしまう。

もう食後のコーヒーを一口飲んでいる。

「説明するから、食べながら聞け」

「そうします」

「まず、君が眠ってしまってしばらく経ったお昼ごろだ」

ナタネさんは、仲間から連絡を受け取った。念のためにと配置しておいた仲間だそうだ。

「君の妹さんのところと、今はお兄さんのところにも張り付かせている」

「すみませんどうも」

「心配するな。経費はいずれ貰う」

だと思いましたとも。

「だが、もう一つ張り付かせたところがある」

「どこですか」

「君の部屋だ」

なるほど。

「誰かが君の部屋を訪ねてくることがあれば、すぐに連絡が来ることになっていた。むろん会社の人間や宅配便は別にして、だ」

「そうですね」

「そこに、彼女が現れた」

「え」

笈川麻衣子さんを見た。彼女はレーズンが入ったパンをちぎって口に入れて、こくん、と頷いた。

「どうしてですか」

何の関係もないのに。

「それが判らなかったので、俺の仲間は彼女を尾行した。すると、彼女が拉致されそうな現場に遭遇してしまった」

「拉致？」

なんだそれは。

「なにはともあれ、仲間は通りがかった一般人を装って彼女を救い出した。基本的に女性には優しい人間が多いんでな」

「そうですか」

そんなどうでもいい情報はいいから。

「何故拉致なんかされそうになったのか皆目見当がつかないと彼女は言った。そこで、何故君の部屋を訪ねていったか、何者なのかと問うと、彼女の口からある情報がもたらされた」

「なんですか」

ナタネさんは、フルーツの盛り合わせからメロンを一切れフォークで取って、食べた。

「美味いなこれは」

「良かったですね。夕張メロンですよ。それで？」

ティッシュを一枚取って、口を拭ってからナタネさんは続けた。

「彼女は、三島が担ぎ込まれた病院の看護師だと身元を明らかにした。そして、三島と一緒にやってきたのに突然いなくなってしまった君に不信感を抱いたと」

それは、まぁ当然だと思う。

「さらに、君が使った名前が偽名だとその場で見抜いていた」

「え？　どうして」

「何故なら、彼女は以前にも君に会っていたからだ。君がそのやっかいな病気の治療で通ったことのある病院で」

なんと。

「彼女は、あの三島が担ぎ込まれた病院に移る前に、そこで働いていたんだ。そして、実に奇妙な病気を抱えた君のことをしっかりと覚えていた。顔も姿も名前もね。森田明二くんで、恵比寿にあるゲーム会社に勤めていることとさえ」

思い出した。

確かに僕はあの病院で看護師さんと会話をしていた。ゲーム会社に勤めてるって話もした。でも、それがこの彼女かどうかは全然覚えていない。どうして覚えていないのかはわからないけど、まぁ今こうやって彼女を見て思うのは、タイプではなかったからだろうか。僕はどちらかといえば、ふにゃっとした子が好きだ。判ってくれるだろうか。笑顔も普段の顔も態度も、ふにゃっ、としてる子がいいんだ。正直ミケさんみたいなキリッとした女性は苦手だ。そして、この笈川麻衣子さんもどちらかといえば、キリッ、としたネコみたいな顔をしている。だから、印象に残っていないんじゃないか。

「じゃあ」

「そうだ」

ナタネさんは煙草に火を点けた。

「笈川麻衣子ちゃんは、何故君が偽名を使い、しかもいなくなったか。それは何かに巻き込まれたくなかったからだろうとあたりをつけた。それで、担ぎ込まれた三島の様子に充分気をつかっていた。まぁそれは仕事でもあるしな。だが」

「だが？」

「彼女は、三島を訪ねてきた男達の会話を耳にしてしまった」

「会話」

ナタネさんは、ふぅ、と煙を吐き出す。

「なくなった約二億円のトランクのありかを聞き出そうとする会話を」

うわぁ。

「そして、君が二億円は入りそうなキャリートランクを手にして病院から消えたことを、麻衣子ちゃんは覚えていた」

「それで？」

そうだ、とナタネさんは頷いた。

「麻衣子ちゃんは事の真相を確かめたくて、君の住む部屋を訪ねてみた。住所は大分以前から知っていたそうだ」

僕は彼女を見た。野菜サラダからトマトを食べようとしていた麻衣子ちゃんは、ちょっとだけばつが悪そうな顔をして下を向いた。

「住所って」

確かに病院には僕の住所が書いてある書類かなんかはあるんだろうけど、それは彼女が前に勤めていた病院だろう。僕の住所まで覚えていたのか？　ナタネさんは僕と彼女を見比べて、ニャッと笑ってから続けた。

「まぁ何故住所まで覚えていたかは、あとで二人で話し合ってくれ。さて」

コーヒーを飲んだ。

「ここまで話したら、もう理解できたろう？」

なんとなく。確かに嫌な話だけど。

「約二億円を狙う方々は、確かに動いていると確認できた」

「その通り」

「彼女が拉致されそうになったということは、僕の部屋が監視されていたということで、つまり僕の素性はすでにそちらの誰かに知られてしまっている」

「まさに」

僕もコーヒーを飲んだ。やれやれだ。

「そして、彼女は、笈川麻衣子さんは僕の関係者だと思われてしまった。それで拉致されそうになった。今後も狙われるかもしれない。見張りをつけることはできるけれど、人員不足かあるいはナタネさんの趣味かどうかは判らないけど、ここに連れてきて保護するのが最善策だと考えて、彼女は僕が寝ている間に札幌にやってきた」

「ご明察」

にっこりと笑って煙草をもみ消して、ナタネさんはコーヒーを飲んだ。

「つまり、君はまたしてもゴタゴタを抱え込んでしまったというわけだ」

嬉しそうに言った。

「どうしてそんなに嬉しそうなんですか」

「性分でね」

溜息をついて、麻衣子ちゃんを見た。いや、ちゃんづけでいいんだろうか。若くは見えるけど。

「あの笈川さん」

「はい」

表情が固い。っていうか怒ったネコのようにも見える。

「怒ってます？」

「すみません、地顔なんです」

そうですか。

十二

「まぁ二人でいろいろ話し合ってもらうのは後にしよう」

ゆったりとソファの背に凭れてナタネさんは言った。

「麻衣子ちゃんには、事情を全部説明した。むろん君が抱えた家庭内のゴタゴタに関しては言ってない。話すかどうかは君に任せる」

「そうですね」

「とりあえず彼女には、自分がどういう状況に置かれているかは理解してもらった。当然だが病院には辞表を出してもらった。もともと職場環境も悪くて辞めたいと思っていたそうだ」

彼女はこくん、と頷いた。なるほど。

「確かに勝手に首を突っ込んでしまったのは自分なので、怒ったり君を恨んではいないそうだ。ただ、当然のことながら、東京の部屋も何もかもそのままだ。そしてこのゴタゴタが、つまり、お金を狙う方々が何もかも忘れてしまうまで戻れないのは確定だ。それで当面は」

「僕が、彼女の生活費の面倒を見るんですね」

「そういうことだ」

小さく息を吐いた。ただでさえ、自分の将来がまるで見えてこない状況になってしまったのに。でもまぁ、それはしょうがないと思う。

「あの」

彼女が、麻衣子ちゃんが口を開いた。僕を見た。

「すみません。よろしくお願いします」

「あ、いえ、こちらこそ」

素直な口調にびっくりした。

「でも」

「はい」

「当面のお金ぐらいはもちろんなんとかなりますけど。財布とかは持ってこられたし」

「いや」

僕は言った。

「ダメなんだ」

「何がですか」

「キャッシュカードを使えば、君が何処にいるのかを相手に教えることになってしまうんだ。だから、君は今持ってる現金しか使えない」

ナタネさんはニャッと笑った。判ってますよ、受け売りです。

「そういう相手なんだよ。君を拉致しようとしたのは」

彼女は、ナタネさんを見た。

「そういうことだ。そして、まだ相手の正体は掴めていない。まぁそれは俺の方で調べてはいて、今回のことでようやく姿が見えたからじきに判明するだろう。ところで」

「なんですか」

「もうひとつ報告だが。妹さんの方には特に異常はない。誰かが監視しているようではあるが、君が現れない限りは何もしないだろう。ましてや旦那さんが警察官だ、相当警戒するに違いない」

「そうですか」

それは、ホッとした。

「奴らだって馬鹿じゃない。事を大きくはしたくないんだ。できれば君を直接摑まえられればそれだけでいいんだからな」

「そうですね。でも」

ケン兄の方には。言うと、ナタネさんは頷いた。

「当然のように、奴らは君が札幌出身であることも、実家の住所も突き止めたようだな。誰かが実家と工場の見張りについたのを、君が眠ってる間に確認したよ」

間一髪だったなとナタネさんは言った。

「さっさとお兄さんに会ってきて正解だった。もう迂闊には近寄れない」

「いや、それは」

「困るな」

「困ります」

ケン兄と話さなきゃならないことはまだたくさんある。ナタネさんは、首を傾げた。

「初めて会ったときにも話したが」

「はい」

煙草に火を点けた。

「奴らに君の素性を知られたからには、覚悟を決めて、日本での人生を捨てて、このまま、約二億円を手にしたままどこかの海外に逃げるのがいちばん賢明な手段だ。パスポートは用意してあげられる。道連れが増えてしまったが」

彼女を見た。彼女はちょっと驚いたふうに顎を引いた。

「なんとかなるだろう。かえって新婚のカップルに見えていいぐらいだ」

そうなんだろう。僕も他人の身に当てはめて考えてみれば、そう結論付けると思う。

「しかし、そうはしたくないんだろう？」

「そうです」

「自分の窮状も打破しつつ、お兄さんの、家の方のゴタゴタも解決したい。つまりは元の平和な生活を取り戻し」

「たいです」

頷いた。それはもう、絶対にだ。自分一人ではできそうもないのが悔しいけど。ナタネさんは、眼を細めて僕を見た。

「俺の経験上、奴らは、金を取り戻す、あるいは手に入れるまであきらめないぞ。具体的に言えば君が行方不明になったとしても、それから少なくとも一年から二年は」

一年から二年。

「その期間に何か意味があるんですか？」

ナタネさんは肩をすくめて見せた。

「言ったろう。裏金には俺のような〈種苗屋〉がついて回る。伊達にその名を名乗っているわけじゃない」

「そうか」

種や苗からは実が出る。

「新しい裏金ができあがるんですね？」

「そうだ。二億円程度ならまぁうまくいけば一年間で育てられる。掛かっても二年だろう。君を狙っているのが元の金の持ち主なら、新しい裏金が出来上がれば余計な経費を使いたくないから諦める。多額の現金が拾われる事件のようにな」

なるほど。

「もし、君を狙っているのが、金を奪おうとするおっかない人たちの場合も同じだ。二年以上君を徹底的に探すのには多大な経費が掛かる。約二億円を手に入れたとしても、経費分をさっぴくと大した儲けにはならない」

「経済活動なんですね」

「その通り」

大きくナタネさんは頷いた。

「世の中、全てが経済活動だ。それを無視して成り立つものなどこの世には何もない。せいぜいが子供を作るぐらいだがそれにしたってその後は子育てにお金が掛かる。テロリストにしたって新興宗教にしたって、活動のベースは金だ。人の命さえ、現金の額と比較される」

「二年間以上捉まらずに逃げ回れば、もう誰も追ってこないだろうという希望的観測はできるんですね？」

「そういうことだ。まぁもしおっかない人たちに四、五年経って偶然見つかってしまって、そのときに君が大金持ちになっていれば脅される可能性は大いにあるがね」

それで、とナタネさんは僕を見た。

「それでも、逃げないでなんとかしたいと結論付けるかな？」

僕は、頷いた。腹が据わったというかなんというか。別に武闘派でもないし、正義漢でもないけど、なんというか、嫌なものは嫌というタイプだ。

「何はともあれ、僕は実家のことをなんとかしたいんです。兄貴を助けたいし、妹もこれには巻き込みたくない。自分一人がドタバタして済むことならそれでいいんです。逃げるのは」

結局それは。

「兄貴と妹にトラブルの根っこを残して自分だけがのうのうと暮らすことになってしまう。そんなことは、できません」

麻衣子ちゃんはなんのことかさっぱり判らないだろう。きょろきょろしながら話を聞いている。ナタネさんは、首を二、三回振って腕を拡げた。

「まぁそう言うだろうとは思っていた」

「すみません」

「謝ることはない。何度も言うが、俺は君がこの苦境を抜け出すために協力をするパートナーだ。いや」

麻衣子ちゃんの方を見て、ニヤッと笑った。

「図らずも、チームになったな」

チーム。そうか。三人になったんだ。麻衣子ちゃんは僕とナタネさんに見られて、ちょっと口をすぼめた。

「麻衣子ちゃん」

「はい」

「事情は後ほどゆっくり話すが、君の平和な普通の人生を取り戻すためにも協力はしてくれるかな?」

麻衣子ちゃんはちょっと考えて、でもしっかり頷いた。なんか怒ってるような表情は崩さないっていうか本当に地顔なんだなこれ。

「もちろん、協力します。私が出来ることならなんでも」

「よし」

ナタネさんが、手を打った。

「チーム結成だ」

そのまま右手を伸ばして手の甲を上に向けてテーブルにかざした。それって。

「手を重ねろとかいうんじゃないでしょうね」

「それ以外にこの仕草が示すものがあるかね」

ニコニコしながら言う。この人、本当に僕のこの苦境を心底楽しんでいるんじゃないのか。僕が顰めっ面をしながらもナタネさんの手の上に自分の手を重ねると、麻衣子ちゃんもおずおずとそうした。ナタネさんがさらに左手を一番上に持ってきて、強く重ねた。意外に温かい手だった。

「名前は後で考えておく」

「名前？」

「チーム名だ。カッコいいのがいいな」

絶対、楽しんでる。

「まず、どうしたらいいですか」

訊いてみた。情けないけど、ナタネさんに頼るしかない。

「考えてみろ。まず、君の目的はなんだ」

「家のゴタゴタを解決したい」

「そうだ。つまり、東苗穂の実家に自由に出入りしたい。しかし、奴らが、そうだな奴らにも名前をつけないと面倒臭いな。悪役はどうでもいいからデビルにしよう」

それは、どうなんですかとツッコミたかったけど放っておこう。

「デビルに見つからずに自由に出入りするのは難しい。見張っているのは二人だ。その二人を出し抜くためにこちらの人員と俺が囮になるのは簡単だが、根本的な解決にはならない。変装するという手もあるが、まぁ一時的なもので完璧に騙せはしないだろうな。メイクアップする手もあってそういう手蔓もないこともないが時間が掛かるし面倒臭い。判るな？」

「判ります」

「だが」

煙草に火を点けて、笑った。

「世の中ってのは上手く回るものだな。さすがの俺も感心した」

「もったいぶらないでください」

この人の悪い癖だと思う。

「君は実家のゴタゴタのおかげで、本来なかなか手に入れるのが、味方につけるのが難しい奴らの天敵でもあるカードを、切り札を既に手にしている」

カード？　切り札？

「考えてみろ。考えるのがプランナーという君の仕事だろう」

何だ？　奴らを、いやデビルを、デビルって口にするのは恥ずかしいぞきっと、出し抜くための切り札？

デビルの反対は天使？　神？　天敵？　おっかない人たちの天敵ってなんだ。裏側で暗躍するような人たちの敵は。

「あ」

「判ったか」

判った。

「刑事さんだ」

「ご明察」

ナタネさんが、嬉しそうに笑う。

「過去の殺人事件というやっかいな代物を抱えている君は、同時に、警察という切り札を手に入れている。未解決の事件をなんとかしようと熱意に燃える刑事をね」

殺人事件と聞いて麻衣子ちゃんがぴくんと動いたけど、後でね、と表情で伝えた。ナタネさんはしかも、と続けた。

「天敵？」

「幼いころに両親を立て続けに失い、兄妹三人で助け合って生きてきたという悲しくも美しい人生を背負った君だ。その君が、父の事件を時効までになんとかしたいと強く訴えれば、彼は喜んで協力してくれるだろう」

確か、名前は新島さん。

「君が彼と常に一緒に行動していれば、デビルは絶対に手を出せない。それどころか、何故刑事が君と一緒にいるのかを調べたデビルは驚くだろう。未解決の殺人事件を君が抱えていることに。しかも時効が近いことに」

そうか。そうだ。勢い込んで僕はその後に続けた。

「デビルは考えるはずですよね。警察がすぐ近くにいるってことは迂闊に手は出せないって。藪を突ついて蛇を出すようなものだから。それに紗季の旦那さんだって警察官。どこでどう繋がってしまうか判ったもんじゃない。デビルは、これは、時効になって警察が手を引くまで、僕のそばから刑事がいなくなるまで様子を見た方がいいんじゃないかと絶対に思う！」

「その通りだ」

時効までは。いったい時効っていつなんだ。ケン兄に訊いておけば良かった。

「調べておいた」

ナタネさんが、不敵に笑う。

「君の父親の殺人事件の時効まで、あと二十九日間」

二十九日間。その期間が適当なのかどうかまるで判らないけど。

「じゃあ」

「まず君がすることは、その新島という刑事に会うことだ。会って、実家に帰ったときには常に一緒に居るような状況を作り出すことが望ましいな」

「でも」

山下さんに訊こうと思っていたんだ。あの作次さんの言葉はいったいどういうことなのか。それを知っているのは、全部話してもらえそうなのは山下さんしかいないと、ナタネさんと結論付けたんだけど。

「それは、話せないですね、刑事さんに」

「そういうことだな。君もかなり慣れてきたなこういう状況に」

慣れたくなんかないですけど。

「刑事さんに、うまいこと言って一緒に居てもらうために、君はプランナーというその能力をフルに使って、未解決の殺人事件をさらに面倒臭いことにしてしまわないとならないんだ」

「刑事さんと一緒に山下さんに話を聞きにいったら、あっという間に終わってしまうかもしれないからですね」

「その通り」

真実は、闇の中だ。でも、作次さんのあの言葉の情報を持っているのは今のところ僕とケン兄だけだ。それを山下さんや刑事さんに告げたら、あっさりと事件は解決してしまうかもしれない。

それじゃあ、何にもならない。刑事さんにはなるべく長く僕のそばに居てもらわなきゃならない。

「二十九日間、あるいは、お兄さんの、いや工場の苦境をも救い、そして殺人事件の真実をも見極めなきゃならない」

「できれば、デビルの追及を永遠に躱せる方法も見つけなきゃならない」

そういうことだな、とナタネさんは煙草を吹かす。

できるのか、そんなことが僕に。

十三

できますかね？　っていう問いをコーヒーと一緒に飲み込んだ。

そんな弱気な台詞を言ってる場合じゃない。やらなきゃならないんだ。

ゲーム制作と同じだ。できますかね？　は禁句。

もし、それが最善の策だと思ったのならそういうふうに仕上げなきゃならない。そして実際に仕上げてみないと良いか悪いか判断できない。

ゲームってのはつくづく大変な制作物だと思う。平面のグラフィックデザインなら何通りものパターンを何時間かで作っていける。でも、ゲームはそうはいかない。これはおもしろいんじゃないかと思ったアイデアは、何十時間何百時間と掛けてプログラミングして形にしないと、そして動かしてみないと本当におもしろいかどうかが判らない。

またごくりとコーヒーを飲んだ。ナタネさんは優雅に足を組んで、なんだか嬉しそうにしながらコーヒーカップを持って僕を見ている。麻衣子ちゃんはまだもぐもぐと何かを食べながら僕とナタネさんの顔を見比べている。なんだか食べるのが遅そうな女の子だ。いるよねそういう子。

端から見れば、ちょっと奇妙ではあるけど、平和な風景だと思う。

朝陽がきらきらと差し込んでくる高級ホテルのスイートルーム。

男が二人と女が一人、ルームサービスの朝食を囲んで和やかに、いや僕の心中は全然穏やかではないんだけど、会話を楽しんでいる、という図だ。

ナタネさんは年よりずっと若く見えるから、僕や麻衣子ちゃんの親には見えないだろう。だから、兄妹にでも思えるかもしれない。

兄妹。そうだ、偶然だけど、まるで僕ら兄妹と同じ構成だった。

今までそんな体験は一度もないけど、ケン兄と紗季と三人で旅行して、どこかのホテルに泊まったらこんなふうにできるんだろうか。

してみたいと思った。スイートはともかくも、三人で何の不安もなく笑いながら旅をしてホテルや旅館に泊まって朝を迎えて、なごやかに穏やかに、さぁ今日はどこへ行こう？とかにこにこしながら話し合ってみたい。もちろん、そこに深雪さんや奈々ちゃんや靖幸さんが居たって全然かまわない。いやむしろ居てほしい。新しい家族として。

思えば、僕は、そんな光景を夢見ているのかもしれない。

ずっとずっと長い間。

僕の人生の、行動の基準は、ケン兄や紗季に心配を掛けないようにすることだ。それと同時に、ケン兄や紗季の笑顔が見たいっていうのがある。自分の行動で二人を幸せにしたいと思っている。この世知辛い現代社会においてそれはつまりお金を稼ぐってことなんだけど。

できることなら、たくさんお金を稼げるようになって二人に何かをしてあげたい。そのために、僕はこの奇妙な病気を抱えながらもなんとかして立派な社会人になろうとしている。四六時中そんなことを考えているわけじゃないけど、確かにそれは僕の人生の、生き方の基礎になっている。

こんな光景を、三人で過ごしてみたいと思っているんだ。そのために、なにがあっても頑張って生きているんだ。

「そういえば」

パチン、と妄想の、いや空想の泡が弾けて飛んだ。ナタネさんがさも面白そうに微笑んでいた。

「偶然だが、君の兄妹の構成と同じだな。今、ここにいるメンバーは」

この人は僕の頭の中を読んでいるんじゃないか本当に。

「そう思ってました」

そう言うと、ナタネさんの笑みは少し変化した。何かを懐かしく思い出すような、遠くを見つめているような瞳。

「俺には兄妹がいない。だから、君たちのような結びつきが正直羨しいな」

「そうですかね」

「私もです」

麻衣子ちゃんがメロンをぱくりと食べて、僕を見ていた。

「一人っ子なので、兄妹がほしいってずっと思ってました」

「そうか」

判るなってナタネさんが頷いた。それは僕には判らない感情だけど、一人っ子の人は、そう思うのかなやっぱり。

「麻衣子ちゃんは遠慮なく俺をお兄さんと思ってくれていいぞ」

それは年が離れすぎているだろうと思ったけど黙っていた。

「メイジは、恋人にしたいのだろうからな」

麻衣子ちゃんが真っ赤になって俯いてしまった。いやそれってやっぱりなんだろうか。

僕が何にも返せなくて黙っていると、急に麻衣子ちゃんが顔を上げた。

「あの」

「あ、はい」

フォークを静かに置いて、僕を見て居住まいを正した。なんだなんだ。

「申し訳ありませんでした」

「え?」

麻衣子ちゃんはぺこりと頭を下げる。何を謝るんだ?

「カルテから住所や電話番号をメモしてしまいました。明らかに規則違反です。そして、勝手に部屋まで行ってしまって、こんなご迷惑をお掛けすることになって、本当にすみませんでした」

「あ、いや、とんでもない」

そうやって謝りながらも、怒っているように見える。そういえばそうだったなぁと思い出していた。以前に病院に行ったときに、この看護師さん忙しいのかな、なんかいらいらした顔をしてるなぁという印象を抱いた覚えがある。顔はまるで覚えていなかったけど。

「あの」

「はい」

訊いてみた。別にそんなに自分に自信があるわけじゃないんだけど、彼女の行動から考えるとそうなんだろう。

「僕の住所を控えていて、部屋に行ったっていうのは、その、僕にですね」

惚れていたってことだろうか、と暗に匂わせたんだけど、彼女はまた怒ってるような顔になって、俯いてしまった。

わかった。地顔だって言ってたけど、この子、感情が表情に出るとそれは全部怒ってるような顔に見えるんじゃないか。

何か小さい声で言ったけど聞こえなかった。

「はい？」

「いいなって思ってました」

ナタネさんがにやにやしている。そうならそうと通院してるときに言ってくれればいいのに。言えないか。

「でも、です」

急に顔を上げたのでびっくりした。声も大きかった。その自分の声に驚いたのか急に手で口を塞いだ。

「なんですか」

「やっぱり、偽名を使う行動をするなんて、いけないと思う。思います」

堪えきれないって感じでナタネさんが笑った。なんですか。

「メイジ」

「はい」

「俺はもう話を聞いているんだがな」

「はい」

「彼女が部屋まで行ったのは、何故偽名なんか使ったのか確かめるためというのもそうなんだが、別についでに告白をしようとしたわけじゃなく、怒りに行ったんだそうだ」

「怒りに？」

麻衣子ちゃんが頷いて、怒った。本当に怒っていた。

「ひどいです。急患を運んで来たのに偽名を使ってその場から逃げるなんて」

「あ」

いやもうそれは本当にすみません、なんだけど、ただそれだけで？

「見損ないました。だから、本当に頭にきてたんです。私は、会う度に、会えなくなっても、思い出す度に、今度こそ、今度こそ電話をしてみようかとか手紙を出してみようかとかいろいろ考えていたんですけど」

最後の方はどんどん声が小さくなっていってしまった。なんていうか、この子、少し変わっている。

「でも」

「でも?」

「事情は判りましたから」

そうですね。できれば怒らないでいてほしい。そんな僕らを見てにやにやしていたナタネさんが、さて、と手を打った。

「食事が終わったら、二人とも歯を磨いて、いつでも出かけられるように臨戦態勢を取っておいてくれ」

俺は少し向こうの部屋で用を足してくると言って、カードキーを一枚置いた。

「ツインの部屋のキーだ」

僕も持っているといい、と言った。あれ、ちょっと待ってくださいよ。

「部屋割りは」

「部屋割り?」

麻衣子ちゃんも行動を共にする。つまりしばらくの間ここに住む。まさかベッドも隣り同士というわけにもいかない。ナタネさんは、ふむ、と首を傾げた。

「まぁそれも後で決めよう。そんな些細なことはともかく」

君は肝心なことをしっかり考えろと言われた。その通りですね。


言われたように、先に僕が顔を洗って歯を磨いて下着を替えて着替えた。ナタネさんは毎晩お風呂に入るんだけど、そのときに下着を替えて朝起きたときにもまた替えるそうだ。それはちょっと贅沢な替え方なんじゃないかと思ったけど。

「そういえば」

思いついて、洗面所から出て居間に行くと、麻衣子ちゃんはようやく食事が終わったようだった。

「あの」

くいっ、と頭を動かして「何ですか？」という表情をした。やっぱり怒ってるように見える。言いにくいけど。

「洗面用具とか、着替えとか、そういうものは？」

こくん、と首を縦に振った。

「とりあえずのものは、ナタネさんにお金を出してもらって、買い揃えました」

領収書を僕に渡すように言われてるそうだ。はいはい、お願いします。

「まだ足りないものがあるんですけど、それは森田さんと一緒に出かけて買えと」

素直に頷いた。そうします。

「じゃ、それは後で」

洗面所空いたのでどうぞ、と言うと、素直に立ち上がって寝室に行ってから、何かいろんなものを持って小走りになって洗面所に向かった音が聞こえた。寝室から続くドアから行ったんだろう。そんなに慌てなくてもいいのに、と思ったけど、あぁそうか、と気づいた。

彼女は少なくとも僕に好意を持っていてくれてたわけで、今の状況は乙女としてはとんでもなく恥じらいを持って行動すべきなんだ。そうだよな、いきなりこんなホテルで二人きりなんだから。しかも昨夜はいくら僕が一度寝たら絶対に起きないと判ってはいても、隣りのベッドで寝てしまったわけだし寝顔を見られたわけだしそりゃあ不機嫌な顔になってもしょうがないか。

まぁそれは置いといて。

煙草に火を点けた。

考えた。そういうモードになった。した。

ケン兄に会いに行かなきゃならない。ケン兄の抱えている問題、モリタ金属加工所の今後について話し合わなきゃならない。

でも、その問題を解決するのは簡単だ。約二億円がある。そのお金を使えば当座のお金の問題は回避できるし、新規事業のための投資もできる。その後持ち直すかどうかはケン兄と工場の皆の努力次第なんだけど、きっとなんとかしてくれるはずだ。

どうして僕がそんなお金を調達できるのか、というのをごまかすのもけっこう簡単なんじゃないか。

ケン兄はゲーム業界のこともゲームのこともほとんど何も知らない。うちの会社で出したゲームが当たっていて、僕はプランナーとしてその売り上げのロイヤリティを何パーセントか報酬として貰う契約を交わしていると言えばいい。作家の印税みたいなものだよと言えば納得してくれるだろうし、ナタネさんをうちの会社の顧問弁護士として同席させればなおオッケー。

いきなり約二億円を出してきたらそりゃあ怪しむだろうけど、たとえば契約書なんか作って、機械のリース代とかを月に何十万かそこら振り込むとかいうシステムを提案すればたぶん大丈夫だ。信用してくれると思う。そんなゲーム知らないぞとか言われたら、大きな声では言えないけどエロゲーなんだと言えばいい。あるいは大企業向けの教育システムとかソリューションなんとかのもので一般には出てないなんてふうにしてもいい。いくらでもごまかせるはずだ。

そんなに儲かってるなんて一言も言わなかったじゃないかとツッコまれたら、こういう事態を想定して、顧問弁護士のナタネさんにも相談していて、いざというときのために貯めておいたんだとでも言えばいい。ナタネさんの風貌や演技力がそれを補完してくれるはずだ。そうだ、もしそうなったら、いつも稼ぎの悪い兄でゴメンと言い続けてきた紗季には黙っておいてって約束させなきゃな。

果たして約二億円を本当に使ってしまっていいのかどうかという道義的な問題はあるんだけど、それは、僕の中で納得してしまえばいいだけの話だ。

使うも地獄、使わないも地獄。

だったら、使ってしまった方がいい。

で、問題は、デビルだ。

会いに行くためにはデビルの追及を躱す方法を考えなきゃならない。刑事さんに素直に協力してもらえるような事態を作り上げなきゃならない。

なおかつデビルの。

「いや、デビルって呼ぶのマジで恥ずかしいぞ」

いまどきゲームの中でだってその線を狙うときにしか使わないじゃないか。ナタネさんは確かに優秀な人かもしれないけど、ネーミングのセンスはないと思う。何かいいネーミングはないか。

「おっ」

〈強奪屋〉

そうしよう。

「強奪屋」

いいじゃないか。ナタネさんの〈種苗屋〉とも相性がいい。じゃあ、裏金を三島部長に奪われた企業から来る追っ手は〈奪還屋〉にするか。なんかそんなマンガがあったような気がするけど製品化するわけじゃないから著作権に悩まなくてもいい。

「強奪に奪還」

字がムズカシイから図に書くときには〈G〉と〈D〉だ。いいね。いかにもそれらしい字面だ。

じゃあ、僕はなんだ。ここでまた〈なんとか屋〉、なんて持ってくるのはダサい。主人公グループなんだから、うまくそこをズラして名付けるんだ。

僕とナタネさんと、麻衣子ちゃん。

ナタネさんはともかく、図らずも仕事もほっぽりだしていつ終わるともない旅に出てしまった僕と麻衣子ちゃん。

「逃亡者？」

違う。決して僕らは逃げてはいない。いや確かに逃げてはいるんだけど、そんな気持ちでいたらダメなんだ。ダメだからこうして悩んでいるんだ。強奪屋と奪還屋、〈G〉と〈D〉に対等にはりあって、僕は自分の人生を取り戻さなきゃならないんだから。もちろん、麻衣子ちゃんの人生も元に戻してあげないと。

逃げたり守ったりばっかりじゃダメなんだ。

攻撃。

「あ」

「オフェンスか」

〈O〉だ。それって。

「すげぇ」

ハマってしまった。それだ。

サッカーのおかげでオフェンスっていう単語は攻撃を意味するってすっかり広まったけど、実は別の意味がある。前にゲームの企画で調べたんだ。〈反則〉とか〈犯罪〉なんていう意味もあるんだ。〈オフェンダー〉にすれば、それは〈違反者〉って意味だ。

僕がやろうとしていることは、反則だ。違反だ。はっきり言って犯罪だ。誰も傷つけるつもりはないし、裏金なんていう、悪いことを考える奴らの上前をはねることなんか一万円とか十万円とかギリギリで百万円ぐらいの額だったら僕は何とも思わないけど。たぶん。でも、約二億円はやりすぎだ。

それを使おうとしている僕は、〈違反者〉だ。

その感覚を忘れないためにも、自分を戒めるためにも。

「オフェンスもしくはオフェンダー。決めた」

〈O〉にして、〈G〉と〈D〉の間に挟まれてしまえば、〈GOD〉だ。まさに、神様の悪戯に翻弄される僕たちにぴったりじゃないか。逆にすれば〈DOG〉。いいじゃん。強奪屋や奪還屋を逆に追い立てる猟犬に、もしくは逃げ足の速い野良犬になってやろうじゃないか。

「犬だ」

「犬？」

麻衣子ちゃんの声が上から降ってきた。

十四

スケッチブックを取り出した。麻衣子ちゃんに、何もかもを説明するために。

きちんと着替えてきたけど、思ったとおり着ているものはユニクロだ。薄手のクリーム色のハイネックに桜色の春物のカーディガンにジーンズ。地味だけど、女の子らしさが充分感じられるし、彼女の雰囲気によく合っている。お化粧もほとんどスッピンじゃないかっていうぐらい薄い。

ナタネさんは好きなものを買えばいいと言ったと思う。そこで、とんでもなく高いものじゃなくて、ユニクロを選ぶっていうところは気に入った。ひょっとしたら看護師さんっていうのもあるんだろうか。単なる偏見かもしれないけど、看護師さんってそういう感じの人が多いような気がする。

「ナタネさんに、僕が約二億円を図らずも手に入れてしまった事情っていうのは、聞いたんだよね？」

「聞きました」

「じゃ、それはいいとして」

何故、こんなスイートルームでナタネさんと一緒にいることになってしまったのか。森田家に何があったのか。誰が追ってきて、誰から逃げて、そしてこれからどうしたいと考えているのかを、事細かに説明した。

むろん、そういうのは得意だ。要するにプレゼンだ。判りやすくかつ美しく、相手に理解してもらうために解説する。

彼女は、僕の父や母さんのくだりで、本当に悲しそうな顔をした。そんな境遇なんて普通は想像しないよね。ましてや彼女は僕の病気のことはよく判っているんだから、この男の人はなんて不幸なんだろうと思ったのに違いない。

僕の作り上げたストーリーを聞かせた。

母さんは父親に殺されてどこかに眠ってる。そして父親は僕ら兄妹の恩人の手で殺された。すると麻衣子ちゃんが、また怒った顔をした。

「そんな話、ひどいです」

「ひどいね」

「ひどいっていうのは」

「うん?」

まだ残っていたコーヒーを、彼女はごくんと飲んだ。少し迷うように顔をしかめて言った。

「そんなことを考える、森田さんが、ひどいです。恩人なのに、人を殺しただなんて、いくらひどい人だったからってお父さんが殺されてもなんとも思わないなんて、むしろ殺した人にありがとうだなんて」

一気に言って、すみませんって謝った。

「赤の他人が、言い過ぎだけど、ですけど」

反論する気はなかった。その通りだと思う。僕ら兄妹の気持ちを、父に殴られて過ごした日々のことを、父が殺されてから過ごした日々の気持ちを、第三者に理解してもらおうなんて思っていない。

たぶん、麻衣子ちゃんはご両親に愛されて育ってきたんだろう。真っ直ぐな気持ちを持っているんだと思う。それは、いいことだ。それが、当たり前だと思うしそうじゃなきゃならないはずだ。親は、子供を愛して、その腕の中から巣立つまでしっかりと守ってやらなきゃ嘘だ。だから、うちの父は、親じゃなかったんだと思ってくれればいいだけのことなんだけど、麻衣子ちゃんは看護師さんだ。

人の命というものの重さを、大切さを、常に感じているような職業のはず。だから余計に許せないのかもしれない。それも、理解できる。

「まぁ」

できるだけ、穏やかな笑みを浮かべて僕は言った。

「その辺は、個人的な感情ってことで、とりあえず脇に置いといてくれないかな」

これからいろいろ考えなきゃならない問題には、そういう感情は邪魔になるから、と、言うと、麻衣子ちゃんも素直に頷いた。

「そうですね。問題を解決しなきゃならないんですよね」

その通り。さすが現場の最前線で働く人は話が早い。

ナタネさんの〈種苗屋〉、裏金を奪われた企業の〈奪還屋〉、そして裏金を奪おうとする〈強奪屋〉。

「今のところ、君を拉致しようとしたり、僕の実家を見張って僕を捉まえようとしているのが〈奪還屋〉なのか〈強奪屋〉なのかははっきりしていないんだ」

それは今ナタネさんの仲間たちが調べてくれているはずだ。

「それによって、逃げ方も変わるんですね。真剣に隠れなきゃいけないか、ひょっとしたらそれよりかは緩くなるか」

「その通り」

麻衣子ちゃん、理解が早い。

「どちらにしても、僕は今捉まるわけにはいかない。〈奪還屋〉にしても〈強奪屋〉にしても警察と関わるのはゼッタイに避けたいはず。だから、新島刑事を利用して、常に僕と一緒にいてもらうようにして、その間に森田家の問題を解決したいんだ」

それがさっき言ってたことなんですね、と麻衣子ちゃんは納得していた。

「それは、会って『金はあるから安心しろ』って言ってお兄さんが納得すればいいことですね？　つまり今日で終わってしまうかもしれない」

「そう」

でも、それと同時に、新島刑事と一緒に行動して〈奪還屋〉と〈強奪屋〉に僕は殺人事件を抱えた人間ですよー、迂闊に近づいたり拉致したりしない方がいいですよー、とはっきりさせなきゃならない。

「問題は、それをどうやるか、なんだ」

麻衣子ちゃんは、首をかくん、と横に倒した。考えるときの癖なんだろうか。

「未解決の強盗殺人が、時効目前にしてまた騒ぎが大きくなった、とすればいいんですよね」

「そうだね。でも、山下さんが実は私たちが犯人でしたと突然自白したりしないように」

それは、と眼を細めた。

「山下さんを関わらせないようにするのは無理なんじゃないですか？　やっぱり事前に、二億円のことを別にしても、きちんと説明しないと。もし、本当にお父さんを殺したりしていたら、森田さんが刑事さんと行動を共にするのを見るのは耐えられないんじゃないでしょうか」

「そうだね」

それは、そうだ。チラッと時計を見た。さっきナタネさんが出て行ってからもう一時間近く経っている。準備しとけと言いながら、まだ戻ってこない。何してるんだ？　まぁ〈種苗屋〉としての仕事があるのかもしれないけど。

作次さんは入院しているからいいとして、山下さんはすぐ近くにいる。僕の家で刑事さんがばたばた騒いだら、間違いなく耳に入るし、実際家に遊びに来ることだってあるはずだ。

「どう言えばいいかなー」

そんなことは絶対にないと確信しているけど、山下さんが突然自白したりしないように。麻衣子ちゃんが、小さく唇を尖らせた。

「その新島刑事さんに会うためには連絡を取らなきゃならないですよね」

「そうだね」

一応、何かあったらいつでも電話をください、と新島刑事はケン兄に名刺を置いていった。その番号はメモしてある。来てくださいと言えば来てはくれるだろうけど。

「初対面だし、何か理由を作って、実はこういう話があるんです、と署を訪ねるのがいいかなとは思うけど」

「そして、自宅まで来てほしい。〈G〉か〈D〉の見張りに見せつけるために。でも私服刑事じゃ意味ないですね」

「そう。制服を着た警官にも来てほしい」

でっちあげの何かを作って、大事にしなきゃいけないんだ。気のせいか、麻衣子ちゃんの眼がきらきらしてるような気がする。

「昔の、お母さんがいた頃の家と、今の家の場所って違うんですか？」

「違わないよ」

昔は工場と家が繋がっていたけど、今はそこが塞がれて、工場と家の外装を少し新しくしただけ。

「じゃあ」

麻衣子ちゃんは、少し前に身を乗り出した。

「本当に失礼なんですけど」

「うん」

「新島さんに自宅まで来てもらう理由っていうのが、お母さんの死体が家の床下に埋まっているかもしれない、というのはどうですか？」

思わず彼女の眼を、それから唇を見つめてしまった。

そんな可愛らしい唇からなんて大胆なことを。さっき怒ってなかったっけ？　不謹慎だって僕のことを。

「だって、森田さんが考えたストーリーから考えると、そう推測するのが普通だと思いませんか？　お父さんがたとえ事故にしてもお母さんを殺してしまって、それをどうやって処理したのかと考えると、今まで死体が発見されてないってことは余程うまく隠したんですよね。床下に埋まってるってことにすればさもあらんですよね」

「麻衣子ちゃん」

「はい」

ひょっとして。

「君、ミステリとか大好き？」

こくんと真面目な顔して頷いた。

「宮部みゆきさんと東野圭吾さんと都筑道夫さんが大好きです」

宮部さんと東野さんは判るとして、都筑さんを出してくるなんてなかなかのミステリ通じゃないのか。

「じゃあ、海外作家は」

「いちばん好きなのはエラリィ・クイーンです」

素晴らしい。こんな若くて可愛い女の子が、と、どこかの編集者が泣いて喜ぶかもしれない。そんなことはどうでもいいです、という表情を作って麻衣子ちゃんは続けた。

「森田さんが、ふと、思い出したことにするんです。お兄さんから刑事さんが来たことを聞いて、久しぶりにあの当時のことを思い出した。すると、そのころはまるで思い至らなかったけど、今考えるとそれはそうなんじゃないかと。適当な嘘やシチュエーションを作ってお母さんは床下に埋まっているんじゃないかと、刑事さんに言うんです」

「大騒ぎになるね」

「なります」

鑑識はもちろん制服警官も何もかもやってくるだろう。平和な森田家は大騒動だ。もちろん、ご近所の皆さんも。

「でも、〈G〉や〈D〉にははっきりと判ります。警察が動いていると」

「確かに」

何も出なければ勘違いで済む。

「申し訳ありませんでしたって謝って終わり。それでもやっぱり〈G〉や〈D〉には伝わります」

「下手に僕を弄ると警察が動くぞ、と」

「ですよね」

その通りだ麻衣子ちゃん。

「でもさ」

「はい」

ちょっとだけ、真剣な表情を作った。

「本当に出てしまうって可能性もあるよね」

麻衣子ちゃんは顰め面をした。

「正直な話、今までそんなことを一回も考えなかったって言ったら嘘になるんだけど」

失踪して姿を見せない母親、暴力を振るっていた父親。それから導き出されるいくつかの仮説には、そのラインはまさしくスタンダードと言ってもいい。

「出てしまったのなら」

麻衣子ちゃんは、そう言ってこくりと頷いた。

「きちんと、お弔いをしてあげるんです。今まで気づかなくてごめんなさいって」

うん、そりゃそうだね。

「名案だな」

ナタネさんの声。まただ。この人は本当は〈種苗屋〉じゃなくて忍者の子孫じゃないのか。どうやったらそんなふうに気配を消して部屋の中に入ってこられるんだろう。

「名案ですか」

そうだろう、と頷きながら、ひょいとソファをまたぐようにして、一人掛けのところに座った。

「なんですかそれ」

箱をぽん、とテーブルの上に置いた。

「見ての通り、ミスタードーナツだが」

「買ってきたんですか」

「こんなに店頭から盗んでくる技術はないな」

さっき朝ご飯が終わったばかりなのにって言ったら、これは別腹だろうと笑った。いくら別腹でもミスド二箱って。

「それに、考えるためには糖分が必要だ」

要するに好きなんですね。ナタネさんが嬉しそうな顔をしながら蓋を開けて取り出したのはシナモンのドーナツだった。

「好きなものをどうぞ」

しばらくはおやつに困らないと思う。ナタネさんは一口齧ると、もぐもぐ口を動かしてから残っていたコーヒーを飲んだ。

「あぁ、コーヒーは追加を頼んでおいた」

「はいはい」

「それでだ」

名案だ、とまた言った。

「騒ぎを起こさなきゃならないのは確かだ。刑事がいるとは言っても、スーツ姿じゃ監視している連中だって誰だか判らない。制服姿の連中がうじゃうじゃやってくるその手は実に有効だ」

それでもう奴らは当面の間、僕に手出しはできないだろうって続けた。

「ところで、奴らの正体が摑めた」

「本当ですか」

ニヤッと笑った。

「喜べ。デビルの正体は」

「デビルはやめました」

「やめた？」

〈D〉と〈G〉の説明をした。ついでに〈O〉も。ナタネさんは心底感心したような顔をしてみせた。

「なるほど。さすがゲームプランナーというのは違うものだな」

「そんなに褒めないでください」

「どうでもいいことにこんなに力を注げるというのはたいしたものだ」

「褒めてるんですかそれ」

麻衣子ちゃんが笑った。笑わせるつもりではなかったんだけど、女の子を笑わせるっていうのは気持ちの良いものなので、二人とも顔を見合わせてにこっとしてしまった。

「いや笑ってる場合じゃないですよね。どこですか」

「なにがだ」

「追ってきてるのは」

「あぁ」

ナタネさんが、僕のスケッチブックを見て、言った。

「〈奪還屋〉だ」

「〈奪還屋〉」

Dか。約二億円を、三島部長に奪われた一流企業の側の人間。

「どこかは、言えないんですよね」

「一応な」

まぁ普通に考えれば三島部長の居た会社なんだろうけど。

「まさか、会社の人間じゃあないですよね」

ナタネさんは肩を竦めた。

「トップにいるのはその会社の人間だが、下で働くのはお偉いさんに頼まれてそういうことを専門にやる連中だ」

「そんなのがいるんですね」

「居る。君が〈奪還屋〉と命名したのは実に正しい。広い意味ではヤクザと表現していいんだが」

「ヤクザなんですか？」

それは、おっかない人たちじゃないのか。〈強奪屋〉じゃないのか。

「彼らの中にだっていろいろ職種はある。クスリを扱ったり借金取り立てたりゴロ巻いて社会のゴミと呼ばれるような連中とは別に、正しく仕事を請け負って稼いでいる裏社会の連中だっているのさ。ボディガードをしたり」

「奪還屋をしたり？」

「そういうこと」

なので、と、言いながら煙草を取り出して麻衣子ちゃんに向けた。

「申し訳ないがスモーカーなので吸わせてもらうよ」

「とりあえず、〈強奪屋〉、Gよりは安心度が増した。彼らなら、君が刑事と行動を共にすれば決して手出しはしない」

「あ、どうぞ」

「でも」

疑問がある。

「〈奪還屋〉と〈強奪屋〉が同じ畑の連中なら、そこからすぐに漏れちゃうんじゃないですか？　奴らが嗅ぎ付けてすぐにやってくるとか」

「君らは考えたゲームプランを、同じ業種の連中に漏らすのか？」

「あ」

そうか。

「そんなことはしません。守秘義務は絶対です」

「その通りだ。どこの業界でもそれは同じだ。だから、本当におっかない〈強奪屋〉が〈奪還屋〉から情報を得る可能性は現時点ではほぼない」

だから、安心して麻衣子ちゃんの案を実行できると言う。

「でもナタネさん」

「なんだ」

「新島刑事は、父の殺人事件担当ですよ？　母さんの失踪事件を振っちゃって大丈夫ですかね」

どんなふうに話が進んでいくか判らない。

「お母さんの事件だからいいんですよ」

麻衣子ちゃんが、ドーナツの箱の中から抹茶の色をしたドーナツを取り出した。あれはなんだっけ。ぱくりと一口食べる。もぐもぐと口を動かす。その間待っていなきゃならなかったので、しょうがなく僕もドーナツをひとつ取った。チョコファッションだ。これがいちばん好きだ。

「いい、と言うと？」

麻衣子ちゃんは大きく頷いた。

「事件を大きくさせて、新島刑事や制服警官を家に呼んでバタバタするのを見せつけなきゃならない。でも、お父さんの事件を持ちだすと、ひょっとしたらですけど山下さんが自白なんかしてしまうかもしれないんですね。そうならないように事前に山下さんに何かを含めるにしても、どうやって何を含めればいいか難しいんですよね。森田さんが相談したら、実は、とその場で告白しだして警察に駆け込まれたらもう終わってしまいます」

「その通り」

「でも、作次さんの話を考えても、お父さんを殺したのは山下さんかもしれないっていう疑念はあっても、お母さんが失踪して死んでしまっていることに関しては、山下さんが直接絡んではいない、手を下したわけじゃないって、たぶん確信できますよね」

「あ」

そうだ。その通りだ。

「森田さんの考えたストーリーが真実だとしてもお母さんを殺したのは山下さんじゃないんです。だから、事前に森田さんが、山下さんに、お母さんが床下に埋まってるんじゃないかって気がするんだ、と相談すればいいんです。それで山下さんは心の準備ができると思います」

パチン、とナタネさんが指を鳴らした。

「さらに、メイジがフォローしてやればいい。仮にお母さんがそこから出てきたとしても、お父さんと山下さんたちの間に何か密約があったとしても、僕らは気にしないと。絶対に、何も言わなくてもいいからね、と」

「母さんを殺したのは父親ってことで済ませばいいんだ、と匂わせるってことですね？」

「その通りだ」

頷いてナタネさんは煙草を吹かした。

「つまり、君は、今回ある決意を持って里帰りした。兄からの連絡を受け取って、今まで考えていた全てのことを実行しようと。それは二つある。工場の危機を救うことと、母親が床下に眠っているんじゃないかという疑問を確かめること。ただ、それは誰かの罪を糾弾するためにじゃない。暴くためにではなく、新しい生活を作るために、過去を清算しに来たんだと、確固たる思いを山下さんに示せばいいんだ」

君のそう言う決意なら、と続けた。

「君たち兄妹に並々ならぬ愛情を注いできた山下さんは、仮に罪を犯していたとしても、君の決意に報いるために口をつぐむだろう。今までと同じようにな」

そうか？　そうなのか？　頭の中でシミュレーションを始めた。

山下さんなら、そうかもしれない。僕がそういうふうに言えば納得してくれる。

僕たち兄妹を本当に温かく見守ってくれた山下さん。昔のことを思うと心のどこかがほっこりとしてくるし、そのころ聞かされたいろんな人生のアドバイスも今思い起こせば胸に沁みてくる。

母親がいなくなって父親も殺された僕たちに、「親は、子供より先に逝っちまうもんだ。それが多少早いか遅いかだけだ」と繰り返し言っていた。むしろそれこそが親の最大の子供への贈り物だと。

まぁいわゆる虐待を受けていた僕たちは普通とは少し違うけど、それだって、ひょっとしたら贈り物になってるかもしれないと言った。「辛いことは、過ぎてしまえば糧になる」それに潰されない強さやしなやかさを得るためには格好の材料だと言っていた。小さいころはもちろん判らなかったけど、今ならよく判る。

きっと、明二がそういう気持ちならいくらでも協力しようと言ってくれる。そして、仮に罪を犯していたとしても今まで通り口をつぐんだままでいてくれる。その可能性は非常に高い。

警察はどうだ？

失踪していた母さんが、実は床下に眠っていたとすると当然誰がやったかということになる。可能性としては父がいちばん高いのはすぐに判るだろう。父は母さんに暴力を振っていたんだから。

たぶん何も判らないで終わる。これは希望的観測だけど肝心の父が死んでいるんだから、それ以上は追及しないだろう。

そして、結びつける。

母さんの死と、父の死を。

僕がストーリーを想像したように。これはひとつの繋がった事件ではないかと。ひょっとしたら、当時、父が死んでいるのを発見した三人の中に全てを知る人物がいるのではないかと。

山下さんには、その追及を時効まで、あと二十九日間耐えてもらう。耐えてくださいと僕が暗に臭わせる。

僕らの未来を守るために。

それで何もかも終わりになる。

「確認ですけど、〈奪還屋〉もその間は何にもできないですね」

ナタネさんは、むろんだ、と頷いた。

「その後もごたごたが片づくまで君に手出しはできない。そうだな、俺の経験では君から警察が離れるまで一、二ヶ月ほどは様子を見るだろう」

そこから先は。

「そこから、〈奪還屋〉の追及を逃れるための方法は」

後からだな、とナタネさんは言った。

「今現在の状況で考えられることは、出来ることはそこまでだろう。仮に、君の母親の骨が出てこなかったとしても、警察を君の家の周りでうろつかせることはできるんだから、半分以上は成功したことになる」

「そうですね」

それで大丈夫か。手順はこうか。

「まず、新島刑事に電話します」

「うん」

「ケン兄から時効が近いことを聞いた。ついては、いろいろ話したいことや確かめたいことがあるので、夜にでも家に来てくれないかと」

「そうだな」

「そしてその前に山下さんに会っておく。山下さんには監視なんかついていないですよね」

そうだな、とナタネさんは頷いた。

「奴らもそこまで余分な人員はいない。君を捉まえるのには、君の家を張っておけば済むことだからな」

「だから、どこかに呼び出して話をする。これから刑事さんに会ってこういうことを話す。でも、山下さんには今まで通り何も判らないで済ませてほしいというのが僕の希望だときちんと説明してお願いする」

麻衣子ちゃんも頷いた。

「そして、新島刑事が家に着くころに僕も行く。第三者がいたなら〈奪還屋〉は無茶はしないんですね？」

「しないな。〈強奪屋〉じゃなくて良かった」

そこで、話す。

「この家の床下に、母さんが埋められているんじゃないかと」

パチン、とナタネさんが指を鳴らした。

「君のお兄さんと奥さんと娘さんの居所を確保しておこう。このホテルがいいな。眼が届く。私も弁護士として一緒に乗り込んで説明しよう。お金は全てこちらが支払うから心配ないと」

「でも、大丈夫ですか？　刑事の前で弁護士と名乗っても」

片方の眉を上げて、片方の眼を細めた。

「君はまだ判ってないようだな。俺が用意しているものは全て完璧なものばかりだ。刑事が〈弁護士鉈爾淳一郎〉を調べたとしても、そこにあるのは〈その弁護士は実在する〉という事実だけだ」

はいはい、心配した僕が馬鹿でした。麻衣子ちゃんが「あ」と小さく声を上げた。

「なに？」

「私は」

「私？」

僕とナタネさんの顔をかわりばんこに見た。

「私は、どうしたらいいんでしょう。一緒に行動するんですよね」

「むろんだ。森田明二くんの彼女としてね」

「彼女」

まぁ、普通に考えればそうしなきゃならないか。

「将来のことはとりあえず置いといて、せいぜい仲良く振る舞ってくれ」

電話をしよう、とナタネさんは携帯電話を取り出した。

「新島刑事の電話番号を」

あ、と言いながら僕は自分の携帯を出した。もう入力してある。

「え、でもナタネさんがするんですか？」

「当然だ。それは弁護士の仕事だからな」

ディスプレイに表示した番号を押して、ナタネさんは携帯を耳に当てた。

「もしもし？　そちら札幌東警察署の新島刑事でしょうか。こちら、森田明二の代理人をしております弁護士の鉈爾淳一郎と申しますが、今よろしいでしょうか」

巧い。声まで変わってしまったような気がする。

「はい、その通りです。つきましては、森田明二の母親の件で一度お話ししたいことがあります。そうです、父親ではなく、母親です。申し訳ありませんが、森田家の方にご足労願えないでしょうか」

始まってしまった。

どこに行き着くのか、どんなエンドを迎えるのかまだ全然予想できない、そんな表現をしたら麻衣子ちゃんにまた怒られるだろうけど。

たぶん、とんでもなく長いゲームが。

十五

さぁ、大騒ぎだ。

不謹慎だけど、本当に不謹慎なんだけど、白いものが見えた瞬間にその言葉が頭に浮かんできて思わず口にしてしまいそうになったのを、こらえた。

僕、ナタネさん、麻衣子ちゃん、ケン兄、深雪さん。奈々ちゃんは寝ていた。そして山下さんに、刑事の新島さん。

それだけ揃っていた中で、いちばん慌てていたのは、いやそれは失礼か。いち早く慌ただしく動いたのは新島さんだった。

「明二さん、そこまでです」

一旦上がってください、という新島さんの指示に、床下を掘っていた僕は素直に従って、上がってきた。入れ替わりに新島さんが床下に下りた。

白いものが人間の頭蓋骨であることを、いや少なくともそれと同じ形をしていることを確認すると、腰に付けていた携帯電話をシュタッ！　と音がするぐらい勢いよく出して、ワンプッシュのボタンを押したと思ったら一言。

「新島です。出ました」

後は、はいよろしくです、とだけ言って電話を切った。きっと新島さんも一応全部報告してあって、いざというときの準備はしておいたんだと思う。

上がってきた新島さんは手袋の汚れをぽんぽんと払ってから、ケン兄を見て、それから僕の方を向いて言った。

「まだ、お悔やみは言いません。あれがなんであるかは、まだ判明してはいませんから」

ケン兄は頷いたけど、明らかにその頰が引きつっていた。無理ないと思う。

そこに、床下の土から半分出ている頭蓋骨は、母さんかもしれないんだ。

そして、ケン兄は僕よりずっとずっとはるかに母さんのことを心配していた。何かの折りには必ず母さんの話を出して、「元気でやっててくれればいいよな」と言っていた。

でも、僕が警察を呼んで床下を掘るって言い出したときには、ついにそれを言うか、という顔をした。ケン兄も、そういう可能性があることは認識していたんだ。ひょっとしたらそれもあるよなって考えたことはあるんだってそのときに判った。

ずっとずっと長い間、ケン兄にも、ひょっとしたら紗季にも、心の奥底に澱のように溜まっていた思い。

母さんは、死んでいる。

ひょっとしたら父親に殺されてどこかに埋まっている。

そうじゃなきゃこんなに長い間顔も見せない連絡すらないなんて。

少なくとも僕らが知っている母さんはそんな人じゃなかったはずだ。

そういう、思い。

僕は落ち着いていた。少し動悸が早くなったような気がしたけど、それだけだった。この計画を立てたときから腹を決めていたからだ。

ゲームプランで言えば、選択肢のひとつを選んだ結果導き出される、主人公が辿り着くルートのひとつだと確定していたからだ。

こっちに来ちゃったね。

そんな感じだ。

新島さんが続けて言った。

「まず、これが何であるかを確定するのが先です。不謹慎ですがたまにあるんですよ。調べてみたらただの模型だったとか、まったく別人の骨だったなんてことも」

「判りました」

では、と、新島さんは両手を広げた。

「すぐに鑑識が来ますので、ここから先は誰も何も触らないでください。それから一応お話を伺うまでは、この家からは出ないようにしてください」

そう言われてその場に居た全員が顔を顰めたり不安そうな顔をしたりしたんだけど、当然のように表情を変えることなくいちばん落ち着いていたのは、ナタネさん。僕が最初に何かを言おうかそれともナタネさんに任せようかって逡巡したそのときに、後ろの方からことり、と音がした。

振り返ると、廊下に出るドアが少し開いていて、取っ手にぶら下がるようにして小さな姿があった。ピンクのパジャマ姿の奈々ちゃん。丸い瞳が眠そうで、不安そうで、そして皆が集まって何をしているんだろうって感じに動いて僕らを見た。

「奈々」

すぐに動いたのは深雪さん。駆け寄って優しくゆっくり抱き上げた。

「眼が覚めちゃった？」

こくり、と奈々ちゃんが頷いた。深雪さんは視線が高くなった奈々ちゃんに、居間の方を見せないように身体の向きを変えた。少し無理な体勢で振り返って僕らを微笑みながら見た。

「ごめんなさい、寝かせてきますね」

ケン兄も、無理に微笑んで頷いて、奈々ちゃんの頭を優しく撫でた。深雪さんは微笑みを絶やさないようにしていたけど、それは奈々ちゃんを不安がらせないためだろう。いつもの笑顔じゃなくて、少し強ばっていた。お母さんなんだなって僕は感心していた。そうじゃなきゃならないよねって心の中でうんうんと頷いていた。

「新島刑事」

深雪さんが出ていってドアを閉めたのを確認してから、ナタネさんが言った。

「お話しておいたように、深雪さんと奈々ちゃん、そして麻衣子さんの三人はホテルに向かわせてよろしいですね？　森田兄弟と社長の山下さんはここに残らせますが。むろん、私も」

「はい」

新島さんは眉毛を一瞬だけ上げて、頷いた。

「けっこうです」

荷物はもう準備してあった。新島さんが随分手回しがいいですね、と皮肉っぽく言うぐらい、何もかもきちんとしておいたんだ。もちろんそれも全て有能な弁護士の〈鉈禰淳一郎〉の指示、という設定で。なんだか僕はもうナタネさんは実は本当に弁護士の資格を持っているんじゃないかという気持ちになっていた。

よくもまぁ本物の刑事を目の前にして、こんなに堂々と嘘っぱちを並べ立てられるものだと感心していた。調べられても絶対に嘘はバレないって自信はいったいどこから来るんだろうかと。本当に弁護士じゃなきゃこれほどの自信は持てないと思うけどどうなんだろう。詐欺師なら、超一流をも軽々と越えるスーパー詐欺師だ。

「メイジくん」

麻衣子ちゃんが、そう、僕の彼女という設定になっている麻衣子ちゃんがいかにも心配そうな表情で僕を見た。でもたぶん演技じゃないと思う。

まさか本当に人骨が出てくるとは思ってもみなかったんじゃないか。いくら看護師さんでも人骨は見慣れていないだろう。

「大丈夫。覚悟していたから」

僕も麻衣子ちゃんの彼氏という役割をしっかり果たすべく、にこっと優しく微笑んで肩にそっと手を置いた。

「ホテルで待ってて」

その様子を見ていたナタネさんが、いや弁護士〈鉈禰淳一郎〉が、うむ、と頷きながら、ショックを受けている雇い主の彼女を慰める、という設定のような表情と声音で言った。

「問題ないですよ。一通りの事情を訊かれたらすぐに戻れますから」

今晩中にはホテルに着きます、と、これは新島さんの方を見ながら言った。新島さんはちょっと首を傾げて唇をへの字にして不満そうな顔はしたけど頷いた。

「そうですね、そんなものでしょう」

札幌東警察署の捜査一課の新島刑事。

名前は新島新一という冗談みたいな名前だった。名乗った後に、「小学校のころはニュウニュウというあだ名もついていました」と苦笑したっけ。

＊

ご足労願えませんか、とお願いはしたもののやっぱりきちんと出向いて説明しなきゃならなくなって、朝の作戦会議の後、僕と麻衣子ちゃんとナタネさんはホテルから東警察署に直行した。もちろんそれも予定通りだから何の問題もないし、説明する事柄も嘘八百ってわけじゃないから、リハーサルをする必要もなかった。

小さな会議室に案内してくれた新島刑事は、愛想が良かった。僕が来てくれて助かったと切り出したんだ。

「一応、お父様の事件について遺族の皆さんに再度お話を伺いたかったんですけどね、どうにも東京まで足を運ぶというわけにはいきませんでして」

そうでしょうね、とナタネさんが微笑んだ。

「時効寸前の事件にそれほどの予算は割けないということですね」

新島さんの眼がきらっと光ったような気がした。もうナタネさんの性格を把握した気がしている僕はしょうがないと諦めてるけど、そんな挑発しなくても。

「いやその通りです」

新島さんが、すまなそうな表情をして僕を見た。

「ご遺族の方にこんな話をするのは服務規定違反かもしれませんが、ぶっちゃけそういうことです。まぁこれはあらかじめお兄さんといろいろお話ししていたので、明二さんもお聞き及びかと思いますけど」

「はい。大丈夫です」

ケン兄は確かにそんなことを言っていた。新島さんは何もかも正直に話してくれたと。遺族の方からは、事件が解決しないことに対して何の不満の声も上がっていないし、むしろどうでもいいようなことを言われていた。そんな事件に人員と予算を割く程警察はお人好しではない。

「むろん、それは警察としてあるべき姿ではないですが」

お父様を殺した犯人は、捕まえなきゃならない犯罪者。それを最後の瞬間まで追い続けるのが警察の仕事。

でも、現実ってものは過去を待ってはくれない。世の中は全てのものに、人間の命にだって優先順位というものが付けられる。

「それで」

僕が切り出した。いつまでもだらだらと世間話みたいなものを続ける時間はない。さっさと終わらせてこの後山下さんに会わなきゃならないんだから。

この後絶対何があっても、余計なことは言わないでねって説得あるいは確認しなきゃならないんだ。

「父の事件については、僕は何も話せることはありません。たぶん兄が話したのと同じことしか言えません」

父には、暴力を受けていた。母さんもそうだった。それで母さんはいなくなった。父が殺された時間には僕は寝ていたから何も判らない。山下さんたちが父の殺人に関係しているなんてことは絶対にあり得ない。あの三人は僕ら兄妹の恩人です。父を恨んでいた人間なんていうのも、子供だった僕には全然判らないです、うんぬんかんぬん。

僕の話に新島さんは真面目な顔で、ひとつひとつに頷いてメモを取っていた。メモ帳は何故か無印良品のものだった。

「ひとつだけ、確認させていただきたいのですが」

そう言って僕を見た。

「どうぞ」

「あのとき、つまりお父さんが殺害されたと思われる時間に明二さんは睡眠障害を抱えていて寝ていた。そうですね？」

「はい」

「当時も訊いたと思いますが、もう一度聞かせてください。あなたは一度寝てしまうとおよそ二十時間眠らないと決して起きない。なので、お父さんが殺されたこともその後警察がやってきてバタバタしていたのもまったく知らずに寝ていた。そうですね？」

じっと僕の眼を見た。当時この人も現場にいたそうだけど、僕は顔を覚えていない。

「そうです」

「それは」

ナタネさんが言った。

「当時、あなたも確かめたのではないですか？」

「そうですね」

新島さんが頷いた。

「騒然とする家の一室で、明二さんはすやすやと寝息を立てていました。信じられないぐらいにぐっすりと」

「では、何故今更確認を？」

新島さんはナタネさんに少し強い調子で訊かれて苦笑いした。

「すみません。刑事の習性みたいなものです」

そう言ってから僕に頭を下げた。

「当時はまだ小学生だった明二さんが大人になって、時の流れを感じてしまいましてね。そして、あのときは強く訊けなかったけど今なら、なんて思ってしまいました」

ニコッと笑ったので、僕も苦笑した。

「判りました」

新島さんはゆっくり頷いた。

「それで？　肝心な話ですね。今晩、森田家に来てほしいというのはどういうことでしょうか」

ちらっとナタネさんを見た。弁護士まで連れてくるなんて大層なことまでするのはどんな話だっていう顔をした。何ももったいつけずにストレートに言った。

「母が、床下に埋まっているんじゃないかと思うんです」

新島さんは、ぴくりとも動かなかったし表情も変えなかった。刑事もゲームプランナーと同じで、考えられるありとあらゆる事態を想定しておかなきゃならないんじゃないかと思う。それが習い性になってるはずだ。

「それは、どういう意味ですか？」

「そのままです」

なんか悔しかったので僕もできるだけ表情を変えずに話した。いや悔しがるところじゃないけど。

「僕の病気のことをご存知ですよね」

「もちろん」

父が殺された時間、平日の昼間なのに僕は家で寝ていた。僕は五十時間起きていて、その後に二十時間眠るという世にも珍しい睡眠障害を持っている。それは小学生の頃からずっとで、病院でも原因が摑めていない。摑めていないけど現実問題として僕はそういう症状を今も抱えている。

改めて説明したけど、新島さんは真剣な顔つきで聞いている。

「どうしてそんな病気になってしまったのか原因までは知りませんよね」

「そうですね」

一応、医者にも確認したけど原因は不明としか言えないと聞きました、と新島さんは言った。

「あくまでも僕個人の意見ですけど」

父親の暴力が間接的なあるいは直接的な原因だったと思っている。眠らないように、父が兄や妹に突然殴り掛からないように僕は夜も起きて見張っていた。

寝ないように、寝ないように。

兄ちゃんと妹を守らなきゃ。

「小学生の僕は毎晩そんなことを考えて、過ごしていたんです」

眠くなってきたら身体のあちこちを自分でつねって。

時には、コンパスの針をお尻に突き刺して。

新島さんの口が小さく開いた。会ってからずっと新島さんは刑事の顔をしていた。仕事用の顔だ。社会に出て働いている人間だったら誰もが持っているものだ。

でも、それが、崩れた。新島新一さんという男性の顔がのぞけたと思った。

「それは」

本当なんですね？　と僕ではなくナタネさんと麻衣子ちゃんの両方を見て、二人が頷くのを確認した。確認して僕の顔を見て、小さく息を吐いた。

「お父さんの暴力の話は確かに聞いていましたが」

それほどだったとは、と顔を顰めた。

「大変でしたね。お察しします」

「ありがとうございます」

「それにしても」

顎を撫でて僕を見た。

「文字通り」

「はい」

「二十年以上、長い昼と長い夜を過ごしてきたというわけですか」

そうですね。その通りです。新島さんなかなか詩的な感性を持っているのかもしれない。いい表現だ。

その長い昼と長い夜はもう僕の中ではスタンダードになってしまっているから、本人は長いだなんて思っていないんですけど。

「そういうわけで、僕は小さい頃から夜も寝ないで起きている子供でした。父親の様子を常に窺っていたんです。それは理解していただけましたよね」

「充分に」

よし、それでだ。これが肝心なんだ。

今まで誰にも言っていなかった、事実、をここで言う。

「それで、僕は何度か目撃していたんです」

「目撃？」

「その頃は小さかったのでそれが何を意味しているか判らなかったし、基本的に父のやることなんか、僕たちに暴力を振るう以外はどうでもいいと思っていたので今まで記憶の底に眠っていました」

それが、今回、新島さんがケン兄を訪問した話を聞いたことで急に甦ってきた。あれは、あの頃僕が目撃したものはそういうことじゃないかと。

「何を目撃したんです」

新島さんが身体を乗り出してきた。よし、イケると思った。明らかに眼の色が変わっている。

「父が、手を合わせていたんですよ」

「手を？」

僕もそうした。

お祈りをするときのように。

「夜中に、居間の畳をはがして、こうやって、床下に向かって手を合わせていたんです」

＊

「改めて、皆さんにお聞きします」

すぐ隣りにある〈モリタ金属加工所〉の事務室。もう一人刑事さんもやってきた。今田さんというそうだ。若くはなくて、もう定年間近じゃないかって感じの人。

僕とケン兄と山下さんは並んで三人掛けのソファに座って、その向かいに新島さんと今田さん。

ナタネさんは端っこにある普段は山下さんが使っている社長の椅子に座っていた。その様子がまぁ実に堂々としている。山下さんがそこに座っているよりはるかに社長らしい。もし関係ない人が見たら確実にこの中でいちばん立場が強いのはこの人に違いないって確信するぐらい、オーラを放っている。

そういう態度も、絶対わざとなんだ。

どうして警察の人を挑発するようなことをするんだろうって思うけど、まぁそれもナタネさんは全部計算のうちなんだろう。放っておく。

家の居間には鑑識の人たちがずらりと並んで、床下の土を掘って骨らしきものを調査中だ。パトカーもやってきてうちの周りは騒然としているはずだ。幸いっていうか、うちの向かいは公園になってるし、隣りはコンクリート会社の敷地だ。普通に住んでいるご近所さんの自宅は少し離れているから問題ないと思う。何事が起きたかとは思っているだろうけど。

何もかも、計画通りに進んでしまっている。

僕が現れるのを今か今かと待っていた〈奪還屋〉の監視の人はきっと肝を冷やしているだろう。

〈何故、監視対象の家に警察が大挙してやってきたんだ？　まさかあの坊主、金のことを警察に言ったんじゃないだろうな。いやそれにしては鑑識が来てるっていうのはどういうことだ？〉

なんてね。

ほくそ笑んでしまいそうになるのを、抑えていた。そんなことを考えていたらまた麻衣子ちゃんに怒られそうだ。不謹慎だと。

「明二さん？　いいですか？」

「あ」

いけない。新島さんが僕を見ていた。

「お気持ち、お察ししますが」

「いえ、すみません、大丈夫です」

では、と、新島さんは隣りの今田さんを見て、二人で頷き合ってから口を開いた。

「本来なら個別にお話を伺うところですが、まだ何も確定していませんので、順番に基本的なことだけをお聞きします。もし、先ほどの白骨化死体のようなものが」

言葉を切って、メモ帳を見た。

「失踪していたと思われる森田賢一、明二ご兄弟のお母様、森田由枝さんであることが判明いたしましたら、あらためてお話を伺います。よろしいですね？」

僕も、ケン兄も、山下さんも頷いた。ただし、それが判明するのは相当時間が掛かるそうだ。なんたって白骨化しているんだから。

「まず、あの白骨化死体のようなものが由枝さんだと確定するための資料として、写真や、それから歯の治療についての資料のようなものは残っていませんか？」

「歯？」

「歯です」

白骨化した死体の身元を確認するのには、歯の治療痕を調べるのがいちばん手っ取り早いそうだ。

「DNA鑑定は時間も掛かるし、何より骨からのDNA鑑定になると余計にとんでもないお金が掛かりますからね。先ほども言いましたが」

ナタネさんのよく通る声が聞こえてきた。お金って。新島さんが苦笑した。

「その通りです。詳細を説明するのは控えますが、状況にもよりますがDNA鑑定はいちばん最後の手段です。白骨化している場合には、歯の治療痕などから個人を特定できればそれが何より早いんです。いかがでしょうか」

ケン兄が山下さんと顔を見合わせてから、言った。

「写真は、あります。それはすぐに用意できますけど、歯は、どうだっけ？」

僕を見た。

「確か、歯医者さんに行ったことあるよね？」

僕の記憶の中にもある。近所の歯医者さんだ。山下さんも頷いた。

「細かいことまでは知らないが、確かに歯の治療はしていたね」

山下さんがそこの歯医者さんの名前を告げて、新島さんがメモをしていた。カルテが残っていれば一発で判るわけだ。

「写真を持ってきましょうか。座敷の押入れの中に入っているんですけど」

「それは、後で一緒に」

新島さんが言ったときにノックの音がして、鑑識の制服を着た人が一人入ってきて、今田さんにメモを渡した。それを見た新島さんの眉間に皺が寄った。

「捜査をする分には良い情報なのですが、皆さんには辛い情報かもしれません」

「なんです」

「床下に埋まっていたものは、むろん後日きちんと調べますが、現段階での所見では人骨に間違いないと思われ、全身のものがほぼ欠けることなく出てきたそうです。白骨化の様相から、埋められてから十年ほどは経過している見込みであるようですが、これはあくまでも経験値による推測です。性差の大きい骨の部分の違いで、成人女性のものであることはほぼ確実だそうです。それから」

ちらっと、僕とケン兄の方を見た。

「右腕の上腕骨、ここですね」

ぽんぽん、と自分の左腕で二の腕を叩いた。

「骨折の治療痕らしき隆起が見られるそうなんですが、どうでしょう」

ケン兄が、頭をがくん、と垂れた。僕も、自分でも驚いたけど、思わず唇を嚙んでしまった。山下さんが小さく息を吐いた。

「間違いないです」

僕が言った。そう、間違いない。それは、父に折られたんだ。

「父は、酔ってバットで殴って、そこの骨を、母さんの腕を折ったことがあります」

今田さんが、首を横に小さく二度振った。

「どうやら」

新島さんも、顔を顰めながら言った。

「思ったよりも早く確定できそうですね」

十六

ナタネさんの言っていた通り、今日が終わる前にホテルの部屋に帰って来られた。家に帰っても寝られそうにないって言って山下さんも一緒に来て、スイートルームでは麻衣子ちゃんが起きて待っていてくれた。

「奈々ちゃんと深雪さんは部屋にいる」

うん、と、頷いたらドアがノックされて、先にそっちの様子を見に行ったケン兄が入ってきた。

「深雪は奈々と一緒に寝ちゃっていたよ」

驚いて緊張して疲れたんだろう、と苦笑していた。そうだろうと思う。平和な家庭に突然訪れた〈床下の白骨〉なんていう事態。今まで何年もの間、自分たちはその上で生活をしていたのかっていうのは、相当のショックのはずだ。

本当に申し訳なかったなと思う。いくら皆の将来を幸せにするためだとはいっても、こんなことになってしまってごめんなさいっていちばん謝りたい人は、間違いなく深雪さんだ。

たぶん、僕はそんな顔をしていたんだろう。ケン兄が、ポンポン、と背中を叩いた。

「お前のせいじゃない」

「うん」

「掘ることに同意したのは俺だ。俺があそこの主人なんだからな」

「うん」

それに、って続けた。

「知ってるだろ。あいつが俺と正反対に底抜けに明るい女だって」

大丈夫だから心配するなって、笑った。

「コーヒー、来てるから」

麻衣子ちゃんも微笑んでそう言った。タクシーの中からナタネさんはルームサービスでコーヒーを頼んでおいてくれって麻衣子ちゃんに電話していたんだ。

皆で、ソファに座った。

ナタネさん、ケン兄、山下さん、麻衣子ちゃんに僕。

そしてテーブルの上にはコーヒーとミスタードーナツの箱。まだたっぷり残っている。

うん、確かにドーナツを、甘いものを食べたいかもしれない。なんだかんだ言って、疲れている。一日の疲労がどっと出てきた感じだ。ナタネさんはこんなことまで想定して買っておいたのかもしれない。

「山下さんもどうぞ」

真っ先にドーナツに手を伸ばしたナタネさんが、微笑みながら勧めた。

「あぁ、すいません」

じゃ、いただきますか、と山下さんは手を伸ばした。

山下さんは、しばらく会っていないうちに、髪の毛が真っ白になってしまっていた。前から細かった眼は、刻まれて深くなった皺でますます細くなってしまったように思う。

山下さん。

僕ら兄妹を、ずっとずっと慈しんでくれた人。もう何年も前に身長は追い越してしまったけど、そうなる前に、その大きな手に頭を撫でられた感触は今も忘れてはいない。こんなことに巻き込んじゃったけど、ずっと恩返しをしようと思っていたけど、それができるだろうか。

拾ってしまった約二億円で工場を救うことが恩返しになるだろうか？

＊

警察署で新島さんに事情を話して、約束を取り付けた僕はすぐにケン兄と山下さんに連絡を取った。

〈奪還屋〉はそんなに強引な手は使わないだろう、というナタネさんの推測はあった。僕が早めに家に行ってケン兄や山下さんに説明しているところにいきなり踏み込んできたりはしないはず。でも、やっぱり念には念を入れてケン兄と山下さんにはホテルの部屋まで来てもらうことにしたんだ。新島さんには夜の六時に家に来てもらうことにしたので、僕らが家に戻るのはその直前。

ケン兄や山下さんが外出するのは普通にあるので、尾行はされないという希望的観測のもとだったけど、どうやらなんともなかったみたいだった。

「仕事の邪魔してごめんね」

「いや」

それは大丈夫だけどな、と、ケン兄は手をひらひらさせながらスイートルームの部屋を見回した。それから、少し眼を細めて僕を見た。

「こんなところに泊まってるってことは、会社は儲かっているのか？」

「まぁね」

「それにしたって」

豪華過ぎるだろ、とケン兄は呟いてまた部屋を見回した。豪華すぎるよね。いくら儲かっていたってただの平社員が出張経費でこんなスイートルームに泊まるなんて許されるはずがない。超一流企業の社長でもあるまいし。

でも、そういう状況をも利用しちゃう。

「少し大げさにしたんだ」

「大げさ？」

「その方が納得してもらえると思って」

納得？ と、ケン兄はいちいち繰り返した。山下さんもなんだか訝しげな顔をしている。その顔を、表情を変えさせなきゃならない。なるほどと納得してもらわなくちゃここから進んでいけない。

「まずね、ケン兄からメールを貰ったときに、僕がすぐに考えたのは、あぁ工場がまずいんだなってことだったんだ」

ケン兄は、渋い顔をして頷いた。もちろん山下さんも。

「それで、そのときが来たんだなって思って、僕は準備してきた」

「準備とは」

「ナタネさん」

「はい」

有能な弁護士であり、僕とは友人としてかなりの信頼関係を築いている、という設定のナタネさんは、用意した高そうなアタッシェケースからファイルに挟んだ書類を取り出した。もちろん、適当にさっきパソコンででっちあげてプリントアウトした書類。ホテルは便利だ。仕事しようと思えばなんでもできる。

「後ほど正式なものは作成いたします。今回は相互確認のための草案ということでこの書類を作成しました。同じものを二枚作りました。どうぞそれぞれにご覧ください」

どういう顔をしていいかわからないって感じでケン兄と山下さんは書類を手に取って、読み出した。難しくは書いていない。簡潔な内容。

「おい」

すぐにケン兄が反応した。

「これって」

「工場に、お金を貸すんだ。僕が個人的に」

「一億円って」

「それぐらいあれば、大丈夫だよね？　新しい機材を調達したり当面の資金繰りをしたりするのも」

山下さんは、ポカンと口を開けた。

「明二」

「はい」

「これは、お前の金なのか?」

「もちろん」

ナタネさんが、予定通り助け舟を出す。

「私からご説明しましょう。株式会社〈トラップ〉のメインプランナーである森田さんは、二年前に次世代型汎用情報システム〈トロン〉を某社の依頼で企画制作しました。汎用情報システムとはつまりシステムソリューションにおけるところの」

そこまで言って、にやっと笑った。

「難しい話は後回しにして、要するにコンピュータ関係でとても有能でフレキシビリティ溢れるソフトを作ったと理解してください。よろしいですね?」

ケン兄も山下さんも頷くしかなかった。

「そこからさらに改良して制作した〈トロン2〉は、社外秘に関わるデータベースサーバー構築に於いて使用するもののため一般には出回っていませんが、製品化されて、今現在数多くの世界中の一流企業や銀行などがそれを利用しています。つまり森田さんが所属している〈トラップ〉は非常に潤っているわけですが、雇用形態が少々変則的な森田さんは、そのソフトに関する権利を会社に譲渡する際に、ある契約を交わしたのです。それは簡単に言うとロイヤリティですね」

「ロイヤリティ」

ケン兄が呟いて、ナタネさんはそれに頷いた。

「意味はご存知ですね？　売り上げの何パーセントかが制作者である森田さんの永続的な収入になるようにしたのです。〈トロン2〉は非常にユーティリティの高いソフトでして、日進月歩で進化するネットワークやコンピュータに常に対応するためにバージョンアップを繰り返しています。むろん、その度に森田さんにはまたロイヤリティが発生して収入になっていきます。今現在、森田さんの口座に入っている金額はおおよそ一億円になっています」

「一億円！」

今度はナタネさんは反応しないで畳み込むように続けた。

「むろん、それは全部がソフト販売による収入ということではありません。いくらなんでもそこまで高いロイヤリティ収入は余程のことがない限りあり得ない。森田さんは、ロイヤリティ契約をした時点で、自分には手に余る収入が入ってくるに違いないと確信して、私に相談をしてきました。これを上手く運用してくれないかと。そこで私が株やその他の方法で、これは自慢になりますがこのとんでもない世界恐慌とでもいうべき状況下でも確実に資産を殖やし、ここまでになったのです。むろん、森田さんは自分がお金持ちになるために私にそんな依頼をしたのではありません。将来のために役立てるようにしたいということだったのです。将来とはつまり」

にこっと笑って、ケン兄と山下さんを見た。

「〈モリタ金属加工所〉が危機に陥ったときに、これを使いたいと」

ナタネさんがいてくれて本当に助かった。ナタネさんのこの堂々とした容姿と雰囲気がなかったら、ケン兄と山下さんは信用してくれなかったに違いない。まぁ言ってることは、自分の仕事にも関わることだしね。うまく運用して金を稼ぐっていうのが、本職の〈種苗屋〉なんだから。

それも、あったんだと思う。そういう職業をしているっていうことから滲み出る雰囲気が、ケン兄と山下さんをコロッと納得させた。

でも、まだだ。

目的はもうひとつある。

「それでね」

息を少し吐いた。

「工場を立て直して、未来へ向かうためには、きちんとしておきたいことがひとつあるんだ」

なんだ？　という顔をケン兄はした。

「母さんの、こと。母さんと父さんのこと」

母さんは本当に失踪しているのか。実は死んでいるんじゃないか。

ケン兄が眼を丸くした。そうだよね、驚くよね。作次さんが言っていたことをどうしようかって話したばかりなのに、いきなり山下さんの目の前で切り出したんだから。

それも、作戦。

山下さんが何をしていようと、全てが上手くいくまで何も告白させないための手段。皆が愛してくれた工場を立て直すためにも、僕がお金を気持ちよく出すためにも、そういうことにして、終わらせるんだという決意を表明する。

「母さんは、父さんに殺されて、家の床下に埋められていると思うんだ」

仮に、山下さんが、父さんを殺したとしよう。作次さんと山下さんと飯田さんで口裏合わせて強盗に見せかけたとしよう。それを今まで隠し通してきたのは絶対に僕たち兄妹と工場のためにだ。自己保身の気持ちなんてこれっぽっちもなかったはずだ。自分たちが僕ら兄妹を守らなければ誰が守るんだって気持ちだったはず。

そういう気持ちでいてくれて今の今まで隠し通してきたんだから、僕やケン兄がこういうふうに言い出すのもきっと織り込み済みのはずだ。

「何度か話したけどさ、ケン兄」

「うん」

「親父を殺した犯人なんか、見つからなくてもいいっていうのは本心だったよね」

そうだな、ってケン兄は頷いた。

「まぁ、でもな明二」

「うん」

「俺も、人の親になっちまった」

可愛い奈々ちゃん。

「だから、どうでもいいって気持ちは少しは変化している。もし犯人が摑まったのなら、今までしたこともないけど、親父に向かって『摑まったぜ』と一言ぐらい手を合わせてやってもいいかなってな」

まぁでもそれだけだって、言って苦笑して山下さんを見た。

「新島さんにも言ったけど、ぶっちゃけこのまま何もしないで時効になっても文句は言いませんよって。山下さんには親を粗末にするなって怒られるかもしれないけどね」

山下さんは、微笑んだだけだった。

「僕もそう思ってるんだ。たぶんこれは、一生変わらない」

少し、強調した。わざと山下さんの眼を見て言った。

「親父のことなんか、どうでもいいんだ。犯人が今頃のうのうと暮らしていたって憎くもなんともない。どうぞそのまま過ごしてくださいっていう感じ。今更摑まってもらっても、平和な生活が乱されるだけだから、むしろ頑張って逃げてくださいって言いたいぐらいなんだ」

これぐらいにしておく。あまり強調しても怪しまれるし。

「でも、ケン兄」

「うん」

「母さんのことは、別なんだ」

新島刑事に話したことを繰り返した。小さいとき、夜中に起きていた僕が何を見たかを。それを思い出した今、何をしたいかを。

「工場を立て直すために、それだけははっきりさせたいんだ」

何も埋まっていなくても、オッケー。僕の勘違いってことで笑い話にしてもらってかまわない。

「埋まっていたなら、その犯人は親父ってことになる。それはもう、絶対に間違いない。親父は母さんを殺したんだ。殺すつもりはなかったとしても、それを隠したあと勝手に殺されてしまったんだ。自業自得だ」

それで、何もかも終わりにしたい。

きっぱりと、言い切った。ケン兄と山下さんの眼を真正面から見て言った。

「もし仮に骨が見つかったとしても、警察も親父が殺したってことで納得してくれると思う。いや、させる。長引かせたくない。もうこれ以上親父のことで僕らの生活を乱されたくない」

強い口調で言った。演技なんかじゃなく、本心だ。

「後は、親父の強盗殺人が時効を迎えて、それで何事もなく、終わり。絶対に、そうやって終わらせたいんだ」

それで、工場を立て直すんだ。

＊

しばらくの間、誰も何も言わなかった。

ただ、コーヒーを飲んで、ドーナツを食べていた。甘いものって、絶対に気持ちを落ち着かせる効果があると思う。

「山下さん」

煙草に火を点けて、ナタネさんが山下さんを呼んだ。

「はい」

「おそらくは、十中八九は、あの骨は森田兄妹のお母様のものでしょう」

皆が、ちょっと動いた。当然その話をしなきゃならないけど、ナタネさんが最初に口火を切るとは思ってなかった。山下さんは、大きく息を吐いた。

「そう、でしょうね。そう思いたくはありませんが、そんな気がしますね」

「いかがでしょうか。覚悟ができましたか」

覚悟って、何を言い出すんだナタネさん。山下さんもちょっと首を傾げた。

「覚悟、と言いますと」

ナタネさんは、テーブルの下に手を突っ込んで何かを取り出した。

「これを、ご存知ですか」

革で作られた単行本より少し大きめのケース。それは。ナタネさんはテーブルの上に置いて、パチリと留め金を外してケースを広げた。

やっぱり、バックギャモンだ。

「バックギャモン」

山下さんも呟いた。知ってたんだ。

「そうです。世界中で行なわれているボードゲームのひとつです」

ちらっと僕を見た。何だ？ 何を言おうとしているんだ？

「私と森田くんを、まぁ普段はメイジと呼んでいるんですが。メイジは私のことを菜種油などと呼びますがね」

「呼びませんよ」

そこは、合わせて笑った。それぐらいのアドリブは利く。

「私たちを結びつけたのは、このバックギャモンだったんです。二人の共通の趣味でしてね」

いつの間にそんなことになったんですか。確かにできるし嫌いではないけど。

「そうでしたか」

「今までに何度となく、いやもう何百回もやっているかな？　戦績はどうだったっけメイジ」

親しげに呼びかける。はいはい、判りました。そういう流れになるんですね。

「僕の八九勝一一一敗、だったはず」

足して二百回。判りやすい。嘘は、判りやすくつくのがいちばん。

「そうそう、それぐらいです」

にこりと笑って、煙草の煙を吐き出した。

「年を食ってる分だけ私の方が勝っているように思えますが、実はほぼ互角ですよね。それほどの差はない」

「そうですね」

「このバックギャモンは、むろん高度な戦略性が必要なものであって、実力の差がきちんと出るものではありますが、その実力の差を平たくさせているのがこの」

サイコロを手に取った。

「サイコロです。これは実力ではどうにもならない、運です」

ダブリングキューブもまぁ勝負に関わってくるけどね。

「むろんサイコロも確率論ではありますが、それさえも確実に味方にできるのは悪魔だけでしょう。だからこそこのバックギャモンには永遠性さえ感じる魅力がある」

まるで、人生のような、と続けた。

「駒を状況に応じて的確に確実に進めなければ勝ちはない。けれどもその駒を進めるのはサイコロの目です。運だけに左右される不確実な」

サイコロ。

そう言って、手のひらの上でサイコロをもてあそびながら、微笑んで皆を見回した。

「私はメイジや賢一さんより、あなたの方の年齢に近い。今でこそ弁護士などと偉そうな顔をしていますが、ここに至るまでには人には言えない程の、相当な山坂や深い谷がありました」

ひょっとしたらあなた方が想像もつかないぐらい、と言った。まぁそうなんだろう。弁護士は嘘っぱちだけどね。

「だから、山下さんの気持ちがきっと理解できる。あなたは、メイジというサイコロに運命を握られてしまった。それはあまり嬉しくないかもしれない。男として、保護者として過ごしてきた人間としてはおもしろくないかもしれない。いや、そんなことはすべきではないとまで考えているかもしれない。けれども」

サイコロを、ころん、とバックギャモンの盤面に転がした。

「サイコロには、裏表がない」

皆がきょとん、と、した。

「どこに転がっても、どれが出ても、出た面の裏の数は誰もが判っているんです。一の裏は六、二の裏は五、三の裏は四です。何が出るか判らないと言いながらも、これほど裏表のない真っ正直なものも少ない」

「なるほど」

山下さんが笑った。

「私は、メイジというサイコロに全てを任せていいと思っているんです」

ナタネさんは、ゆったりとソファの背に凭れて、両手を組んで山下さんを見た。

「老いては子に従えではありませんが、メイジのお金を遣うことにとまどいがあるかもしれません。しかし、ここは黙って、何も言わずに、覚悟を決めて、メイジというサイコロの運に任せるのがいちばんなのではないかと思うんです」

ここでようやく僕はナタネさんの意図を理解した。山下さんに、暗に求めているんだ。何も言わずに、黙ったまま、このまま僕たちの計画に乗ってくださいと。

念押しをしてくれているんだ。

山下さんは微笑んだまま、しばらくじっとしていたけど、サイコロに手を伸ばしてそれを転がした。

目は、一と一。

「素晴らしい。良い兆しですね」

ナタネさんが言うと、山下さんも頷いた。

「そうですね」

僕を見た。

「覚悟は、決めてますよ」

明二、と、僕を呼んだ。小さい頃にそう呼ばれていたのと同じ口調で。

「さっきはどうにも驚いたのととまどったのとで言えなかったが、改めて言うよ」

「はい」

背筋を伸ばした。真っ直ぐに僕を見た。

「よろしくお願いします」

すっ、と頭を下げた。ダメだ。ダメだよ山下さんそんなことしちゃ。僕に頭を下げるなんてそんなことをしたら。

ケン兄が、笑った。

「お前、相変わらずそれか」

「いいじゃないか」

声が震えた。僕は涙脆いんだ。すぐに涙が出てくるんだ。そんなこと皆わかっているじゃないか。いやナタネさんと麻衣子ちゃんは知らないだろうけど。

「とても一億円も稼いだ男には見えないな」

ケン兄がそう言って、皆が笑った。僕も笑った。

いや実はそうなんだケン兄。

僕は稼いでいないんだ。拾ったお金なんだ。でも、それで皆が幸せになるのなら、喜んで使おうと思う。

それこそ、僕も覚悟は決めている。この先に何があっても、このプランをやり遂げるって。

まだ、先はとんでもなく長いはずだけど、長い時間を過ごすことには慣れているんだからきっと大丈夫だ。

十七

一人、スイートルームの居間に残って、もろもろメール。

山下さんは家に帰ったし、ケン兄は深雪さんと奈々ちゃんが眠る部屋に戻った。麻衣子ちゃんはダブルの部屋にって思ったんだけど、一人で寝るのは少し怖いと言い出して、結局このままこの部屋で寝ることになった。僕が寝ている女性にイタズラするような人間ではないと判ってくれたようで良かった。ナタネさんがダブルの部屋に戻っていくときに、そのまま麻衣子ちゃんとなし崩し的に恋人になってしまえと微笑んでいたけど、なし崩し的ってなんですかまったく、だ。

まぁ確かに好みのタイプの女性ではないけど、良い子だっていうのは判った。本当に僕のことを心配してくれているし、自惚れるわけではないけど、惚れてくれているみたいだ。やっかいな病気持ちでおまけに父親は自分の妻を殺したあげくに殺されるって最悪の条件の男なのに。

でも、真面目にこれが片づいたらどうなるんだろうと考えてしまう。僕はまだ麻衣子ちゃんのことをほとんど何も知らないけど、彼女はもう既に僕の人生をほとんど把握してしまった。それなのに、イヤな顔ひとつしない。

さっき、二人きりになったときに、彼女は訊いてきた。

「訊いていい？」

「どうぞ？」

キリッとした形の眼を少し伏せた。私のことを好きですか？　とか訊かれたらどうやって答えようかと思ったけど違った。

「悲しいですか」

「悲しい？」

「まだ決まってはいないけど、たぶん、お母さんが死んでしまっていて」

少し考えた。でも、すぐに答えた。

「悲しいよ」

麻衣子ちゃんは、真っ直ぐに僕を見ていた。

「そんなふうに見えなかった？」

「うん」

言われるかなって思っていたんだ。たぶん彼女は看護師さんとしてずっと仕事をしてきて、人間の生き死にってものに数多く触れてきたはずだ。

泣き叫ぶ人も居ただろう、静かに涙する人も居ただろう、涙を堪えた人も居るだろう。そういう残された人たちをたくさん見てきた。だから、骨が見つかってそれが母さんであることがたぶん間違いないとなったときの、僕やケン兄の反応に不満というか、そういうんだろう。

「正直、実感がないというか」

母さんは長い間居なかった。僕らの生活の中に存在しなかった。存在していないということは、この世に居ないというのと同義だった。もしもこれでどこかで事故かあるいは病気で死んでしまって、駆けつけてその亡骸と対面したのなら違ったかもしれない。記憶の中にある母さんが、ずいぶん老けたにしてもそこに横たわっていたのなら泣いたのかもしれない。でも、見たのは骸骨だった。土の中にある頭蓋骨を発見してもまるでどこかの発掘調査に来ていて昔の墓地を掘っていたら出てきた、みたいな感覚だ。とても母さんとは思えない。だから。

「これで本当に居なくなってしまったんだなって感じ」

後から、泣くかもしれない。葬式の真似事でもしてしまったら、もともと涙もろい僕はくるかもしれない。でも今はまだ。

「ずっと神経を尖らせているからね」

麻衣子ちゃんは、唇を引き締めたまま僕を見て、頷いていた。そのときに気づいた。麻衣子ちゃんの手が固く握りしめられて、少し震えている。

「麻衣子ちゃん？」

僕の視線で、自分が手を強く握りしめていることに気づいて、口を小さく開けた。その拳が開かれた。その途端に彼女の眼から涙がこぼれ落ちた。

慌てて僕は、向かい合って座っていた位置から動いて、彼女の隣りのソファに移動した。

「どうしたの」

そっと肩に触れた。彼女の身体が少し反応して僕を見た。その口が、泣くのを堪えるようにへの字になっている。

「怖いんです」

絞り出すように、麻衣子ちゃんは言った。

「怖かったんです。ずっと、ずっと、ずっと」

気づかなかった。迂闊というか、いやそもそも僕はミケさんからも女心に疎いと言われていた。

彼女は、麻衣子ちゃんは、平和な生活からいきなりこんな状況に放り込まれたんだ。拉致されそうになって助けられて来たこともない札幌に連れてこられて二億円だの奪還だの強奪だの。さらには殺人事件だの失踪だの。おまけに自分も狙われる状況になってしまってこの先平和な生活が訪れるかどうかわからないなんて。

それでも彼女は気丈に振る舞っていたんだ。基本的に平然としているように見える僕やナタネさんに合わせて、チームの一員として、たぶん惚れた男性である僕の傍にいるというのを唯一の頼りにして。

だから、骨が床下に埋まっているなんてミステリファンらしいアイデアも出したのだけど、まさかそれはない、と思っていたんだろう。でも、本当になってしまって、まるで自分の責任のような気がしていて。

麻衣子ちゃんの眼からぽろぽろ涙がこぼれ落ちていた。下を向いて、声を上げるのを堪えていた。小さな嗚咽が聞こえてきた。

「ごめん」

気づかなかった。素直に言って、それからどうしたもんだかと思ったけど、肩に触れていた手に少し力を込めた。彼女がそれを拒絶しなかったので、ゆっくりと隣りに移動した。麻衣子ちゃんは、僕に静かに凭れ掛かってきて、でも、耐え切れないように僕にしがみついてきてわんわん声を上げて泣き出した。

まるで子供みたいに。

状況としてはそのまま優しく抱きしめたまま押し倒してあるいはベッドに連れていって、なんてことになっても誰も文句は言わない場面だったんだけど、どういうわけかそんな気持ちにはなれなかった。つくづく僕は善人で小心者だ。

しばらく震える麻衣子ちゃんの身体を抱きしめてあげていて、泣きやんだと思ったら麻衣子ちゃんは静かな寝息を立て始めたんだ。

怖くて不安で眠れなかったんだろう。そんなことにも僕は気づけなかったんだ。

情けない男だとつくづく思った。

「なんとかしなきゃな」

自分のためにも、ケン兄や紗季のためにも、そして巻き込んでしまった麻衣子ちゃんのためにも。

よし、と気合いを入れて頭をぶんぶんと振ってMacBook Proに向かう。

バンさんと、安藤と、ミケさんと、それからリローにメールだ。まずはバンさんに。

〈ということになってしまったので、しばらく実家の方で過ごします〉

とりあえず与えられた仕事のデータは全部送信したし、問題はないはず。あるとしたら僕の今後の、将来のことだけどそれはまぁ今は考えない。

バンさんからの返信は。

〈なんと言っていいか判らん。まずは、気をしっかりもってくれ。仕事の方は心配するな。俺に出来ることがあるなら遠慮なく言え。知っての通り金はないが、出来ることはする〉

ありがとうございますボス。

安藤からの返信は。

〈いいか、ゼッタイ東京に帰ってこいよ。何かあるならすぐに連絡寄越せよ。何にも出来ないけど、これっきりになるのだけはイヤだからな〉

サンキュ、友よ。君は東京で唯一心を許せる男だと思ってるよ。

ミケさんからのメール。

〈どうやってあなたの今の気持ちを想像すればいいのか判らない。でも、心配してるからね。私だけじゃなくて、みんな。こんな言葉が適当なのかどうか不安だけど、がんばって〉

ありがとうミケさん。ミケさんが回したのか、確かに皆から次々にメールが入ったよ。でもあんまり広めないでね。

リローからのメール。

〈何というか、人生色々ありますね。でも、たぶん君のことだから大丈夫なような気がする。何か調べることがあるなら遠慮なく。しばらく時間は空けておくから〉

これもありがたい。一度も顔を合わせていない相手にそういうことを感じるのはどうかと思うけど、友情さえ感じた。

とりあえずこれで僕はこのまま誰にも気兼ねなく札幌で事態の収拾に当たれるんだけど、どうしたらいいか悩んだのは、紗季。

ケン兄と相談して、とりあえずはっきりするまでは黙っておこうということになったんだけど、骨が出てしまってしかも新聞記事になってしまうんだからもうどうしようもない。記事になってから知るより、僕らの口から説明した方がいいに決まってる。

ケン兄が電話したら、上手い具合に家にいた靖幸さんが出たので、事情をゆっくりじっくり説明した。

紗季はしっかりしてるけど、正直、今まで父親のことや母さんのことをちゃんと話したことはない。僕やケン兄と同じように、父親のことは恨んでいるしどうでもいい、母さんも心配ではあるけどこのままならそれでもいいと思っていたはずだけど、そこはやっぱり男と女の違いはあると思う。

靖幸さんは、警察官だ。もちろん家の事情も全部判っている。自宅の床下から白骨化死体が出て、それが行方不明だと思われていた母さんだということになったら、そこから先警察がどう動いて、そして記事にでもなったら世間がどうリアクションするかなんてことも理解できていると思う。

ケン兄が「紗季を守ってくれ」と電話口で話していた。

「幸い、結婚して名字が変わっているし、こっちで紗季がどんな生活をしていたかなんてことを知ってる人も少ないだろう」

そう。紗季が浦安に住んでまだ一年。かろうじてマンションという名前が許されるかって感じの賃貸マンション住まいで、両隣に住んでいる人や、靖幸さんの同僚の奥さんたち以外、近所付き合いはほとんどないって話していた。

黙っていれば、誰にも知られるはずはない。

実家の床から自分の母親が白骨死体になって出てきたなんてことは。

靖幸さんから紗季に、どういう事情でこうなったかを説明してほしいとお願いしたんだ。その方が話が早い。それから頭を冷やして冷静になってから電話をくれって言うと、十分後ぐらいに電話があった。

開口一番。紗季はこう言った。

「やっぱりなって思った」

あらら、って感じだけど、後から靖幸さんに確認すると、少しの間、泣いていたそうだ。そしてそれは、母さんが死んでいて悲しいのはもちろんだけど、悔しかったからなんだそうだ。

その考えは頭の中にあった。もちろん床下にいるなんてことは予想もしなかったけど、母さんは死んでいるんじゃないか。ひょっとしたらお父さんに殺されてどこかに埋められているんじゃないかっていう想像はしたことがあったって。

「それを、長い間放っておいた自分が情けなくて、悔しい」

紗季はそう言ったそうだ。

電話を切ったケン兄は、まずふぅ、と溜息をついてから僕を見て苦笑した。

「大丈夫だよな？　あいつは」

「うん」

大丈夫だと思う。靖幸さんがついているんだ。紗季はかなり強い女の子だと思う。多少は落ち込むだろうけど。

「すぐにこっちに来るって言ってたけど、とりあえず待てって言っておいた」

「そうだね」

葬儀をしなきゃならない。きちんと母さんを葬ってあげなきゃならないけど、ナタネさんの見解ではあと二、三日はなんだかんだの処理で掛かるみたいだ。つまり、母さんの骨が帰ってくるのは。

僕が眠ってしまうのが、明日の土曜日の午前八時ぐらい。

起きるのは日曜日の早朝だ。

だから、上手くいけば僕が二十時間の眠りから覚めて、次に眠る前には母さんが帰ってきて、葬儀の真似事ぐらいはできるかもしれない。僕が寝ているときのことはナタネさんとケン兄がきちんとしてくれるはずだ。

だから、紗季にはそういうことが決まってから帰ってこいと伝えた。靖幸さんもなんとかして一緒に帰ってくると言っていたそうだ。

＊

覚悟はしていたし、自分たちさえしっかりしていれば大丈夫だと思っていたんだけどやっぱり多少安易だったかもしれない。これが高をくっていたってやつか。

地元の新聞の朝刊に大きく載ってしまった。

そして、意外と衝撃だった。

まぁそうだと思う。殺人事件なんだから。ホテルの部屋に配られる全国紙の新聞ではそれほど大きい扱いではなくて、民家の床下から白骨化死体発見、って程度。それでもやっぱりしっかり記事になっていた。

たぶん、僕やケン兄や紗季のことを覚えている同級生や、何人かいる友人やケン兄の仕事関係の人はびっくりしているだろうし、実際「うわめっちゃ久しぶり！」という人間からメールも何本か朝っぱらから入っていた。

むろん、予想はしていたので、ケン兄は朝早くに自宅に戻った。深雪さんと奈々ちゃんはしばらくホテルで過ごしてケン兄の連絡待ち。

家の床下から白骨死体が出てきたって、受けた仕事はあるんだ。きちんと工場を開けて仕事をしながら、たぶんいろいろとやってくる電話やマスコミの相手をしなきゃならない。

僕も手伝おうかとも思ったんだけど、ナタネさんは止めておいた方がいいと言った。まがりなりにも逃亡生活を送っているんだから、いくら地方とはいえ、マスコミがやってくる場所にぼーっと突っ立っていない方がいい。

ルームサービスの朝食を麻衣子ちゃんと三人で摂りながら、新聞を拡げて眺めながら話していた。ここのモーニングは二種類あるんだけど、テーブルにはどう考えてもメニューにないものが並んでいた。ビシソワーズなんて絶対ナタネさんが特別に頼んだんだな。

「名前は出てしまったな」

ケン兄の名前だ。その家の床下から白骨死体が出て、行方不明になっていた母親のものではないかという記事内容。

でも、何故床下に埋められていたのかということには触れていなかった。事件と事故の両方の可能性を考えて警察は捜査をしていると締められていた。

「事故って」

いったいどんな事故で床下で白骨死体になってしまうというんだと思ったけど、まぁ一応は探るんだろうな。その可能性を。麻衣子ちゃんが、ふぅ、と息を吐いてからトーストを齧った。昨夜のことがあったので心配したけど、食欲はあるみたいで良かった。でもちょっとお互いに意識してしまった。できればナタネさんが勘づきませんように。

でもきっと気づくよな。この人のことだから。

「これから、どうなるんでしょう」

麻衣子ちゃん、一応いつもと変わりなく見えるけど、床下を掘るというのは自分で言い出したことなのでかなり責任を感じている。でも、それは麻衣子ちゃんが言い出さなくても、僕もたぶんその考えに至ったと思うから気にしなくていいとは昨夜も言ったんだけど。

「何も起こらないだろうね」

ソファに座り、足を組み、コーヒーカップを優雅な手付きで持ちナタネさんは言った。

「何も？」

「特別なことは、という意味で」

マスコミは、といっても札幌にはそんなに大挙して押しかけるほどマスコミの数はないんだけど、一応家の方に押しかける。ケン兄は顔こそ出ないだろうけど、テレビカメラの前でなんらかのコメントを話さなきゃならないはずだ。

「それも二日で終わるだろう。たかがといっては申し訳ないが、猟奇性のまったくない普通の白骨死体だ。犯人はもう既に死んでいる夫の可能性が高いとなると、そこでもう事件を追跡するものはなくなってしまう」

三日後、いや二日後には、家を訪れる取材陣も消えてしまうはずだってナタネさんは言う。そんなものだろうか。

警察はむろんきちんと捜査をする。僕たちは話すことは何もないんだけど、また事情を訊かれる。

「だがしかし、これ以上事件を掘り下げられることはないだろうね」

「そう思います？」

むろんだ、とナタネさんは自信たっぷりに頷く。いやこの人はいつでも自信たっぷりなんだけど。

「今までに積み重ねられた関係者の証言で、お母さんがお父さんに殺されて埋められたという状況証拠は充分だろう。充分じゃないと思う捜査員が居たとして実質上この事件はもう終わってしまっている。容疑者が死亡しているんだからな。可能性を探るとしても山下さんを始めとする工場の関係者に共犯がいるのではないかという部分だが、それにしても一人は既に死亡、一人は痴呆症、そしてもう一人は今回の骨を掘り出すことになんの異議を挟むことなく同意している。止めさせることができる立場にいたのに、だ」

「なるほど」

「つまり、この事件はここで終わらせても誰も不幸にならない。一般人はドラマの影響で警察官は常に事件を追っていると思いがちだが違う」

ニヤッと笑った。

「警察官は、公務員であり、事件を〈仕事〉で片付けていく。追っているんじゃない。そして仕事である以上、片付けて〈終わらせる義務〉があるんだ」

「義務」

ナタネさんは麻衣子ちゃんに向かって言った。

「麻衣子ちゃんのような看護師さんの仕事というのは、正直終わりがないね？　そういう感覚はないだろう。せいぜいが担当した患者さんが退院したときにはひとつの〈終わり〉

と似たような感覚があるだろうけど」

麻衣子ちゃん、ミルクを一口飲んで、紙ナプキンで口を押さえてから頷いた。

「そうですね。考えたこともないですけど、そう言われれば、そうです」

「メイジは違うだろう。君の仕事は終わらせないことには〈利益〉が生じない。つまり〈終わらせる責任〉イコール〈収入〉だ」

その通りだ。ゲームは完成しないと金にならない。完成しても金にならないこともあるけど、何よりもまず完成させること、つまり終わらせることが重要なんだ。それはゲーム制作に限らないだろう。

「警察官は公務員であるから収入云々のことを考えない。責任と同時に義務の方が大きい。とにかく案件として終わらせなきゃならないんだ。そして関係者が何よりもまず〈終わる〉ことを望んでいてそこに対して多少の曖昧さはあったとしても、疑いを持つ必要性がないのであれば」

「終わらせるんだ」

その通り、と、ナタネさんはコーヒーを一口飲んだ。

「その〈終わらせる〉という感覚が冤罪や様々な問題を生み出してもいるんだが」

まぁそれは別の話だ、と言ってから続けた。

「確かにお父さんを殺した犯人は存在した。しているかもしれない。その事件と今回の白骨化死体がまったく無関係だという保証はないし、どこかで繋がっている可能性が高いかもしれないと感じる人もいるだろう。しかし、それを追おうとしたところで関係者は全て同じ。つまり、デッドエンド」

「何もかも、行き止まり」

「俺がこの白骨化死体事件の責任者なら、まず間違いなくこの事件を追うことに人員と時間と予算を注ぎ込もうなんて思わない。世の中は事件で溢れている。他に〈終わらせなければならない仕事〉は山ほどあるんだ」

そうかもしれませんね、と麻衣子ちゃんも頷いて、スクランブルエッグを食べた。僕もそう願っているけど肝心なのは違うところだ。そう思ってナタネさんを見ると、うむ、と頷いた。

「インパクトが強かったせいで忘れてしまいそうになるが〈奪還屋〉の方だな」

「そうです」

もともと、彼らの追及をかわすためにやったことなんだ。

「引き続き監視はしているようだが、かなり緩いな」

「緩いんですか」

そりゃあそうだ、とナタネさんは笑った。

「今日の夕方には全部引き上げるそうだが、警察がうろうろしているところに張り込もうなんてバカはいない。ああいう場での警察官の眼力は鋭い。今まで浮上してこなかった事件関係者が来ていないかと眼を光らせているし、写真もたくさん撮っている」

「姿を見せることさえ危ないってことですね」

「そういうことだ」

　せいぜいが、周囲の高いビルの上から双眼鏡で監視するぐらいだろうって言う。

「ところがあの周りに高いビルなんてないしな」

「ショッピングセンターの屋上の駐車場ぐらいですね」

　その通り、とナタネさんは人差し指を立てる。

「既に確認済みだ。あそこの西南の角に車を停めて双眼鏡を使うとかろうじて君の家を確認できる。できるが、とても出入りを監視するまでには至らないし、何よりずっと停めておくわけにもいかない」

　最近のショッピングセンターはそういう警備を強化しているから。

「記事になったことで奴らもこの事件を把握しただろう。いくらなんでも下手すると二つの殺人事件のメインの関係者である君にちょっかいを出そうなんて気持ちになれないだろうな。もし君に何かあれば警察がすわ事件に新しい展開があったかと大挙して動き出すこと確実だ。仮に俺が奴らの立場なら尻尾巻いて消えるぐらいだ。もう二億円の回収は諦めた方がいいとまで思うかもしれない」

「そうですかね」

むろんだ、とナタネさんは大きく頷いた。

「俺たちは、保身のためにはどんなささいな穴にでも注意をしなければならない。自分たちが関わっているのは世間的に莫大な金額だ。どこからか、何かが漏れて露呈したらその影響は大きい」

「大企業が関わっているんですものね」

麻衣子ちゃんが言うと、ナタネさんはニッコリ笑う。

「その通り。大企業ほど細かいところには気を遣うものだ。従って」

カップを置いて、煙草に火を点けた。

「当分の間〈奪還屋〉が派手に動くことはまずないと言っていい。少なくとも」

「父の事件が時効になるまでは確実に。そして時効になったとしても、僕に何かあっても
この森田家の事件とはまったく無関係だ、と警察や世間が思うぐらい時間が経つまでは」

「その通り」

「どれぐらいだと思います？」

麻衣子ちゃんが心配そうに訊くと、ナタネさんはニヤリと笑う。

「なかなか恋人同士らしくなってきたな」

そんな感想はいいから。

「監視が続けられるにしても直接手を出すことは、一ヶ月、いや二ヶ月ないことは確実だろうな」

二ヶ月。〈奪還屋〉は僕を放っておいてくれる。そしてその間に、〈奪還屋〉の追及を躱す方法を考えなきゃならない。

「ただ」

「ただ?」

ナタネさんは、少し眉を顰めた。

「〈奪還屋〉はそれでいいとしても、新島くんだな」

「新島刑事?」

うん、と頷く。

「彼は、少々厄介かもしれないな」

「厄介、とは」

ナタネさんはソファの背に凭れて、煙草の煙を天井に向かって吐き出した。

「見かけほど、彼は仕事を義務的にこなす刑事ではないかもしれないってことだ」

「やっぱりそう思いました?」

君も感じたか、とナタネさんは言った。

「彼は、あやふやな印象で申し訳ないが、何か抱えていると思う」

どういう意味ですか？と麻衣子ちゃんが訊いた。

「彼は、新島刑事は何らかの特別な感情を、この事件かあるいは森田家に感じているような気がするんだがね。それがただ事件に疑問を感じているだけなのか、それとも他の何かなのかは判らないが」

そうなんだ。僕も、何かそんなような類いのことを感じていたんだ。新島さんの言動の端々に。そう言うとナタネさんは何かを考えるように首を捻っていた。

「危険ですかね」

なんたって刑事さんだ。ナタネさんは、いいや、と言った。

「危険ではない。彼がお母さんやお父さんの事件に関してさらに突っ込んできて、仮に、本当に仮にだが山下さんがメイジのお父さんを殺した、と自供したところで」

言葉を切ってナタネさんはちょっと頭を下げた。

「申し訳ないが、それはそれで終了だ。それが約二億円の行方に影響することはない」

「まぁ」

それは確かにそうだ。そうはさせたくないけど。

「だが」

ナタネさんは考え込んだ。

「ある意味では使えるかもしれないな」

「使える？」

十八

皆で居間のコタツに入ってしまった。

まさかこのコタツに刑事さんが入って、皆でお茶を飲みながらお茶菓子の芋ようかんを囲んで話をすることがあるなんて考えてなかったけど。

それに、このお尻の下。

皆の感覚ではつい昨日の夜、僕の感覚では一日の続きの夜、白骨死体が出てきたばかりなのにその真上で平然と話をしているっていうのはどうなんだとも思う。まぁしちゃっているからしょうがないんだけど。

今日の午前中だ。

警察の捜査で、この床下から発見された白骨化死体は母さんの、森田由枝のものであることが確認されたと連絡があった。近所の歯医者さんに残っていたカルテにあった治療痕と、白骨死体の歯の状態が一致したんだ。

それで、警察は、森田由枝は殺されてここに埋められたと正式に確定した。

よくニュースでも聞く、〈殺人と死体遺棄〉ってやつ。死因までは判らない。少なくとも骨には、あの古い骨折の痕は別にして外部から衝撃が加えられたような痕はなくて、それ以上はどうにも調べようがないので死因に関してはそこでジ・エンド。

そして犯人はとなると、僕たちの、いや主に僕の話から、夫である森田欣二の犯行である可能性が高いとした。失踪当時の状況や床下に埋まっていたということを考え合わせるとそれ以外の犯人の可能性はかなり低い。

もちろん共犯云々の疑いがないわけでもないので、引き続き我が家に関係する人物たちに話を聞いて捜査はするけれど、たぶん、このままならば被疑者死亡のまま書類送検して終了、という流れになる。

ご自宅の引き渡しを完了したいので皆さんお出で願えますか、という新島さんからの電話を貰って、関係者一同が揃った居間で新島さんがそう教えてくれた。まぁその流れもミステリ好きにとってはごく普通だ。説明されなくても判るし、あらかじめ考えておいたシナリオ通りだ。

床板が剝がされて穴を掘られた居間の床はきれいにされて、畳もきちんとされていた。そういう現状復帰を警察の方でちゃんとしてくれたのはものすごく意外だった。てっきり自分たちでしなきゃならないと思っていたから。

それに、こんなにあっさりと日常の生活の風景に戻れたのも驚いた。しばらくはホテル住まいになるのかなと覚悟していたケン兄も深雪さんも拍子抜けしていたぐらいだ。僕たちがそんな顔をしていたんだろう。新島さんは言った。

「運が良かったと言うか」

現場で発見された白骨化死体はあまりに時が経ち過ぎていた。場所が普段の生活の中心である居間の床下ってことで、当時に何があったかを推測できるような証拠や遺留品が居間のどこかに残っているとは非常に考え難い。したがって、現場を保存する意味がまったくなかったからだそうだ。

「何かの証拠を探そうたって無理でしょう」

新島さんはそう言っていた。一応、床下の骨の周りの土はほとんど持って帰ったし、その周りも這いつくばって徹底的に捜索してゴミ一つ虫の死骸一つすべてを持って帰って、代わりに新しい土を入れておいたとか。

「それで、ここは終わりです」

ここをこれ以上捜索することはありません、と、新島さんは両手を拡げるようにして居間を示した。

もう、ここに警察が集まることはない。僕としてはもう少し長い間入れ替わり立ち替わりしてほしかったような気もするけどしょうがない。集まったマスコミも夜には人っ子一人居なくなってしまった。晩ご飯頃のニュースの時間には遠くに中継車が何台かあったようだけど、それも消えた。

昼間、〈モリタ金属加工所〉にもけっこうな数の電話が掛かってきたんだけど、会社関係ではそれほどの問題はなかったとケン兄は言った。

つまり、仕事先はほとんどが昔からの、山下さんが現役の頃から付き合いがあるような会社ばかりで、上の人たちは家の事情を知っていたからだ。知っていて、いやぁとんだことになっちまったな大丈夫かおい、という電話ばかりで、ただでさえ減ってきている仕事がさらに激減するということはないみたいだ。

家の周りはいつも通りになってる。少なくとも表面上はね。

「日々の暮らしに戻ってくださいというのは、しばらくの間は難しいかもしれませんが」

新島さんの苦笑に、僕もケン兄も深雪さんも同じように苦笑して頷いた。すっかりいつものように戻った居間で立ち話をしていた。ナタネさんも麻衣子ちゃんも来ている。山下さんは関係者ではあるけど、自宅の引き渡しには特に関係ないので帰った。

それで、新島さんも「それではこれで。お父さんの事件に関してはいずれまたお話を」と言って帰ろうとしたときに、ナタネさんが引き止めたんだ。

「お茶でもいかがですか」

「え？」

新島さんはきょとんとして、ナタネさんを見た。

「いろいろとご迷惑をお掛けしましたし、なんでもこれは非常に美味しいとかで、皆で食べようかと思って買ってきたのですよ」

ひょい、と紙袋を上げた。

いや、ずっと気にはなっていたんだ。ナタネさんがホテルを先に出ていって、どこかに寄ってきたと思ったらその紙の手提げ袋を持って出て来たのが。それはどう考えても市内でも有名な和菓子屋さんの袋。

何も言わないので、まぁ奈々ちゃんや深雪さんへのお土産かなぁと思っていたんだ。まさか刑事さんに「いやぁいろいろお騒がせしました、お世話になりましたのでこれつまらないものですが」なんて言ってお菓子を差し出すことはないよなって思っていたら、そうだったんだ。

これなのか？　ナタネさんが新島さんは使えるかもとか言って、何かを一人で企んでいたのは。

新島さんは、いや、と手を振った。当然だよね。

「私はこれで」

「しかし、もう仕事は上がりでしょう」

ひょいと腕を上げて時計を見た。

「この時間にここの引き渡しを一人でやってきて完了したということは、このまま署には戻らないで帰るということではないのですか？　他に抱えている案件で残業してまでやるものはないんでしょう？」

新島さんはまた驚いたように眼を大きくしたけど、確かにその通りなんですがね、と微笑んだ。


それで、コタツには、僕とケン兄とナタネさんと新島さん。しかも晩ご飯の時間になっていたので、近くの蕎麦屋から出前を取って、皆で本当に世間話を、今年の日ハムはどうですかねぇ、なんて話をしながら天ぷらそばや煮込みうどんなんかを食べていた。

新島さんは、いかめしい顔もしていないし、普通に話していれば愛想も良いし、背広を着ているから本当にどこかの営業マンがやってきて和気あいあいとしているみたいだった。

奈々ちゃんは深雪さんが二階の部屋に連れてって、二人でたぶんテレビでも観ている。麻衣子ちゃんは居間と続きの台所の方に座って話を聞いている。

食事も終わって、お茶を飲みながら美味しい芋ようかんをいただいているときに、ナタネさんは言った。

「新島さん」

「はい」

「仕事抜き、というわけにはいかないのでしょうが、少々お訊きしたいことがあったのですよ」

「なんでしょう」

失礼して、と断わってからナタネさんは煙草を一本取り出して、高そうなライターで火を点けた。それも、わざとゆっくりと。いつものナタネさんだ。ちょうどいい色があった、とか言って買ったアルマーニの生成りの麻のスーツ。そしてこの優雅とも見える立ち居振る舞いで自分のペースに巻き込んでしまう。

「これは、弁護士として長く過ごしてきた私の勘でしかないのですが」

言葉を切った。

「あなたは、この事件に何か特別な感情を抱いていませんか？」

新島さんは一瞬眼を大きくして、それから少し細めてナタネさんを見た。

「どういう意味でしょう」

「そのままです」

にこやかに笑って、手を広げた。

「なんら含むところはありません。ただ、私がそう思ったのです。あなたはむろん自分が担当していたこの事件をきちんと終わらせたいという刑事としての義務と責任で動いているのでしょう。が、それ以外に、たとえば森田兄弟に対して刑事としてではなく、個人的に何らかの感情を抱いているように、私には思えたのです」

あくまでもにこやかにナタネさんが言う。ケン兄がちょっと首を傾げた。新島さんはじっとナタネさんを見ていて、それも僕らがちょっと長過ぎないか、と思うぐらい無言で見つめて、それから少しだけ微笑んだ。

これは、今まで捜査中に見せた営業用の笑顔とは違う、と思った。本当に一個人としての、新島新一という一人の男の顔だと思った。なんとなくだけどね。

「私こそ、あなたにとても不思議な感情を抱いていたのですが」

「そうですか」

まぁそれは置いておきます、と新島さんは言った。それから、ふぅ、と息を吐きながら文字通り肩の力を抜いた。

「見透かされるようではまだまだですね」

「私が鋭いだけでしょう」

そうですね。新島さんはお茶を飲んだ。話すことは決めていたんだけど、少し間合いを取るみたいな感じで。

「仰る通りです」

またにっこり笑ってナタネさんは頷く。

「そうでしたか」

「他言はしません。よろしければお聞かせ願えますか」

そんな大層なものではないですからいいですよ、と新島さんは言った。

「どっちみち、もうそろそろお話ししようとは思っていたんです」

「と言うと？」

新島さんは、ケン兄と僕の顔を見た。

「最後の詰めのところで」

「詰め、というと」

「もう一度、お父さんの事件についてお話をお聞きするときの材料としてです」

よく判らなかったので首を捻った。

「そんなに頻繁にあるわけではないのですが、関係者に話を聞く際に、何かひとつでも関係者の心情に触れることが出来れば、そこから新たな展開が広がって事件が解決に向かうことがあります」

なるほど、と僕もケン兄もナタネさんも頷いた。新島さんは、今回はたまたまそれがあった。そして、それを言おうと思っていた。今度僕たちから話を改めて聞くときに。

「似ているんです」

「なにがですか」

ケン兄と僕の顔を見た。

「私と、お二人の境遇が」

「境遇？」

僕が訊くと、また少し息を吐いた。

「私の母親も、殺されたんですよ」

なんと。

さすがのナタネさんも眼を一瞬見開いた。新島さんは、背広の内ポケットから何かを取り出した。

「そのときの、新聞記事です。嘘は言っていないと確認してもらうためにずっと持っていました」

相当古い記事だ。日付まではわからないけど、色褪せた様子がそれを物語っている。場所は、岩手県だ。岩手県のとある町でその家の主婦であった知子さんが殺害されたとある。

それがお母さんなんだ。

でも、名字が違った。その家の主は、河野さんとなっていた。

「ご出身は岩手だったんですか」

いいえ、と新島さんは首を横に振った。

「私は青森です。まぁどっちにしても北国ばかりに縁があるみたいで」

札幌にやってきたのは大学生のとき。もう二十年ここにいるので、すっかり札幌が身体に馴染んでいると言った。

「でも、名字が違いますね」

「離婚したんですよ」

小さいころに、と続けた。

「私にも兄がいるんですが、兄が小学の五年で、私は二年生。両親が離婚して私たちは父親の方に残ったんです。それというのも、離婚の原因が母の浮気で」

あくまでも軽い感じで新島さんが言うので、ナタネさんも、はぁ、と軽く応じた。

「察するに、男と飛び出してそのまま行方知れずに」

「そうなんです」

確かに、同じ状況だ。お母さんがいなくなってしまって、残された幼い兄弟という図式。それで、お母さんとはまったく縁が切れてしまった。どこに行ったのかもまったく判らなかった。

「離婚はきちんと成立していて、あるいは父親とはどこかで連絡を取っていたりの関係があったのかもしれませんが、私たちにはまったく知らされませんでした。でも私たちは母親が大好きだったので、兄と二人で慰め合っていたんですよ。いつか、大きくなったら探しに行けるかもしれない。どこかで会えるかもしれない。ひょっとしたら会いに来てくれるかもしれないとね」

ケン兄と僕を見た。わかってくれますよね？　という表情で。頷くしかなかった。違うのは、帰ってこない方がいいとも思っていたこと。帰ってきたら父親にまた殴られるから。

そして、新島さんも結局のところ。

「死ぬまで、会えなかったんです」

新島さんが二十歳のときだそうだ。お母さんは再婚した夫とのトラブルで殺されてしまった。

「事件があって、父親も驚いて、初めて母の居場所がここだったんだと知らされました。そして、もう長い時間が経っていたのでね。父親も生みの母親なんだしせめて線香を上げに行くかと」

三人で葬儀に行ってきた。

十年以上会っていない母親の顔を見てきた。

「残念ながら、顔に損傷がひどくて白い布がかけられていました」

悲しかったですね、と、寂しそうに新島さんは微笑んだ。皆がうむ、と頷きながら下を向いた。ここに並んでいるのはもういい大人ばっかりなんだから、母親の死っていうものがどういうものなのかは、判る。

それにしても。

「確かに、似てますね」

麻衣子ちゃんが淹れなおしてくれたお茶を飲んで、新島さんに言った。僕とケン兄の状況に、多少の違いはあるけれどよく似ている。新島さんは僕を見て頷いた。

「だから、あなた方の気持ちを私は理解できると思うんですよ」

幼いころに消えた母親。

その母親と再び対面したのは、殺された死体。白骨と遺体の違いはあるけれど。

「私は勝手に非常にシンパシーを感じてしまったんです。森田さんに。賢一さんにも明二さんにも」

「シンパシー」

そうです、と微笑んだ。

「似たような境遇。兄弟が力を合わせて苦境を乗り越えようとしている。母親や父親がいないということにもめげずに頑張っている。いろいろ話をしましたよね」

ケン兄を見た。ケン兄が苦笑しながら頷いた。そういえばケン兄は最初からこの新島さんにいい印象を持っていたことを思い出した。

「東京からわざわざ明二さんが来たのも、刑事である私が家を訪れたので賢一さんが相談してそれで心配になって来たのだろう。兄思いのいい弟さんなんだろうとも想像できました。ところが」

ところが？

「明二さんが、とんでもないことを言い出した。お母さんが床下に埋まっているかもしれ正直、顔には出なかったと思ってますが、驚きましたと言った。

「失踪して姿を見せない母親、そして評判の悪かった殺された父親。母親もひょっとしたら死んでるかもな、なんて刑事である私たちは普通に軽口で言いますよ。実際、言っていたんです。この事件を終わらせるために打ち合わせをしたときにね。床下掘ったら出てくるんじゃないかと。お母さんの骨が」

「そうなんですか？」

そうです、と頷いた。

「しかし、まさか明二さんがそれを言い出すとは思わなかった。お前それは出来過ぎだろうとツッコミを入れたいぐらいでした」

新島さんは父の殺人事件を時効前にきちんとするために我が家へやってきた。そして、生き残っている関係者に話を聞いた。僕と紗季は東京や千葉に居たので聞きには行けなかったけど、ケン兄の話から行く必要も感じなかったと続けた。

「もうこれで終わりかなとも思ってました」

それなのに。

「この展開は、あまりに出来過ぎだろうと。しかしまさか明二さんがこういう機会を狙っていたなんてのは穿ち過ぎだしありえない。で、あれば、他の何らかの要因があるのではないかと。この展開を引き出してしまった他の何かが」

新島さんの口調が少し変わってきたと思った、そのとき。

電話が鳴った。

僕の携帯だ。

慌ててポケットから取り出してディスプレイを見たら、安藤からだ。立ち上がって、台所に向かいながら電話に出た。

「もしもし？」

（メイジ！）

いきなりの大声。思わず携帯を耳から離した。

「どうした？」

（お前、何をやった!?）

安藤の声に、何というか緊迫感があった。普段はほとんど聞かない大声だったし。

「え？　どういうこと？」

何をやったって、なんだ？　母さんの骨のことならもう知ってるはずだし。

（バンさんが急にそっちに向かった）

「バンさんが？」

反射的にナタネさんを見てしまった。ナタネさんも僕が言った〈バンさんが？〉という言葉に反応して唇をすぼめた。

（急に何もかも放り出して出ていったんだ。『とにかく後で連絡するから頼む！』って叫んでさ。打ち合わせもほっぽって）

「マジで？」

あの仕事大好き人間のバンさんが？　打ち合わせを放って？

（お前に頼まれてたからさ、慌てて後を追ったら真っ直ぐに空港に直行だ。どこに行くのかと思ったら札幌への便を買った。札幌って、お前のところに行く以外ないだろ？　何か言ってきたのか？）

「いや、何も」

連絡はない。メールも電話も。

（俺もそっちに行くから）

「お前も？」

（バンさんの乗った便はもう満席だったんだ。次の便で札幌に行く。実家にいるんだよな？）

「そうだけどさ」

（とにかくバンさんの様子は普通じゃなかった。考えろ！　何かあるんじゃないのか？バンさんが何もかもほっぽり出してそっちに向かうようなことが？）

頭の中で、約二億円のことがぐるぐる回っていた。

もし、バンさんがこっちに向かうような突発的なものがあるとしたら、それしかない。

全ての始まりだった、死んでしまった三島部長が手に入れた約二億円の裏金。

三島部長を監視しろと間接的にだけど僕に指示したのはバンさん。

でも、バンさんは約二億円のことなんか知らないはずだ。

「とりあえず、考える。また後で電話する」

皆が僕を見ていた。ナタネさんと麻衣子ちゃんだけならまだしも、ここにはケン兄もしかも刑事である新島さんまでもがいる。

とてもここでは話せない。

でも、僕の困惑した様子と、安藤がいきなりバカでかい声で叫んでいたからひょっとしたらある程度の内容を聞かれてしまったかもしれない。

新島さんが、訝しげな表情で僕を見ていた。

十九

「なんかあったのか？」

電話を切った僕に最初にそう訊いてきたのはケン兄だった。携帯を閉じて軽く手で弄んで一拍置いてから僕は言った。

「いや、ちょっと仕事上のトラブル」

何があったのかさっぱりわからないし、安藤との会話の内容をここで言えるはずもないのでとりあえずそう言った。とても便利な言葉だと思う。大抵のことならこれで門外漢の人は「大丈夫なのか？」ぐらいで、詳しくは訊いてこない。そして期待していた通りにナタネさんがちゃんと反応してくれた。

我が社の顧問弁護士でなおかつ僕の親しい友人、という役割を完璧に演じているナタネさん。

「まさか、例のEU海外版の件ではないだろうね？」

眉間に皺を寄せて、まるで世界の終末が訪れたかのような深刻な表情でナタネさんが訊いてきた。

EU海外版ときたか。

まぁ上手い具合に適当なものをでっちあげてくれるもんだと感心した。

日本国内で制作して発売したゲームの海外版を作るときには、様々な変更をしなきゃならない。もちろんそれは単純に規格上のこともあるけど、文字通り文化の違いから内容や表現を変えなきゃならないこともあるんだ。特に海外は宗教関係には厳しいから。いや八百万の神がおわす日本が甘いってことなのかな。そういうものの中にはこちら側が気づかないで後からあれこれ言ってくる場合が往々にしてあるんだ。ナタネさん、ゲームのことはわからないって言ってたけど、そういうゲーム業界の事情を勉強したんだろうか。

まぁいいや。それに乗っかる。乗っからせてもらいます。

「ビンゴ。バンさんが右往左往しだしたって安藤からの電話。ナタネさんにも伝えてくれって」

嘘を上手くつく方法は、真実を少し混ぜることだ。まるっきりの嘘じゃバレてしまう。この場では詳しくは話せないけどほらあれそれの件ですよ、というニュアンスを込めて少し声を小さくしてナタネさんだけに向かって言う。我ながらナイスなコンビネーションだと思う。〈トラップ〉がどうにかなってしまったら真剣にナタネさんに弟子入りを考えようか。

「深刻なものなのか」

ケン兄が続いて訊いてきたけど、そこは微笑んで軽く頭を横に振った。

「いや、慌てたって、僕はこっちにいるんだから動きようがないからさ」

後でホテルに帰ってから電話やメールで事態収拾に走るから大丈夫、と、そういう大人の対応で済ませた。新島さんも真剣な表情でこっちを見てるけど、大丈夫だろう。これ以上ツッコムなよ、と思いながら皆の顔を見回した。

新島さんが何か言おうと口を開いたその瞬間に。

「それでは」

ナタネさんがそう言って、くいっ、と右手を上げて時計を見た。輝く高そうな時計。

「ちょうどいい頃合いですし、私たちはその件で動かなきゃなりませんので、ホテルに戻りましょうか」

「そうだね」

ナイスタイミング。新島さんが口を閉じて、軽く頷いた。さっき話していたことの続きはこれで無しになってしまった。新島さんの話し方がなんとなく刑事っぽく仕事をしてるような感じになってきていたので、ある意味では安藤の電話に助けられたのかもしれない。

「では、私もこれで」

新島さんが立ち上がったので、ケン兄も腰を浮かせた。

「また近いうちにご連絡しますので」

よろしくお願いします、と新島さんは頭を下げた。刑事さんという人種とこんなに長い時間を一緒に過ごすのは初めてだけど、たぶん、新島さんは刑事の中でも相当に腰が低く丁寧な人なんじゃないかと推察する。

母さんの骨が帰ってくるのには、予想通り、もう一日二日掛かるそうだ。

「もし、ご葬儀など行なわれるのでしたらご一報を」

参列させてくださいと言って、新島さんが去っていった。それを皆で見送ってから、さて、と、僕とナタネさんと麻衣子ちゃんも玄関に降りて、靴を履きだした。

ケン兄が二歩後ずさりして居間を覗き込んで、壁に掛かっている時計を見てから言った。

「次は、明日の朝に寝るのか」

「そうだね」

八時ぐらいになるかな。端から見るとちょっと変な会話だろうけど、僕ら兄弟にしてみればあたりまえの会話。

「じゃあ、やっぱりお前が起きてからだな」

「うん」

葬儀の件だろう。

「その間に山下さんと相談していろいろ決めておくから」

「ごめんね、よろしく」

「大丈夫だ。お前はそのトラブルとかでなんかあったのなら、すぐ言ってこいよ。メールでもいいから」

わかった、と頷いた。ナタネさんが、にこっとケン兄に微笑んだ。

「仕事の方は、私が対応しますので大丈夫ですよ。明二くんは家のことをしっかりお手伝いできるように手配しますので」

「すみません、ありがとうございます」

ケン兄が深々と頭を下げた。それにナタネさんも恭しく頭を下げて応える。僕は深雪さんにじゃあまた、と軽く手を上げた。奈々ちゃんはもう寝ている。深雪さんが笑顔でまた後でね、と笑ったその顔を見て思い出した。

「深雪さん」

そう、思い出したんだ。僕は、全然言ってなかった。深雪さんは、なに？　という顔で微笑む。

「あの、騒がせて嫌な思いさせちゃってごめん」

ケン兄が、なんだ今さら、というニュアンスで軽く頷いて苦笑した。

いつも明るい深雪さん。正直少し暗めの性格のケン兄が今まで毎日を過ごしてこられたのは深雪さんのおかげだと僕は思ってる。今でも覚えているけど、ケン兄が深雪さんを初めて紹介してくれたとき、僕は心底神さまに感謝した。こんな明るくていい彼女をケン兄に会わせてくれてありがとうございましたって。紗季だってそうだ。性格的には同じように多少暗めだけど、軽いから人生をなんとかやっていけるはずの僕と違って、ケン兄は本当に真面目だったから紗季はマジで心配していたんだ。

深雪さんは、何言ってるの、と笑って手をひょいと振った。

「明二くんがそんなふうに気にする必要ないの」

ひょいと振った手をそのまま自分の胸に軽く当てた。

「私だって、森田なんだから、大丈夫。そんな心配しないで」

ありがたいと素直に思う。社会人になっていろんなタイプの人と出会うようになって思うのは、本当に人間大事なのは気持ちってことだ。気の持ちようで何もかもが変わってしまう。深雪さんがいつも明るいのは、気持ちをしっかりコントロールできるからなんだと思う。

先が見えない会社を抱えた夫を持っていろいろ大変なのに、さらにこんなことを抱え込ませてしまって本当にごめんなさい。

でも、会社はしっかりさせるから。未来に希望が見えるようにするから、ともう一度心の中で謝った。僕の力じゃなくて拾ったお金でだけど。

「じゃ、また」

今度この家に来るのはたぶん日曜日。〈モリタ金属加工所〉の仕事も休みだから葬儀を行なうのには、そう言ってはなんだけどちょうどいいタイミングじゃないか。縁のある親戚なんかほとんどいないし、こんな事件絡みだから、文字通り身内だけのお葬式にしちゃった方がいい。

三人で歩いて大きな通りまで出て、タクシーを拾うまで何も話さなかった。僕はそんなに挙動不審にならない程度に周りに気を配っていたし、たぶんナタネさんもそうしていたはずだ。麻衣子ちゃんは僕の隣りに寄り添うようにして歩いていた。

タクシーを拾う。乗り込んでからもナタネさんは後ろなどを振り返っていた。尾行の車がないかどうか確かめているんだろう。運転手に告げた道順も遠回りだ。特に何も言わないから大丈夫なんだろう。

「さっきの電話だが」

小さい声で言った。

「うん」

「詳細はホテルに帰ってから聞くが、あれの絡みか？」

あれとは、当然のように二億円だろう。

「たぶん、そんな感じがする」

「そうか」

ふむ、と頷いてナタネさんは顔を顰めた。きっと頭の中ではすごい勢いでいろんなことを想定して考えているんだろう。

＊

なるほど、と呟いてからナタネさんは足を組み替えて、手にしていたコーヒーカップを口に運んだ。スーツは着替えて柔らかそうな生成りのパンツに淡いブルーのサマーニットカーディガンという出で立ち。いちいち着替えるのは本当にすごいと思う。僕と麻衣子ちゃんは朝出たときのまんまの格好だ。

「バンさんか」

そう言って、口を真一文字に結んだ。

「バンさんです」

他に何も言うことがないのでオウムのように繰り返した。

「察するところ」

ナタネさんが腕時計を見た。

「今頃バンさんは雲の上か」

「たぶん」

「電話のあった時間から察するに、安藤くんが乗ったのは最終便で、バンさんが乗ったのはその前ってところかな」

「そうでしょうね」

今はもうすぐ九時になろうとしている。さっきの電話の様子を考えると、たぶんそんな感じなんだろう。羽田‐新千歳間の飛行機はドル箱路線だって聞く。実際僕も里帰りとかするときにはいつも満席だ。

一応安藤に電話してみますか？　と訊くと、右手のひらを広げて少し待て、という仕草をした。

「その後彼が何も言ってこないということは、確実に飛行機に乗ったのだろうし、さっきの電話での会話が彼の持っている情報の全てだろう。訊いても何も出てこないだろうね」

もう少し考えさせてくれ、と言った。麻衣子ちゃんは何も言わずに、ときどきコーヒーを口に運んで僕とナタネさんの顔を順番に見ている。この子は基本的に無口だ。喋る必要がないのなら、いつまでだって黙っていられるタイプの女の子。

ナタネさんは額に二本指をあてて、眼を閉じ熟考している。むろん僕も考えているけど、バンさんが突然のようにこっちに向かう理由がまったく思いつかない。

確かに、あの約二億円の件しかないと思うんだけど、でも、いったい何がどうなってどう繋がっているのか。

「どう思う」

ナタネさんが眼を閉じたまま僕に訊いた。

「何が起こっているか、推察できるか？」

まるっきりわからない。

「安藤くんの言う通りに、バンさんが札幌に向かったというのは明らかに君絡みだろう。現段階ではそれしかない。むろん」

眼を開けた。

「バンさんが、実は札幌に愛人がいて、その愛人が交通事故で病院に運ばれて危篤状態にある、なんていうのも可能性としてないわけではないのだが」

そう言ってから眼を開けて顔を上げて苦笑した。不謹慎な想像だけど、まぁ確かに可能性が0パーセントとは言えない。僕だってバンさんの全てを知っているわけじゃないんだから。

「そんな想定の仕様もない、材料のまったくないものを除いて、今ある手持ちの材料だけでストーリーを作ってみるんですね」

「そうだ」

父さんと母さんの事件を想像したように。シナリオとしてこれを考えるとしたらどうなるか、だ。

「まず、バンさんが札幌に向かったのが、僕に関係しているのだと仮定しますね」

「そうだな。例によってそこからスタートだ」

「あの仕事人間のバンさんが慌てて仕事を放り出すなんて余程のことです。僕とバンさんを結びつける仕事以外の余程のことなんて、監視のアルバイト以外にはないです」

「そうだな」

ナタネさんが大きく頷いた。麻衣子ちゃんが、僕のカップにコーヒーを注いでくれた。

「麻衣子ちゃん」

「はい」

ナタネさんに呼ばれて麻衣子ちゃんはぴくん、と身体を動かした。

「ドーナツを出してくれないか」

「あ、はい」

たくさん買い込んだドーナツはまだ残っていて冷蔵庫に入っている。麻衣子ちゃんが立ち上がってそれを持ってきてテーブルに置いた。

「ナタネさんって、基本甘党ですよね」

嬉しそうな顔をしてオールドチョコファッションを箱から出したナタネさんに言うと、にこりと笑った。

「酒も飲むがね。甘いものも好きだ」

それでこの素晴らしい体形を維持しているのはすごいと思う。いったい今何歳なのかは教えてくれないんだけど、間違いなく四十は越えていると思うけど、とてもそうは思えない。

「さて、それで？」

そう、続きだ。

「約二億円は、監視のアルバイトによって僕にもたらされました」

でも、それはバンさんの与り知らぬ部分だ。

「まさかバンさんもそれを知っていたとは、つまりあの三島部長がそんなものを盗もうとしていたから監視させていたなんてこともないと思います。あの人はそんなことをする人じゃない」

いい人なんだ。そりゃあ小さくても会社の社長をやってるんだから世の中の裏表も酸いも甘いも嚙み分けてはいるだろうし、狡いところだってあるだろうけど。

「僕にそんな危険なアルバイトをさせるなんて絶対にないです」

「ところが、現実には」

ナタネさんが言う。

「そうなんです。現実に三島部長はやってしまっていた。だから、それは偶然なんです。バンさんが僕に伝えたのは〈三島部長が浮気をしているかもしれないから監視してほしいと奥さんから依頼があった〉ってことです。バンさんもそうだと認識していた。ところが、それは浮気ではなく、三島部長が二億円を奪うためにこそこそしていたのを奥さんが勘違いしたということじゃないでしょうか、おそらく」

ようやく頭が廻ってきた。ドーナッツの糖分のおかげかもしれない。

「そうすると？」

ナタネさんが右手の人差し指を上げて、僕を見た。

「そうすると、バンさんの向こう側にいる人間」

まだナタネさんには言ってなかったと思う。

「バンさんにそういう監視の仕事を依頼していたのは、バンさんの同級生で弁護士の仲川さんという人なんですよ」

ほう、というふうにナタネさんは唇を尖らせた。

「言ってなかったけど、僕にはハッカーの友人がいるんです」

本名も何も知らないけれど〈リロー〉というハンドルネームを持つ友人。

「彼女に調べてもらったんです。確認はできないけど、バンさんにそういう業務を依頼しているのは仲川弁護士だって」

ナタネさんの眼が少し大きくなった。

「彼女というからには、その〈リロー〉なる人物は女性なのか」

「たぶん、なんですけどね」

わからないけど、文章の雰囲気からそう判断してる。そう言うとナタネさんは頷いた。

「女性のハッカーというのはなかなか珍しいが、そういうことを調べられるというのは、優秀なハッカーのようだな」

「そうなんですよ。大抵のことは調べてくれます」

リローとの出会いや、今まであったことを簡単に教えた。それを聞いていた麻衣子ちゃんが顔を顰めた。

「そんな悪い人が友達なんですか？」

苦笑いした。確かに勝手にサーバーに侵入したりするのは法に触れることだけど、リローは悪人じゃない。いや、少なくとも僕はそう思ってる。

「世の中の人は誤解している人も多いけど、ハッカーがイコール悪人じゃないんだ」

「そうなんですか？」

そうなんだ。

「ハッカーというのは、要するにコンピュータにめちゃくちゃ詳しい、いわば〈達人〉みたいなニュアンスなんだ。たとえばコンピュータウイルスとか作ったりして、悪いことをする人はクラッカーって呼ぶ」

「まぁクラッカーも〈達人〉であることには変わりないんだがな」

そう言ってナタネさんも苦笑する。

「そのリローなる人物は信用できる腕を持っているんだろう。俺の方の調べでもそれは間違いない。バンさんと繋がっているのは仲川という名の弁護士だ」

「調べたんですか」

そうだろうとは思っていたけど一応確認した。

「むろんだ。企業弁護士としてはかなり優秀な人間だとの評判だな」

そうだったんだ。そこまでは僕も依頼してないし、リローも調べてない。

「それでですよ。もしもバンさんが二億円のことで突然、トラブルのようにして僕のところに来ようとしているのだとしたら」

「その人が」

麻衣子ちゃんが思わず、という感じでずい、と前に出て言って慌てて口に手を当てた。

「そうなんだ」

仮定から考えると、繋がるポイントはそこしかないんじゃないか。

「仲川弁護士は、三島部長が約二億円を奪うことを知っていた。だから監視させていた。そしてその約二億円を僕が持ち去ったことに気づいた。そして」

ナタネさんを見ると、頷いた。

「仲川弁護士の何らかの動きによって、バンさんもその事実を知って、そして動いた。そこの部分は素直に繋がるな」

自分が今言ったことをもう一度頭の中でリピートした。問題ないだろうか。繋がることは繋がる。

「でも」

麻衣子ちゃんだ。

「バンさんがどうして慌てて札幌に向かっているのかは、わかりません」

その通りだ。そんなに慌てるのが、わからない。

「仮に二億円なんていう大金を僕が持っているとバンさんが知ったとしても、仕事を放り出して飛んでくる理由にはならないんだよね」

電話してきてもいいはずなのに、それもない。ナタネさんは、少し首を傾げて僕を見ていた。

「もう少し考えろ」

「もう少し」

そうだ、とナタネさんは微笑んだ。

「ほんの少し、仮定を付け加えれば見えてくる構図がある」

構図。ほんの少し。麻衣子ちゃんも眉間に皺を寄せて考えている。

煙草を取り出して火を点けた。一度吸って、煙を吐く。

時計は九時を回っている。僕が寝てしまうまであと十一時間ぐらい。バンさんや安藤の乗った飛行機が新千歳空港に着いて、そこから札幌に来るまでを考えると、あと一時間か二時間ぐらい。

もし、本当に何かトラブルがあるのだとしたらそれまでに対策を考えておかないと、麻衣子ちゃんやナタネさんに全てを任せてただ眠りこけてしまう。それは何とも恥ずかしい。

構図っていうのは、関係性だ。関係しているのはバンさんと、仲川弁護士と、三島部長と僕と。

「そうか」

思いついた。

「仲川弁護士と三島部長が」

ナタネさんが大きく頷いた。

「そこだな」

そう言って同じように煙草を取り出して、火を点けた。

「仲川弁護士は三島部長が約二億円を奪うことを秘かに知っていて君に監視させていた、ではなく、彼が最初から全部を知っていたと仮定すると、物語にアクションが生まれる」

まさにアクションだ。

「三島部長と仲川弁護士はつるんでいた」

「そうだ」

煙草の灰を、ポン、と強く叩いて落としてからナタネさんが言う。

「仲川弁護士が今回の約二億円事件の黒幕だったと考えると、バンさんの動きに理由が生まれる」

麻衣子ちゃんが驚いたように眼を見開いた。

「黒幕って、じゃあ、その仲川弁護士さんが三島さんに二億円を奪わせたってことですか？」

「むろん、推測の域を出ないが」

にっこりと優しく笑ってナタネさんが続けた。

「仲川氏が三島部長をそそのかして、自分は裏側で暗躍していたのだろうと考えるとどうだ。計画は仲川が立てて、実行犯が三島だったのかもしれない。奪った後で二人で山分け、というふうに考えていたのかもしれない」

「でも、そうなると、僕が三島さんを見張っていたのはなんなのかってことになりますよね」

表向きの事情は、三島さんの奥さんが浮気を疑っていて、そのための調査ってことだけど。

「もし、仲川弁護士が黒幕だとするなら、そこが矛盾しますよね。自分の犯行を他人に監視させてたってことじゃないですか」

うむ、と頷いてナタネさんが顔を顰めた。

「そこのところは、本当だったのかもしれないな」

「本当、とは」

「奥さんからの依頼がだ」

「あぁ」

そうか。

「二億円を奪うのに時間がかかった。普段とは違う三島さんの行動が本当に奥さんの疑惑を生んでしまって」

「そうだ」

そう仮定するなら、仲川弁護士が素人の僕を監視につけたことに意味が生まれる、とナタネさんは続けた。

「本来の浮気調査ならば、プロの探偵の仕事だ。きっちりやって証拠を見つけるなりなんなりしなければならないのに、奥さんに依頼された仲川氏はバンさんを通じてバイトの君を使った。初めから浮気ではないとわかっているんだから、適当に形式上の報告書をでっちあげるために君を使ったんだろう。所詮は素人さんだから、三島部長が何で怪しげな動きをしているかなんて気づくはずもない、と」

そういうことか。確かにそれなら理屈は通る。

「でも、三島部長が死んでしまって」

「そうだな」

「じゃあ、やっぱり三島部長は自然死だったと」

「そうだろう。不測の事態だったんだ。しかも約二億円が詰まったバッグが君の手で持ち去られてしまった」

そうなのか。そういうことなのか。煙草を吹かして、コーヒーを飲んで、頭を、この灰色の脳細胞をフル回転させた。

そうだとしよう。それならば、一連の動きに意味が生まれる。

「こうですね。仲川弁護士はその立場上なのかどうかわからないけど、裏金である約二億円の存在を知った。そしてその会社の経理の立場にいた三島部長と組んで約二億円を盗ませて山分けしようとした。まんまと上手くいったんだけど、三島部長はあの部屋で倒れてしまった」

うん、と麻衣子ちゃんも僕を見て頷いた。ナタネさんは微笑みを浮かべて話を聞いている。

「そして、僕が病院に運んでついでにあのキャリーバッグを持ってきてしまった。慌てたのは仲川弁護士ですよね。たぶん、その時点ではいったいどうなったのかまるでわからなかったでしょう。奥さんから病院に運ばれたという連絡が直接行ったのかどうかはわかりませんけど、僕がこっちに来てからもう何日も経ってます。それまで動きがなかったというのは、やっぱり何もわからずに右往左往していたんでしょう。あるいは事前に三島部長と打ち合わせしていたのかもしれない。何日後に会おう、とか」

「なるほど」

続けてくれ、とナタネさんが言った。

「そして、二億円が消えたことを知った仲川弁護士は、持ち去ったのは僕だと気づいたんでしょう。その可能性は高いですよね。それで慌てて、僕がどこにいるのかを探した。僕の実家が札幌にあることを確かめるには、バンさんに訊くのが普通です」

「じゃあ」

麻衣子ちゃんだ。

「そこで、バンさんが」

僕は頷いた。

「仲川弁護士は約二億円を僕から取り返すためにこっちに向かっているんじゃないですか。ひょっとしたら、バンさんから僕の居場所を聞き出すときにいざこざがあったのかもしれない。あの人が慌てて飛んでくるなんていうのは、ひょっとしたら」

「そこだ」

ナタネさんが、人差し指を立てた。

「そこを、俺はずっと考えていた」

「そこ」

「仲川弁護士が、皮肉にも君が命名したナイスなネーミングの〈強奪屋〉になってしまったのではないか、とね」

強奪屋。

僕がそう呟くとナタネさんが頷いた。

「彼にとって、約二億円を手に入れることはひょっとしたら切羽詰まった事情があったのではないか。だから、そのお金が君の手に落ちた今、冷静な弁護士にあるまじき態度や方法でバンさんから君の居場所を聞き出したのではないか。殴りつけるか、脅すか、ひょっとしたらバンさんは殴られて気を失って、目覚めてすぐに君の危険を悟り慌てて飛び出していったのかもしれない。そうでなければ」

「そうか」

「バンさんが、何もかも放り出して慌てて駆けつけるはずがない。君の命が危ないとでもバンさんは認識しているからこその大騒ぎではないのか」

でも、と麻衣子ちゃんが言った。

「それなら、事前に、飛行機に乗る前にでも電話をくれるんじゃないですか？」

座る位置をずらして前に出た。さすがミステリマニアというべきか、こういう話には本当に麻衣子ちゃんは乗ってくる。

「事情を全て察して、仲川弁護士が明二さんの命まで狙うつもりかもしれないって思ったのなら、危ないから逃げろってすぐに連絡するはずですよね？　普通の人間ならそうするはずです。バンさんは、明二さんのボスなんでしょう？」

確かにそうだ。ナタネさんは、うむ、と頷いた。

「そこは確かに大きな疑問点だな」

少し下を向いてから、思いついたように顔を上げて続けた。

「バンさんは君の昼夜のスケジュールを、五十時間と二十時間の予定を完璧に把握しているのか？」

「そんなこともないですね」

だいたいはわかってるけど、ほとんど僕が自己申告している。

「だとしたら、そのスケジュールを勘違いして、今は君が眠り込んでいて電話しても無理だと思っているのかも知れないが」

そこで言葉を切って、ナタネさんは考え込んでから続けた。

「携帯電話や身の回りのものを奪われ君への連絡方法を失い、会社の人間に確認してトラブルを拡げるようなことになるのを避けたのかもしれない。札幌の住所は知っているのか？」

「知ってるはずです。保護者代わりのケン兄には毎年年賀状を寄越してますから」

細かいところまで覚えてなくても、〈刑務所の近くのモリタ金属加工所〉ってことはわかってる。それはひとつしかないんだから。ナタネさんは頷きながらも、眉間に皺を寄せた。

「だがどれも、君が危ないと思って駆けつけるのに、あらかじめ電話してこない理由とし

「は弱い」

僕もそう思う。確かに携帯の番号なんかはどこにも控えてないだろうけど、その気になれば周りに変に思われないで調べる方法はいくらでもあるはずだ。なんといっても僕のボスなんだから。

「そうなると」

ナタネさんは唇をへの字にした。

「バンさんを信頼している君にあまり言いたくはないのだが」

そこか。

「バンさんも、仲川弁護士とつるんでいたってことですね」

「想定していたか」

「一応は」

そこは、外せないだろう。何といっても二人は学生時代からの親友なんだ。リローはそう言っていた。

「さっきはその可能性を外して言いましたけど、何故バンさんは僕に連絡をしてこないのか、という部分を考えると、そこに行き着きますよね」

「その通りだ」

ふぅ、とナタネさんは少し息を吐いた。

「仲間割れだな。何らかの仲間割れがあって、バンさんは仲川とは別行動で、あるいは一緒にこちらに向かっているという可能性もある」

「でもそうするとですね、バンさんも仲川弁護士の仲間だとすると、矛盾が生じるんですよ」

バンさんは三島部長が倒れて病院に運ばれたことを知っている。僕がすぐに報告したんだから。

「それに僕が札幌にいることも知ってます。だから、さっきまで話していた仮定の仲川弁護士の行動が全部崩れていくんです」

そうか、と麻衣子ちゃんが呟いた。

「もしバンさんと仲川弁護士が仲間で、あのお金を取り戻そうとしているなら、もうとっくに札幌に来ていていいはずですもんね」

「そうなんだ。だから」

僕は、バンさんは絶対に仲間ではないとして考えていた。ナタネさんは、ふむ、と小首を傾げた。

「いずれにしてもバンさんが君のことで札幌に向かっているのなら、何らかの形で接触してくるはずだ。むろん、仲川も」

「このホテルに泊まってることまでは」

麻衣子ちゃんが言った。

「仲川がハッカー並みの調査能力を持たない限り、我々がここにいるのをつきとめることは偶然に頼るしかないだろうな」

従って、とナタネさんは続けた。

「何がどうなっているのかは、全て推測の域を出ないが、あと一時間ぐらいのうちに、二人もしくは一人が接触してきたときの準備をしなければならない。特に」

窓の外を見た。

「僕の家、ですね」

「そうだ」

バンさんは、僕の実家の住所を知っている。

「このホテルに泊まっていることはわからなくても、実家には必ず顔を出すと思うだろう」

頭を抱えてしまった。どっちにしても約二億円のことをケン兄に知られるわけにはいかないんだ。バンさんか仲川弁護士、あるいはどっちかが実家に乗り込んだりケン兄に接触するのだけは阻止しなきゃならない。

なんとか〈奪還屋〉の追及をしばらくの間は躱せることになったのに、今度は仲川弁護士とバンさんだ。

「こっちからバンさんにメールや電話で接触するのは」

訊いたら、ナタネさんは顰めっ面をした。

「まだ、だな。バンさんがどういう立場にいるのかを確認しないことには」

さて、どうするか、とナタネさんは煙草に火を点けた。その顔には明らかに迷いがあったと思う。

今までに見たことがない、陰りがあった。

二十

一風呂浴びる、と言ってナタネさんは立ち上がった。

「風呂？」

「そうだ」

時間は確かにないけど、焦ってもしょうがない。思考が手詰まりになったときには風呂がいちばんだと言って微笑んだ。まぁ確かにそうかもしれない。

「その前に」

「はい」

「バンさんの写真は、君のパソコンにあるか？」

考えた。

「ありますね、何枚か」

「ではそれをメールしてくれ。君の家に張り付かせている俺の仲間に転送して非常事態だと告げておく。仲川の写真はどこかにあるだろう。それも送っておく」

とりあえず、二人が森田家に接触することだけは阻止する態勢を取る、とナタネさんは言った。

「それからのことは、また風呂上がりに考えよう」

「そうですね」
二、三歩歩いてナタネさんは立ち止まった。
「そういえば」

「なんです？」

せっかくの広い風呂なんだから君らは一緒に入ってもかまわんぞ、なんてせりふを残して笑ってナタネさんは部屋を出ていった。入りませんよまったく。

麻衣子ちゃんは真っ赤になって下を向いていた。

「でも」

「うん？」

「お風呂に入っていいですか」

びっくりした。でも、麻衣子ちゃんはびっくりした僕を見て慌てて一人でです、と付け加えたので笑った。

「もちろん、どうぞ」

こくん、と頷いて、少し恥ずかしそうに笑みを見せながら麻衣子ちゃんはたたたっ、と小走りで寝室に消えた。カワイイと思う。だいたい僕は情に流されるタイプだ。長く一緒に過ごしているとその人のちょっとしたところに魅力を感じて、仲良しになったりしたらどうしても贔屓目に見てしまうところがある。

で、それはディレクターとしては欠点になるんだ。

ゲーム制作の進行を全て取り仕切るディレクターは、もちろんどんな業種でもそうであるように、コミュニケーションの取り方が非常に重要になる。ましてやゲームは下手したら二年間という長い期間を使い、たくさんの人数で制作するものだ。はっきり言ってメンバー同士がうまくやれるかどうかでそのゲームの質が変わってしまうぐらいだ。

だから、ディレクターは常に広い視野と冷静な思考と、そして冷酷さが必要になる。たとえ仲良しでも、そしてそいつに才能があったとしても、ゲーム制作の進行に邪魔になると思ったら即座に外して新たな血を入れなきゃならない。そうしないと本当にいいゲームは出来上がらない。

そこが、僕がディレクターとして一本立ちできない理由だと自分でも思う。バンさんにも言われているしね。

本当に仲良しの少人数で作るゲームなら上手くいくかもしれない。まぁ将来はそういう感じで進んでいきたいとは思っているんだけど。

「将来か」

呟いた。バスルームの方からかすかに水音が聞こえてきた。麻衣子ちゃんのヌードを想像しそうになって慌てて頭を振って打ち消した。今はそんなようなことを考えている場合じゃない。

将来のためには、今の状況を乗り切らなきゃならない。

でも。

「仮定ばかりじゃどうしようもない、か」

仲川弁護士は本当に約二億円事件の黒幕なのか、バンさんは本当に何も知らなかったのか、知らなかったとしてもどうして慌ててこっちに向かっているのか、向こうでいったい何が起こったのか。

森田家の方は、殺人事件と死体遺棄事件の方はたぶんこのまま収束してくれると思う。時効まで、新島さんがなにをどう頑張っても進みようがないだろう。唯一の突っ込まれどころになる山下さんだって、その覚悟は見て取れた。いくら新島さんがなだめようがすかそうが過去に何があったかを吐いたりしないだろう。あったとしても、だけど。

〈奪還屋〉はしばらく落ち着いてくれるはず。とりあえず何もかも予定通りに進んで、時間を稼げるはずだったのに、この騒ぎか。

「何か、ないか」

考えろ。あらかじめできることはないか。

仲川弁護士やバンさんが悪者だとして、森田家に乗り込んでくるとしたら、それに対抗するためには男手が必要か。ナタネさんが張り付かせている人員っていうのはどう考えても一人だろう。もし仲川弁護士が予想外に仲間が多くて、大勢で乗り込んできたらどうしようか。

安藤は間に合うだろうか。あいつはあれで腕っぷしが強いんだ。ナタネさんはラフシーンでも活躍してくれるだろうか。ケン兄と僕は残念ながら戦力にはならない。

「工場の」

そうか。ソファの背に凭れていた身体をがばっと起こした。〈モリタ金属加工所〉の皆。石垣さん、加藤さん、関川さんに的場さんに奈良さん、佐藤さん、ええっと今さんに吉川さん、あと若いのは誰だっけ。

鉄工所で働く屈強な男たち全部で十人ぐらい。あの人たちが皆揃っていれば、対抗できるか。年寄りの山下さんや中島さんは無理だとしても。

それに工場には武器になりそうなものは山ほどある。仮に仲川弁護士が何人かの男と乗り込んできても、あの人たちが怖そうな顔をしてズラリと作業服姿で並んでいたら、大丈夫じゃないか。実際、的場さんとか奈良さんなんか昔は暴走族でならしたって言ってたじゃないか。

「ふぅ」

そんなことを考えてもしょうがないか。それはケン兄にすべてを話してしまうということだ。

リロー。

そうだ。リローと話せるだろうか。MacBook Proを開いて立ち上げた。滅多にしないし、今までにも二回ぐらいしかないけど、チャットで、ディスプレイ上でリローとリアルタイムで会話をしたことがある。

今はできるだろうか。仲川弁護士とバンさんが何時の飛行機に乗ったか調べてもらおうか。

チャットのソフトを立ち上げて、リローに発信する。これはリローからもらったオリジナルのソフトだ。完璧なディフェンスのチャットルーム。もちろんサーバーだって海外のどこかだ。お互いに顔を見ながら、リアルに話せるものもMacにはあるし、リローもそれを使えるけど、そこまではお互いに踏み込んでいない。

僕らはあくまでも顔も知らない者同士だ。まぁリローは僕の本名は知っているしその気になれば丸裸にできると思うけど、僕は何も知らない。どこかに忍び込むなんてこともしてるんだから、パーソナルデータは知らない方がいいとも思う。

ピコン、と音がして、リローがチャットできる状態にあることを示すステータスが点いた。

〈こんばんは〉

〈ここには久しぶりだね〉

〈いいかな、緊急に調べてほしいんだけど〉

〈どうぞ。今は暇だから〉

〈例の仲川弁護士と、僕のボスのバンさんが最終便かその手前ぐらいに飛行機に乗ったらしいんだ。札幌行き。それ、調べられるかな〉

〈簡単だね。そのままちょっと待ってて〉

ステータスが手のひらを拡げた形のアイコンに変わった。これはもちろん、待っててね、という合図だ。

このチャットルームを利用するのも今は僕ぐらいしかいないとリローは言っていた。煙草に火を点けようかと思ったら、ステータスが変わった。

〈お待たせしました〉

〈早いね〉

〈そうでもないよ。こんなものだよ。確かにバンさんは大日本航空の羽田から新千歳の最終便の手前、二十一時の便に乗っているね。彼の本名はフジタバン、四十五歳だよね?〉

〈そう、その通り〉

〈ナカガワヒデ、四十五歳という人物が、スカイエアウェイの、二十時三十分発の便に搭乗しているね。これがたぶん仲川弁護士じゃないかな〉

〈ごめん、アンドウダイゴ、二十七歳は?〉

〈待って〉

ステータスは変わらない。そのまま調べてるんだろう。

〈彼は、やっぱり大日本航空の最終便、二十一時三十分に乗っているね〉

了解。助かった。これで三人ともここに着く時間が計算できるし、何よりも本当に仲川弁護士がこっちに向かっていることも確認できた。

やっぱり、仲川弁護士が約二億円事件の黒幕だった可能性が一気に高まったわけだ。それ以外に考えられない。事ここに至っては、たまたまです、なんてことはないだろう。

〈どうしたの? ずいぶんと賑やかになっているみたいだけど、何かあったの?〉

〈うん、まぁいろいろ。ずいぶんとゴタゴタしてる〉

〈そこは、札幌だね〉

びっくりしたけど、まぁ彼女ならすぐにわかるんだろう。

〈そう、札幌のGホテルの回線から繋いでいる〉

〈出張なのかな？〉

〈いや、プライベート。実家がこっちにあるんだ〉

リローが反応するのにちょっと間があった。

〈そうだったのか。札幌の人だったんだ〉

〈うん。迷惑だった？　そんなプライバシーを教えて〉

〈いや、大丈夫だよ。それで？〉

〈それでって？〉

〈実家がある札幌に帰ってきているのに、何故かGホテルなんて高いところに泊まっている。それに、上司とか怪しげな弁護士とか同僚とかがどんどん札幌に集まってきていて、しかもそれを裏で調べているっていうのは、どんなトラブルなの〉

〈教えた方がいいのかい？〉

〈他に、できることはあるかいってことだよ〉

何かあるだろうか。仲川弁護士がこっちに向かってる。間違いなく僕の実家を突き止めたと思われる。阻止するためには、実家に着く前に押さえなきゃならない。ナタネさんの仲間にうまくやってもらえれば済むことかもしれないけど。

そうだ。

〈仲川弁護士の携帯電話の番号って調べられるかな〉

また、間があった。

〈難しいけど、やってやれないことはないと思うな。仕事上名刺はけっこうばらまいているだろうし、あえて携帯キャリアのデータベースに侵入しなくても、どこかから手に入れられると思うけど〉

〈お願いしていいかな〉

〈わかった。こっちからメール送るから。待っててね〉

〈了解。それじゃ〉

チャットルームから出た。

「ふぅ」

たぶんリローなら調べられる。携帯番号を手に入れてどうするつもりなのかは自分でもわからないけど。

「まぁ」

いざとなれば直接会うしかないんじゃないか。それが、誰にも迷惑を掛けないいちばんの方法だと思う。

「いつ着くんだ」

もう九時三十分を過ぎた。八時三十分の飛行機に乗ったということは新千歳空港に着くのは、もうそろそろか。空港から札幌市内にタクシーで来るんだろうか。弁護士だったらお金があるからそうするかな。JRを使うにしても、どっちにしても、僕の実家に着くのはどんなに早くても十時ぐらいだろう。

「あと、三十分か」

携帯に、リローからのメールが入った。

〈わかったよ。090××××××××。間違いないから安心して〉

サンキュ、リロー。

「それは、仲川の電話番号じゃないのか?」

頭の上から声が降ってきた。振り仰ぐと、お風呂に入ってさっぱりした顔のナタネさんが微笑んで僕の真後ろに立っていた。

もう驚きませんよ。

二十一

なるほど、って言いながらナタネさんはソファをまたいでくるっと回って座った。なんで座るのにそんなに格好つける必要があるんだって思うけど、カッコいいからどうしようもない。僕がやってもきっとつまずいてよろめいたふうにしか見えないと思う。

「何がなるほどですか」

「麻衣子ちゃんは」

「お風呂です」

なんだ、と言ってニヤッと笑った。

「一緒に入らないのか」

「入りませんよ」

言うと思ったんだ。風呂上がりのナタネさんはなんだかツヤツヤしてるような気がする。

「ビールでも飲みますか？」

「いや」

僕に向かって右手を広げた。

「当分酒はなしだな」

「どうしてですか」

何故そんなことを訊く？　というふうに肩を竦めた。そういえばナタネさん、出会ってから一度もアルコールを摂取していない。

「いつどんなことにも対応できるようにするためじゃないか。アルコールは判断を鈍らせる」

そうでした。僕なんかのために気を遣っていただきすみません。

「友人の〈リロー〉から手に入れたのか」

仲川弁護士の携帯番号のことだろう。そうですって頷いた。ナタネさんはやれやれというふうに頭を横に振って、僕を優し気な瞳で見つめた。いやこれは哀れんでいるような眼か？

「まったく君という男は判りやすい人間だな」

「そうですか？」

まぁ面倒臭い男じゃないことは確かだと思うけど、どういうことだろう。

「携帯番号を手に入れたというのは、いざとなったら、仲川に電話して直接対決をしようというのだろう？」

「まぁ」

そうです。

「それがいちばん、他の誰にも迷惑を掛けないやり方だと思ったわけだ」

「そう思いませんか？」

ナタネさんは、ふむ、と頷いてからすっ、と立ち上がって冷蔵庫の方へ歩いていった。扉を開けて出してきたのは買っておいたトマトジュースだ。お金を湯水のように使うくせに、ホテルの冷蔵庫に常備してある飲み物なんかは「高い」とか言って絶対に飲もうとしない。ドラッグストアとか安いところで買ってくるんだ。どういう価値基準で生活しているのかよく判らない。

「確かにそれは正しい」

「ですよね」

「しかし」

カコン、とトマトジュースの蓋を開けて、こくこくと美味しそうに飲む。

「正しいが、間違った道筋での結論だな」

それはどういうことでしょう。ナタネさんは、すっ、と人差し指を上げて続けた。

「君は周囲の人間に迷惑を掛けたくない、犠牲者は僕一人でいいはずだ、という自己犠牲の精神でそういう結論に達したのだろうが、ひとつ言っておく」

「何ですか」

「自己犠牲というのは結局のところ自己満足だ」

まぁ、確かにそういうふうに捉えればそうだろうけど。状況によっては身も蓋もない言い方じゃないか。

「確かに君の犠牲によって事態は収束を迎えるかもしれないが、それによって大いなる悲しみもまたやってくる。仮に君が仲川と対決して奴に殺されたとしたら」

「殺されるんですか」

死にたくはないんだけど。

「その可能性は大いにあるだろう。仲川が黒幕だとしたら、奴は約二億円を手に入れて君の口を封じないととんでもないことになると思ってるはずだ。事ここに至っては遠回しに君を社会的に葬るなんて面倒臭い真似はしないだろう」

トマトジュースを飲み干して、その缶を僕に向けて拳銃を撃つような仕草をした。

「一発で、ズドン、だな」

「そんな」

頭の良い奴は死体を増やしたりはしないとナタネさんは言っていたのに。そう言うと、チッチッチ、なんて舌を鳴らしながら今度は缶を横に振った。

「頭が良かろうとも仲川はラフシーンには慣れていない素人のはずだ。逆上した素人ほど手に負えないものはない」

プロなら、とナタネさんは続けた。

「プロ同士の勝負ならどうとでもなる。どちらかが危ういことになるってことは、そのとばっちりが自分の側に向かう可能性も大きい。そして、日本の警察は優秀かどうかは別にして何はともあれ勤勉であることは間違いない。日本で悪い事をやる頭の良いプロはその介入を防ぐことを考えるのが第一義なのだよ。だから、お互いの妥協点を見つけてなんとかして、おかしな言い方だが〈平和的な解決〉をしようとするんだ。よく映画で〈取引をしよう〉なんてやっているが、あれはあながち物語的なご都合主義ではない。勝負の実に現実的な決着のつけ方なんだ」

「なるほど」

「むろん、これは日本国内で日本人同士での話だがな」

外国の方々にこの日本的様式美漂う流儀は通用しないと苦笑した。

「どんな場合に於いても、〈和〉を重んじる日本人の心はなかなか理解してもらえない」

「なるほど」

どこまでが本当なのかさっぱりだけど、説得力だけはあると思う。

「それで、君が死んでしまったとしたら」

「嫌ですよ死ぬのは」

「嫌でも死んでしまったのなら、の話だ。君の死を悲しむ連中が大勢居るだろう。君の家族、友人、その他もろもろ。君は自己満足の自己犠牲で、多くの人間の心に傷を残してしまうわけだ」

確かに。

いや皆が皆、悲しんでくれると、それほど自分が必要とされているなんて自惚れてはいないつもりだけど、少なくとも、ケン兄や紗季は。

「どうして相談してくれなかったんだって泣いちゃうと思う」

「そうだな。嘆き悲しみ、弟もしくは兄のために何もできなかった、と自分をひどく責めるだろう」

溜息をついた。その通りだ。

「ナタネさんも悲しんでくれますか」

まぁ冗談だけど訊いたら、むろんだ、と頷いた。

「大家といえば」

「親も同然」

その通り、と言ってニヤッと笑った。

「悲しむつもりがこれっぽっちもないのなら、わざわざこうして君にアドバイスをするために付き合ってはいない」

「ありがとうございます」

「そして」

バスルームの方角を、ナタネさんは見た。

「まだ上がってこないな」

「女の子のお風呂は長いから」

いいことだ、とナタネさんはニヤッと笑う。何がいいことなんだ。

「麻衣子ちゃんの悲しみは人一倍だろうな。こうして好きな人のために一緒になっていろいろ考えてきたのに、その向こうにある平和な二人での生活を夢見ていたのに、自分一人で死んでしまうなんて、と」

なんだかすっかり僕は殺されることにされて、しかも麻衣子ちゃんと恋人同士になるってことになっているけど、それも確かにそうだ。

麻衣子ちゃんの性格から考えると、その落ち込みようは相当なものになるんじゃないか。まだ恋人にもガールフレンドにもなっていないけど、僕のことを好きになってくれた女の子にそんなトラウマを与えるわけにはいかない。

死ぬわけにはいかない。

常に常に、最良の道を。全員が納得して幸せになれる道を考え抜かなきゃならない。そのために僕がどんなに苦労をしても。

ナタネさんが、くいっ、と腕を上げて時計を見た。

「リローに連絡を取ったということは、東京からのご一行様が着く時間なども判っているんだろうな？」

その通りです。

「たぶん、仲川弁護士はもう空港に着いて、そろそろ札幌に着く頃だと思います」

どんな交通機関を使うか判らないから、なんとも言えないけど。ナタネさんは、うむ、と頷いた。

「君をからかっている場合じゃないな」

からかっていたんですか。

「まぁしかし、どんなに仲川が焦っているとしても、こんな夜に他人様の、つまり君の実家に乗り込んで騒ぎを起こそうなんて気にはならないだろう。弁護士という人間の性だ。最終的には法的にどうなんだという考えが習い性になっている」

「そうですかね」

「そうなんだ」

自信たっぷりに言う。いやこの人はいつでもそうなんだけどいつにも増して。

「ましてやたった一人でいきなり実力行使に出るはずもない。そんな腕っぷしはないはずだ。たとえば君のお兄さん家族を全員拉致して君を誘き出すために誰かを雇うにしても、いつどこで活躍してもらうかが判らない限り雇えない。どんな場合でも拘束時間で幾らという計算になるからな」

「そうなんですか？」

「何度も言わせないで欲しいね」

思い出した。

「全ては経済活動」

「その通りだ。金でおっかない連中の中の乱暴者を雇うにしても、いつからいつまで、ラフシーンはどこで、なんてのを明確にしないと、フルタイムでいつまでか判らないけど一緒にいてくれなんて頼み方をするととんでもない金額を請求される」

なんだかおっかない人たちがアルバイトの兄ちゃんかパートのおばさんに思えてきた。

「それ、本当なんですか？」

「本当だ」

さらに自信たっぷりに言う。

「仲川がこちらのそういう連中との太いパイプを持っているとは思えない。東京のそういう誰かから紹介してもらったとしても、確実に収入になるという現物、仲川が数千万単位で貯金があるとか、約二億円を君が確実に持っていてそこから報酬が支払われるという確信がなければ、そうは簡単に動かない」

「弁護士だったら、貯金なんてかなりあるでしょう」

「ピンキリだ。高額な報酬を貰っていても、実は趣味に金を注ぎ込んですっからかんの弁護士だっている」

まぁそういう話は置いといて、と続けた。

「とにかく、今夜は無事に過ごせるはずだ。動くなら夜が明けてからだ。万が一、何か動きがあったとしても、君の実家につけた監視はすぐに連絡をくれるし、手に負えない予想外のことが起きそうであればただちに警察に連絡する。むろん」

にこりと笑った。

「新島くんの携帯にも直接な」

仮にそういう事態になってしまったのなら、もうどうしようもないってナタネさんは手を広げた。

「腹を括ってとにかく事態の沈静化を図るしかないだろうな。まぁ警察に捕まったとしても、君の罪は拾得物横領罪程度だ。どうってことはない」

「いや、どうってことって。もう既にお金を使っちゃっているし」

「まぁそれは俺が肩代わりしてやろう。将来働いて返してもらえばいい」

それはありがたいですけどね。

「でも、約二億円をふいにしてしまった僕は恨まれるわけですよね。しかもそれを公にしてしまったのなら、その企業にとってはとんでもないことになる」

「その通りだ」

だから、だ。

「夜の間は安心だとしても、仲川弁護士が何らかの動きをする前にどうにかしなきゃならないんですよね。しかも」

あと、十時間もない。

「僕がまったくの戦力外になる前に」

「そうだな」

明日の朝の八時には、僕は眠ってしまう。起きるのは二十時間後、朝の四時頃。その間に何か起きたら、起きてしまったのなら、それこそ僕は死んでも死に切れない。

二十二

麻衣子ちゃんが「お先にいただきました」と明るい声を上げてバスルームの方からやってきて、僕とナタネさんはつい頬を緩ませて、うん、なんて頷いてしまっていた。どうしてお風呂上がりの女の子っていつもより三割増しぐらいで可愛く思えてしまうんだろう。近くに寄られた日には良い匂いとほのかに上気した素肌のせいで五割増しぐらいに素敵に思えてしまうし、若い男にしては淡白だと断言できる僕もさすがにぐらっと感じることだってある。

どうせすぐ上がるんだろうから、まずは何も考えずに湯に浸かってリフレッシュしてこいとナタネさんに言われて、素直にそうした。いや別に麻衣子ちゃんの後だからなんてそんな変態チックな考えでは決してない。僕はいたってノーマルな人間だ。いざバスルームに入ったらお湯は抜かれていて、しかもきれいに洗ってあったからってがっかりしたりしない。

このスイートルームのバスタブは広いし泡とか出るし「あーっ」と声にならない声を上

げて、いい湯だなと口ずさむには最高のお風呂だ。本当に、本当に何も考えずに温まって髪の毛も身体もしっかり洗ってさっぱりして戻った。

戻ったら、ナタネさんと麻衣子ちゃんはバックギャモンを引っ張り出して二人で真剣な顔をしてやっていた。麻衣子ちゃんはやったことないって言ってたな。

「おもしろい？」

訊いたら顔を上げて、にこっと笑って頷いた。彼女が東京から姿を消してもう三日経っている。親しい友だちとか、ご両親とかは心配していないのだろうかって思うけど、麻衣子ちゃんが何にも言わないし、そういうことには気を遣うはずのナタネさんもそうしているから、僕も何も訊いていない。

ナタネさんがさっき飲んでいたのが美味しそうだったので、僕もトマトジュースを出してきて、カコンと音を立てて開けて、飲んだ。バックギャモンの勝敗はもう見えていた。どう頑張ってもナタネさんの勝ちだ。

「さて、終わりかな」

ナタネさんが顔を上げて言った。麻衣子ちゃんも諦めたように首を振って、苦笑いしていた。

ナタネさんが煙草に火を点けた。いつの間にかルームサービスでコーヒーが運ばれてきていたし、小さなケーキがたくさん入った箱も置かれていた。これはこのホテルの一階にあったケーキショップのものだな。テーブルにはもう食べた後の紙が置いてあったから、ナタネさんが糖分を補給したんだろう。

「美味いぞ」

僕に向かって言うので、頷いた。

「後で食べます」

「残りは冷蔵庫に入れておいてくれよ」

そう言いながらナタネさんはマグカップを持って立ち上がった。

「それじゃあ少し部屋で仕事をするので、来たら電話を」

麻衣子ちゃんに向かって言う。

来たら？　電話を？

「何ですかそれ」

訊くと、テーブルの上に置いといた僕の携帯を指差してナタネさんが微笑んだ。

「風呂に入っている間に安藤くんから電話があったんだよ。札幌に着いたってね」

「安藤が」

「問題ないと判断して俺が出たが、問題ないだろうな？」

「え」

問題あるだろう。

「なんて言って出たんですか」

「ごくシンプルに君と行動を共にしている年長の友人だと。そして君は今どこに居るのかと尋ねてきたので、このホテルのこの部屋に居ると。自分もそこに行っていいのかとさらに訊くので、ぜひどうぞと答えておいた」

「な」

安藤をここに呼んだってことは、それはつまり。ナタネさんは僕の言いたいことを察したようにゆっくりと頷いた。

「君のことを真剣に心配していたのでね。ならばぜひここに来てくれとご招待した。君の話では頼れて信頼できる男だそうだから、このチーム〈オフェンダー〉に加わってもらおうじゃないか」

何てことを。

「それって、安藤に約二億円のことを話してしまうってことじゃないですか！」

「むろんだ」

いや、何だそれは。

「冗談じゃないですよ」

「確かに冗談ではないが？」

一瞬だけど久しぶりにマジで怒りそうになった。安藤は、確かに友だちだ。いちばん信頼している友人だってナタネさんにも教えた。

でも、何の関係もない人間だ。

「あいつも巻き込んじゃうってことじゃないですか！」

「そうなるな」

「そうなるって」

思わず麻衣子ちゃんを見てしまった。

「麻衣子ちゃんはしょうがないです。僕のせいで巻き込んでしまったけど、それはもうどうしようもないことだった。避けようがなかった。だから僕はどんなことになろうとも、命を懸けても麻衣子ちゃんだけは守るつもりでいますよ。でも、安藤は」

放っておけばそのまま無関係に過ごせたはずなのに。下手したら命の危険さえあるこんなことに。

ナタネさんは、ゆっくりと頷いた。

「だがすでに、君は安藤くんに頼んでいた。バンさんがおかしな行動に出たりその周囲に変化があったら伝えてくれと」

「それは」

「ただのお願いだったと言うのかね？　では訊くが、仮にバンさんも無関係な人間で約二億円の渦中に巻き込まれたのだとしたら、安藤くんはそれに気づいただろう。そして君にも何かトラブルがあったのだと判断するだろう。そこで、彼は『俺には関係ないや、とりあえずメイジに報告して終わり』という類いの人間なのかな？」

ぐっ、と咽喉の奥が鳴ってしまった。

「君の話では、安藤くんはそういう男ではないはずだ。正義感溢れ、まさに男気があり、君のことを真の友人だと思ってる。そういう男ではないのかね？」

確かに、そうです。

「ならば、このまま放っておけるはずがない。彼は君が来るなと言ってもここを探し当てて来ただろう。君がトラブルに巻き込まれているのなら、一緒になってそれを解決しようとするはずだ。バンさんが札幌に向かったのを知って自分も仕事を放ってこっちに向かったのがその証左だ。つまり」

遅かれ早かれ、とナタネさんは微笑む。

「彼はチームの一員になる。だったら早い方がいい。少なくとも」

一拍置いた。

「なんです」

「君が眠ってしまった後の補充人員としてちょうどいい。彼もまたバンさんの下で働く人間だ。バンさんの真の目的がまだ見えないが、どう動くのか我々に示唆を与えてくれるだろう。眠り続ける君の代わりにね」

どうかね？　という表情でナタネさんは僕を見た。僕は、長い溜息を吐いた。

「その通りですね」

完敗だ。いや最初から勝つ気もないし勝負事じゃないけれど。この人は、ナタネさんは本当に悪魔のように狡猾だ。安藤のことだって、僕から聞かされて、はなっから見当に入れておいたのに違いない。

「僕からきちんと話して、協力してもらいます」

心強いのは確かなんだから。ナタネさんはにっこり笑って頷いて、では後ほど、と部屋を出ていった。

すとん、とソファに腰掛けた。手に持ったままだったトマトジュースの缶に気づいてそれをくいっ、と飲み干した。

麻衣子ちゃんが心配そうな顔をしているのに気づいて、ごめん、という意味で少し頭を下げた。

「心配掛けちゃった？」

ううん、と微笑みながら首を軽く横に振った。

「嬉しかった」

「嬉しかった？」

あの、と言ってなんだか唇をもごもごさせながら少し下を向いた。

「守ってくれるって」

「え？」

小声で聞こえなかった。

「守ってくれるって、言ってくれたの、嬉しかった」

顔を上げて僕を見ながらそう言った。あ、それか。そうだよね、嬉しいよね好きな人にそんなこと言われたら。でも別に有り余る愛情表現で言ったことではなくて、かなり義務感みたいな部分が大きかったんだけど、そんなことは言わないでいいのは判る。それほど野暮じゃない。

それに、まるっきりの義務でもないんだ。

ちょっと考えてから、三人掛けのソファに座っている麻衣子ちゃんの横に移った。麻衣子ちゃんは、全然移動しなかった。ちょっと恥ずかしそうに頭を下げたけど口元に笑みが浮かんでいた。

僕のためにここまで来てくれた女の子を、いや来ざるを得なかったんだけど、それでも来てくれて今まで一生懸命僕のことを考えてくれている。大事にしなきゃバチが当たるってものだと思う。

肩を抱いたら、身体を寄せてきた。力を少し入れたら僕の方に身体を向けてきた。下げていた頭が上がって、眼は閉じられていた。

でも、一瞬そんな予感がしたんだ。

顔を近づけて、もう少しで唇と唇が触れ合うところで。

携帯が鳴った。僕のだ。

ゼッタイ、安藤だ。ほら見ろ。あいつはいっつもこんなタイミングで電話してくるんだ。

「もしもし」

（あぁ、風呂は上がったのか）

「上がったよ」

（今、ホテルに着いた。マジでスイートに泊まってるのか？）

「マジもマジ。もうすっかり住人みたいな気持ちになってるよ」

（とにかくこれから行くわ。今、エレベーターに乗った）

「女の子もいるからね」

（え？）

「さっき電話に出たオジサンと一緒に、女の子もいるからそのつもりで」

（あー、判った）

電話が切れて、僕はボタンを押して、麻衣子ちゃんを見た。二人で苦笑して、でも、苦笑しながらも勢いで軽く唇を重ねた。まぁいいさ。何もかも終わってからでも全然遅くない。

二十三

　安藤は途中で、途中でっていうのはナタネさんが約二億円がどういうお金で自分はどういう人間かってことを説明し始めたとき。

「ちょっと待ってください」

　春でも夏でもいつも着ているレザーブルゾンの、いやこれでも同じのを五着持っていてちゃんとクリーニングしてるから大丈夫。そのポケットから無印のメモ帳を取り出した。

「どうぞ」

　今どき珍しいぐらいの尖った茶髪をぶん、と振って安藤は言った。ナタネさんはにっこり笑って頷いてからまた説明を始めた。

「とにかく今現在の森田くんは〈攻める逃亡者〉だ」

　そうやって、長い話をコンパクトにまとめて、ナタネさんは今まで何があって今どういう状況になっているのかを安藤に説明した。安藤はところどころで「マジか？」という顔を僕に向けて、僕が頷くと眉間に皺を寄せたり苦笑いしたりの百面相をしながら。

　そうして、ナタネさんは全部説明し終えると安藤はまたちょっと待って、と言って自分で取ったメモを見てぶつぶつ言いながら考え込んでいた。これはいつもの安藤だ。ブレストのときもああやって完璧なメモを作り、自分の頭の中で整理をしながら進めていくんだ。本人に言わせると、その場での全体把握ができないらしい。つまり、大ざっぱに理解して細かいところは後で詰めていく、ということができなくて、その場でひとつひとつ自分の脳に刻み込んで積み上げていかないと後で混乱するそうなんだ。

そうやって自分のやり方っていうのを確立していかないと、社会人としては駄目だと思う。特に僕らみたいにモノを創り上げるような仕事はそうだ。他人の物まねではなくて自分のやり方、そういうものをさっさと摑み取らないとなかなか良い仕事はできない。

ナタネさんも麻衣子ちゃんも、もちろん僕も、そんな安藤を見つめながら、待っていた。

「よし」

安藤が、メモから眼を離した。

「麻衣子ちゃん」

いきなり呼ばれた麻衣子ちゃんが少し驚いたふうに眼を丸くして、背筋を伸ばした。

「はい」

「あらためてよろしく、安藤大悟二十七歳、メイジよりひとつ上です」

手を伸ばして握手を求めた。麻衣子ちゃんはとまどいながらおずおずと手を伸ばして握手する。これもいつもの安藤だ。小心者だというのを隠して自分のペースを作り上げるために先手を打つ。

「ナタネさんも、よろしくお願いします」

同じように手を伸ばしたけど、たぶん無理だと思うよ安藤。その人に奇襲は通じない。思った通りにナタネさんはにこりと微笑んだけど、安藤の手に向かって、自分の手は伸ばさなかった。その代わりに冷蔵庫から出しておいたケーキの箱に手を伸ばしていちごのショートケーキを取って、安藤の手の上に乗せた。乗せてから、安藤の手を両手でつつみこむようにしてポンポンと軽く叩いた。

「よろしく、美味いぞ」

良かったな安藤。君も甘いものは好きだもんな。

「理解してもらったところで、さっそく作戦会議といこう。安藤くん」

「はい」

「君も森田家の平和を守るために全面的に協力してくれるということでいいんだね？　もちろん、冗談じゃない僕はここで失礼しますというのなら、どこにも他言しないことを約束してくれたらさようなら、で構わないが」

安藤は、しっかりナタネさんを見たまま頷いた。

「いいです。協力します」

「いいのかね？　何もかも話しておいて今更だが、これはとんでもない事態だ。これからの君の人生を狂わせるかもしれない」

真面目な顔をして、ナタネさんは続けた。

「もう二度と、普通の生活には戻れなくなるかもしれないのだが」

その通りなんだ。できれば僕は安藤を巻き込みたくない。でも話してしまった。安藤は
くいっ、と肩を竦めた。

「ナタネさん」

「何だね」

「オレ、メイジにも言ってない秘密があるんですよね」

「ほう」

なんだそりゃ。安藤は僕に向かって軽く手を振った。

「言わないで悪かったけどさ、まぁ気軽に話すようなこっちゃないしさ」

それにって僕に向かってビシッ！と人差し指を向けた。

「お前もオレにいろいろ隠してたみたいだからおあいこな」

「別にいいけど、何？」

「オレ、親に捨てられたんだ」

ぴくり、とナタネさんの眉が上がった。眼が細くなって安藤を見つめた。

「施設に入れられて、八年ぐらいそこで育った」

「え、でも、お前兄さんが」

泣く子も黙る某大手ＩＴ企業に勤めているお兄さん。いつも安藤のことを気にかけているいろと情報を流してくれる優しい兄さん。施設に入れられてたってことは、その兄さんは。

安藤はくいっ、と首を傾げてナタネさんに向かって言った。

「オレは、なんだか情緒不安定な子だったらしくて、でも兄貴はとってもいい子だったらしくて、親はね、オレを持て余してなおかつ兄貴の教育のためによくないってんで、オレを捨てたんですよ。金で施設に入れてそのままずっと放っておきっぱなし」

「それじゃ、お兄さんは」

僕が訊くと、頷いた。

「兄貴は七つ上でさ。大学を卒業して就職して一年経ったその年に、オレが高校生のときに、社会人として、身元引受人としてやってきて、オレを施設から救い出してくれたんだ」

麻衣子ちゃんの唇が引き締まっている。真剣に安藤の話を聞いている。

「それまでもさ、親が一度も顔を見せないのに兄貴はちょくちょくオレのところに来てくれた。誕生日とかクリスマスには、自分のおこづかいでオレへのプレゼントを買って持ってきてくれてた。いつも言ってたんだ兄貴は」

「なんて」

「僕のせいでごめんって。僕がもっと大きかったら、お前のことを離さなかったのに、ずっとずっと一緒にいられたのに、僕だけが幸せでゴメンって、泣くんだ。自分だってまだ子供のくせに気を遣ってさ」

安藤の眼が潤んでいた。こんな安藤を見るのは初めてだ。

「迎えに来てくれたときも、時間がかかってごめんなって謝りながらさ。今日からはずっと一緒だから、いつまでも仲良くやろうって言ってさ。本当に、マジで天使みたいな男なんだ兄貴は」

そうだったんだ。そんな兄さんだったんだ。

「ご両親は？　その後は」

ナタネさんが訊くと、安藤はニヤッと笑った。

「全然ッスよ。何の音沙汰もなし。まぁ兄貴はそういう男なんできちんと長男の役割を果たしてますけどね。オレも一応社会人としてまともにやってるし、兄貴はなんとか関係を修復させようとはしてるけど」

ま、それはまた別の話でって安藤は言った。

「だからねナタネさん」

「うむ」

「人生がガラッと変わっちまうことなんか、オレ、何にも怖くないんスよ」

ナタネさんは小さく頷いた。

「君は」

「なんスか」

「メイジに熱い友情を感じているようだが、何かきっかけはあったのかね？」

熱い友情。そんな恥ずかしい台詞をナタネさん。安藤は僕を見て笑った。

「オレ、実は今でもけっこう情緒不安定なんですよね」

「そうは見えないがな」

「隠してるんですよ。この格好で」

安藤の鎧。尖った髪の毛も革ジャンもチェーンも。

「これのお蔭で、オレは人前でもなんとかやっていけるんスよ。でもね入社当時に別の会社の奴と打ち合わせのときに」

あぁって僕は頷いた。あのときか。

「あっさりそれを見抜かれて、オレ、気が動転しちゃってね。まだこれを楯にするのに慣れていないころで。そうしたら、メイジ」

僕は、何にもしてない。ただ、煙草に火を点けただけだ。禁煙の部屋だったんだけど。

「そうして、煙を吐き出して、煙草をオレに寄越して『煙に巻いてやれ』って笑って言ったんですよ」

「なるほど」

それで、安藤は落ち着いた。

「まぁこんなこと言ったことないですけどね。兄貴との関係とかも含めて、なんか似た者同士だなって思うし。いろいろ感謝してますよ。それに」

「それに?」

「メイジが、自分が変な病気抱えてしまってお兄さんや妹に迷惑掛けてるって自分で思ってて、二人のために一生懸命やってるの知ってるから」

そういうメイジの新しい人生のために何かできるんなら、メイジのお兄さんや妹さんの幸せのために動けるんならって続けた。

「オレも何でもしてやりますよ」

僕を見て、笑った。僕も、なんて言っていいか判らなくて、しかも涙もろいもんだからもう何ていうか涙腺がヤバイ状態になってしまって、笑って頷いたあとは天井を向いて唇を噛みしめていることしかできなくなってしまった。

もちろん、安藤はそんな僕を知ってるから笑ってる。ちくしょう、涙よ止まれ。麻衣子ちゃんの手が僕の手の上に重なってきたことがわかった。

ナタネさんもきっと微笑んでいるんだろう。顔が見られないけど。

「図らずも」

煙草に火を点けながらナタネさんは言った。

「友情と愛情に結ばれた素晴らしいチームが結成されたようだ。よし。感謝の気持ちの表現や友情を確かめ合うことやその他もろもろは後回しにしてもらおう」

安藤は頷いて、手に乗せてもらったままだったケーキを口に運んだ。

「確認させてもらおう。安藤くんは電話でメイジに告げた以外の情報は持っていないんだね？」

ちょっと考えたけど、すぐに頷いた。

「ないッスね」

「バンさんはどういう状況で、仕事を放り出して出掛けたのか説明してくれ」

「会社で次の打ち合わせの確認をしてたんですよ。そしたら携帯に電話が入って、何やら話しだして、込み入ったことらしくて煙草が吸える非常階段の方に向かって歩いていってそれで」

ナタネさんが僕を見たので、ようやく涙を抑えることができた僕が口を出した。

「戻ってきたら『後を頼む！』って？」

「そう」

ナタネさんは、少し顰めっ面をした。僕は溜息をついた。安藤がその様子を眺めてから、うー、と唸った。

「今判ったけど、それって、つまり、さっき言ってたことを裏付けるってことか？」

「そのようだな」

ナタネさんが頷く。バンさんが札幌に来たのは明らかに僕の件だろう。約二億円のことだろう。その電話は仲川弁護士だったのに違いない。それなのに。

安藤が言った。

「お前に電話してこないってことは」

ナタネさんが続けた。

「仲川とバンさんがつるんでいるというのを裏付けるひとつにはなるな」

「でも」

そうは思いたくない。

「こないだも話したけど、それはバンさんの今までの行動と矛盾しますよね？」

「そうだな」

ナタネさんは人差し指を上げた。

「そこのところは今もって確定できないが、少なくともバンさんは君に連絡がまったく取れない状態ではないことは確認された。そこで、安藤くん」

「はい」

「バンさんが飛行機に飛び乗る前にバンさんの携帯に電話してみたか？」

「いいえ？」

では、とナタネさんは安藤の胸の辺りを指差した。安藤の携帯のストラップが見えている。

「バンさんに電話してみてくれ。もし出たのなら、とりあえず仕事の話を適当に見繕ってしてくれ。そして、いつ会社に戻ってくるのかと。注意してほしいのは、あくまでも君は今現在会社かその近辺にいて、バンさんを待っている状況であるというのを忘れないようにな。そして」

ゆっくりと右手の人差し指を立てた。

「ここが肝心だ。バンさんがいつ帰ってくるのかを言ったのなら、メイジから電話があったと告げるんだ」

なるほど。

「たぶん、バンさんは確認するだろう。まだ札幌にいるんだろう？　とかな」

「それで？」

安藤が身を乗り出した。

「訊いてこなくても、こう君は告げるんだ。『メイジが、最終便で東京に帰ってきたそうですよ』、と」

それか。

ちょっとショックだった。

それはまるで考えていなかった。でも、少し頭を巡らせばすぐに思いつく手段だ。それに気づかない自分が情けなかった。

「それは」

思わず言うと、ナタネさんが微笑んだ。

「こちらが仲川とバンさんの動きを把握する手段がないのと同じように、向こうも我々の動きを把握する手段はない。まったく無関係の第三者であると向こうが思い込んでいる安藤くんがそう言えば、間違いなく向こうは信じる。そして慌てるだろう。メイジは母親の件で札幌の実家にいるはずだったのに東京に戻っている。どうしたんだ、と訊かれたら『何か用事があったみたいですよ』などと適当にしておけばいい。そしてバンさんはメイジに電話してくるかもしれない。いや、間違いなくしてくるだろう。『今、どこにいるんだ?』と」

「僕は、東京にいますよー、と言えばいいんだ」

「その通り。そうして、さも眠そうに言うんだ。『ごめんなさい、もう寝ちゃいます。起きたら連絡します』と。そしてプツンと切る。これでもう君は誰が電話してきても出られない状況になった。それを疑う君の関係者はいない」

「そして」

勢い込んで言ってしまった。

「少なくともケン兄のところに二人が乗り込んで、約二億円の件がバレてしまうのは避けられる！」

「その通りだ。それだけはこれで回避できる。最終的にどうなるかはまだ判らんが、時間稼ぎとしては有効だ」

「え、でも」

安藤だ。

「東京にもし仲川弁護士の仲間がいて、すぐにメイジの部屋を確認しに行ったら？　いないことがわかっちゃうんじゃないッスか」

「別に部屋で寝ているとは限らんだろう。メイジは東京で誰か友人の部屋に泊まったことはないのか？」

「あります」

ミケさんの部屋に泊まったこともあるし、学生時代の友人の家にだって。

「仮にそうやって部屋にいないことを確かめたとしても、安藤くんがそう言って、メイジがそう言った以上東京にいることは間違いないと思うだろう。そして約二億円も一緒だと考える。二人はどう転んでも明日の朝イチの便で東京に戻ることを選択するだろうな」

そうだ、その通りだ。ナタネさんは、従って、と右手の人差し指を上げて続けた。

「我々は、新千歳空港で張って奴らを捕捉する。君の友人のリローに頼めば、彼らがどの便を予約したかはすぐに判るだろう。判らなくてもこれだけ人数がいれば東京行きの便のどこに彼らが現れるか見張っておくことはできる」

いやでもひとつ問題が。

「ナタネさん」

「何だ」

「僕、寝ちゃいますよ？」

明日の朝の八時には。始発の飛行機は確か七時台だから乗り込むときにはなんとかなるけど、機内で眠ってしまう。降りるときに起こされたって起きない。それこそ皆の足手まといになる。

「問題ない」

「どうしてですか」

「最初から車椅子で行けばいいんだ」

「車椅子」

その手があったか。

「奴らを捕捉するとともに同じ便に乗って東京に戻るかどうかはこれから判断するが、戻るにしても奴らに見つからないための、気づかれないための変装は必要だ。君は車椅子に乗る病人だ。頭にネットでも被って包帯巻いて顔を隠せば気づかれない。しかもいちばん最初に乗って最後に降りる。そうして私は」

ニヤッと笑った。

「その病人の付き添いの医者に見えないかね？」

見える。神の手を持つ外科医にも。

「麻衣子ちゃんは、本物の看護師だ。真似などしなくてもそのまま地でいけるし、奴らは麻衣子ちゃんの顔も存在も知らないはずだ」

思わず顔を見合わせると、麻衣子ちゃんは微笑んだ。

「安藤くんは普段からその格好だ。それ以外の姿をバンさんに見せたことがあるかね？」

「ないです」

即答した。そういえば僕だってレザージャケットとレザーパンツ以外のこいつを見たことがない。

「髪の毛を黒くして短くしてスーツでも着て眼鏡を掛ければ、雇い主のバンさんでさえ安藤くんだとは判らないだろう」

「でも」

麻衣子ちゃんだ。

「そんな車椅子で飛行機に乗ろうとしたら、余計に目立ちませんか？」

ナタネさんは微笑んだ。

「確かに目立つ。目立つが、それが逆にカムフラージュになる。『あぁケガ人が乗るんだな』という認識をして、それしか印象に残らない。一般の人は、普通の神経を持ち合わせた人間は、飛行機に乗り込もうとする車椅子の人間とその周りにいる人をじろじろ見たりはしない。むしろ眼を逸らそうとするだろう。無遠慮に見るのは失礼だ、とね。完璧だ」

まさに完璧だ。誂えたみたいだ。

「では、さっそく頼む」

安藤は頷いて、シュタッと携帯を抜き取るとすぐに電話を掛けた。麻衣子ちゃんが唇を引き締めた。僕も余計な音とか立てないようにソファの背に凭れ掛かった。

安藤の顔が引き締まった。何回呼び出した？　二回、三回、四回。

「もしもし？」

出たのかバンさん。

「あ、オレです。安藤ッす」

安藤は僕たちを見て、軽く頷いた。

「今大丈夫ですか？」

間。そこで安藤は何かのボタンを押した。スピーカーからバンさんの声が聞こえてきた。

ハンズフリーにしたんだ。

(大丈夫だがすまん、話している余裕はない)

「そんなこと言われても急にいなくなってまいってるんスよ。いったいいつ帰ってくるんスか」

(まだ判らん。なんとか仕事は進めておいてくれ。後でいくらでも謝る)

「いいッすけど、さっきメイジからも電話ありましたよ。東京に帰ってきたけどバンさんはって」

一瞬、沈黙した。

(メイジが？　お母さんの件はどうなったんだ？)

明らかに、さっきまでの声と違う。緊張感があるって感じたのは気のせいだろうか。

「わかんないですけど、何か急な用事があって帰ってきたって。一応バンさんは急用で連絡取れないみたいだって言っときましたけどね」

上手い。

(判った。とにかく、もう少しなんとかしといてくれ。後で連絡する)

プツッ。

ナタネさんが、うむ、というふうに頷いた。僕はどんな顔をしていいか判らなかったけど、もし予定通りならすぐにバンさんは僕の携帯に電話してくるはずだ。携帯を取り出して、手に持って眺めた。

麻衣子ちゃんも安藤も何も言わないまま、僕と僕の携帯を順に見ていた。

「気楽にな」

笑いながらナタネさんが言う。

「さも眠い、というふうなのを忘れないように。少なくとも五回ぐらいはコールさせよう」

そう言った瞬間に。

来た。

電話が鳴った。

安藤と顔を見合わせた。一回、二回、三回。

ナタネさんと顔を見合わせて、四回、五回。ナタネさんが頷いた。

「ほぁい」

ハンズフリーにした。
(メイジ)
「はい、だれ」

(俺だ、バンだ。今東京にいるって?)

待った。沈黙した。

（おい？　聞こえるか？　メイジ⁉）

「あ、すみません。そうです、とうきょ、うに、います。かえってきて、ます。ごめんなさい、ねむりま、す」

（メイジ！）

「おきたら、れんらく、します」

プツッ。

「よし」

パン！　と手を打ってナタネさんが立ち上がって、微笑んだ。

「完璧だ。なかなかの名演技だった」

冷や汗をかいていた。こんなふうに嘘をついたのは初めてかもしれない。この後は、バンさんから電話が入っても無視する。

「これで後は彼らが東京行きの飛行機を取れば御の字なんだが、そうしなかったらどうするか、取ったなら我々はどうするかを考えよう。メイジ」

「はい」

僕のMacBook Proを指差した。

「お友だちのリローにメールしてくれ。バンさんと仲川が飛行機の予約をネットでするかどうか調べられるかと」

「わかりました」

たぶん、大丈夫だろう。バンさんは飛行機の予約はいつもネットでとっている。

「それが判るまで、一服しよう。私も少し片付けなきゃならない用事がある」

腕をひょいと上げて、時計を見た。

「一時間ほど、向こうの部屋にいる。戻ってきたらまた作戦会議だ。安藤くん」

「はい」

「その間に風呂にでも入ってさっぱりするといいぞ」

ここの風呂は最高だ、と、ナタネさんはにこりと笑ってから、あぁ、と思い出したように付け加えた。

「そうだった。君の寝床は私の部屋にしよう。ここは恋人同士のスイートルームだからな。来たまえ、案内する」

麻衣子ちゃんが顔を赤くして下を向いてしまった。何のことか判らなかったろう安藤だけど、その様子を見て僕に向かって親指を上げてニヤッと笑いやがった。

「了解ッす」

頑張れよなんて言って笑いながら去っていった。余計なお世話だって。

二十四

リローにメール。

〈何度もゴメン。バンさんと仲川弁護士がこれから飛行機の予約を取ると思うんだ。新千歳から羽田へ。確認してほしいんだけど頼めるかな〉

シュン、と音がしてメールが飛んでいく。メールって本当に飛んでいくって感覚だよねって麻衣子ちゃんに言うと首を捻った。え、僕だけか。

「あんまりメールしないから」

それは珍しい。

「友だちとかには」

「そんな友だちもいないし」

そうなのか。この子は友だちが少ないのか。確かにあまり社交的ではないようには思うけど。そんなふうに考えた僕の顔を見て麻衣子ちゃんは少し首を捻った。考えてることが判ったんだろうか。

「いないっていうか、友だちはいるけど」

「メールを何度もやり合うような感じじゃないってこと？」

「そう」

なるほど。こんなときだけど、煙草に火を点けながら考えてしまった。麻衣子ちゃんと付き合っていく。っていうかこんなとんでもない日々を、僕の事情を共有してしまったんだから、もう一生一緒に生きていくっていう感覚を持たないとダメだろう。順番が逆になってしまっているけど、落ち着いたら麻衣子ちゃんの家族や今までどんなふうに人生を生きてきたのかも、ゆっくり聞かなきゃならないだろうな。まぁ麻衣子ちゃんはもう僕のだいたい何もかもを知ってしまったんだけど。

「ご両親のこと、訊いてもいいのかな」

きょとんとした顔をする。

「いいですよ?」

いいのか。そうか。特に問題はないのか。

「鳥取にいます」

「鳥取なんだ」

なんだか急に日常が戻ってきたような気がした。そんなこともまだ僕と麻衣子ちゃんは話していなかったんだ。同じ感想を持ったらしくて麻衣子ちゃんも今頃おかしいですねって感じで笑った。

「父は高校の先生をやってるんです」

「へぇ」

お母さんはパートとか出てるけど普通の専業主婦。兄弟はいなくて一人っ子。いやそれは前に聞いて知っていたっけ。

メールが来た。チェックするとリローからだった。

〈了解。なんだか本当に忙しそうだね。早速だけど、もう予約が入っていたよ。ついさっきだね。バンさんも仲川弁護士も大日本航空の朝イチの七時五十分の便を取ったよ。でも、奇妙だね。ほぼ同じ時間に同じ便を取っているのに、それぞれ別々にログインして取っている。もちろん席も別れているね。それが何を意味しているかは判らないけど。それと、申し訳ないけどしばらくネットから離れるから〉

顔を顰めてしまった。隣りで同じようにメールの文面を読んだ麻衣子ちゃんも眉間に皺を寄せた。

バンさんも仲川弁護士も東京行きの飛行機のチケットを取った。決定だ。仲川弁護士もバンさんも僕を追って札幌までやってきて、そして僕が東京に居るという情報で取って返そうとしている。

そして、その情報はバンさんから仲川弁護士に流されたんだ。間違いない。二人はつるんでいる。別にショックを受けたりはしないけど、思わず小さく溜息をついたら、麻衣子ちゃんがそっと肩に手を乗せてきた。

ありがと、大丈夫。信頼していたバンさんに裏切られた感じだけど、でもまだ実感はない。

「なにをやってるんだろうっていう疑問の方が大きいかな」

麻衣子ちゃんに言うと、うん、と頷いた。何はともあれ明日の行動予定はこれで決まったわけだ。空港まで行って、二人を捕捉する。捕捉して一緒に東京に戻るのか、そして戻ってどうするのか。それはナタネさんに相談しなきゃならない。

ひょっとしたら、これで一気に解決するかもしれない。

一瞬ものすごい希望的観測が頭の中を満たしたけどすぐにふぁんふぁんふぁんと萎んでいった。そんなことはないだろう。仲川弁護士が約二億円を狙っているのはもう間違いないはずだ。もし黒幕だったとしたら、その立場を捨てて自分で取り戻しに来ているんだ。解決するとしたら、彼が素直に諦めてくれるしかないんだけど、そんなことは有りえないだろう普通。

麻衣子ちゃんは、静かに僕の横にいた。何も言わずにときどき僕の顔を見たり、ディスプレイを眺めたり。

ふと思った。

「どうしてだろう」

「何が？」

「何で二人は別々に飛行機を取ったんだ」

麻衣子ちゃんが首を捻って言った。

「バンさんと仲川弁護士は、二人で一緒に行動していないってことなのかな?」

「まぁ、そうだね」

別々の場所にいるのか、あるいは何か理由があって二人で行動することを避けているのか。それは、どんな理由なのか。

「お金?」

麻衣子ちゃんがまだディスプレイに出たままのメールの文面を見ながら小声で言った。

「お金って?」

「どっちかがネットで二人分買ったら、支払いはその人になるでしょう?」

「うん」

「単純に、それぞれお金を払うってことで別々に取ったのかもね」

まぁ、そうか。そういう単純な理由か。でも、そもそもバンさんは仲川弁護士の後を追って札幌に来たんだよな。

「そうなんだ」

バンさんに裏切られたって感じがしないのは、そこなんだよな。

「僕が東京に戻ったって情報を仲川弁護士に伝えたのは間違いなくバンさんだろうけど」

「うん」

「バンさんも仲川弁護士を追っているような気がしてならないんだけど」

「追っている」

つるんでいるんじゃない。バンさんも何らかの理由があって、仲川弁護士の後を追うように動いている。麻衣子ちゃんがよく判らないというふうに顔を顰めた。その通りだ。僕もよく判らない。

「やっぱり、バンさんは僕を危ない目にあわせたりしないって思いたいんだよな」

慰めてくれるように、麻衣子ちゃんは微笑んで小さく頷いた。

「東京に戻っちゃったら」

「うん」

「お兄さんに連絡しなきゃね」

そうだ。すっかり忘れそうになってたけど、僕が寝て起きたら葬儀の準備が出来ているかもしれないんだ。その辺もどうするか。まぁいざとなったら例の仕事のトラブルでにっちもさっちもいかなくなってしまってゴメン、で済ませられるとは思うけど。

チラッと携帯のディスプレイで時間を確認した。まだナタネさんは戻ってこないだろうか。安藤は風呂から上がったか。

「ナタネさん」

「うん？」

麻衣子ちゃんが、自分のカップを手にして、コーヒーをこくりと飲んだ。

「明二くんのことを、本当に心配しているよね」

真顔でそう言った。

「そう、かな」

うん、と頷いた。

「どうしてそう思うの」

「なんとなく、だけど」

カチャン、という小さな音がしてドアが開くのがわかった。身長の高いナタネさんと安藤が一緒に歩いてくると迫力がある。安藤が見慣れないなんだかオシャレな服を着ていた。柔らかそうなベージュのサマーセーターにオリーブグリーンのスリムな綿パンツ。ナタネさんに借りたんだな。そして、風呂に入ってさっぱりした髪の毛を、何故か七三分け風にしている。

「どうだ」

どさっと僕の向かい側に座って言う。

「何が」

「オレだってわかんねぇんじゃないか？」

「あぁ」

確かに。もちろん風呂上がりの安藤を見たことは何度もあるけどこうしてヘアスタイルを変えてるのを見たのは確かに初めてだ。

「それでメガネでも掛けてスーツを着たら、話しかけられないと判らないかもな」

明日の変装はカンペキみたいだ。絶対にバンさんでも安藤とは判らない。

ナタネさんは、優雅な動きでソファに座ると、麻衣子ちゃんににこっと微笑んだ。いつでもどこでもこの人はまず女性に顔を向けて微笑むんだ。実家に行ったときなんか、深雪さんが惚れてしまわないかと不安だったよ。

「さて、リローは調べてくれたか」

頷いて、MacBook Proをくるっと廻してナタネさんに見せた。顔を寄せて読んで、成程、と呟いた。

「予想通りか」

「これでとりあえずケン兄たちには」

「そうだな」

煙草に火を点けて僕に向かって微笑んだ。

「監視している仲間からも特に報告はない。お兄さんにはバレずに済む可能性は高いな」

「じゃあ、明日の朝は早起きして空港ッスか」

安藤が言うと、ナタネさんは頷いた。

「そうだな」

そこで、煙草を吸い、少し考えるような顔になった。だから、僕も麻衣子ちゃんも安藤もその様子をうかがいながら、ナタネさんが言葉を発するのを待った。

なんだか、まるで大学時代、教授のゼミで机を囲んでいるときみたいな感じだ。年長の頭の良さそうな人の周りで、その人の言葉を待つ時間。

ナタネさんは、ふぅ、と煙を吐き、微笑んで皆の顔を見渡した。

「ケリをつけよう」

ケリ。

「決着、だな」

安藤と僕と麻衣子ちゃんはそれぞれに顔を見合わせた。もちろんそれは願ってもないことなんだけど。

どうやって、という質問を飲み込んだ。きっとナタネさんが説明してくれるんだから。

「お父さんとお母さんの事件は、たぶんこのままなんとかなる」

僕に向かって言ったので、頷いた。

「何事もなく時効を迎えて、残念ながらお父さんを殺した犯人は判らず仕舞いだが、それは別に誰も捕まることを望んでいないのだからオッケーだ」

確認するように僕を見る。うん、オッケーだ。

ケン兄だってこれ以上のことを望んでなんかいない。作次さんの言ったことは確かに気になるけど、別にいいんだ。山下さんが何かを隠していたってそんなことはどうでもいい。隠しているとしてもそれは全て僕らのためだっていうのは十二分に判っているから。

「モリタ金属加工所を立て直すためにメイジは約二億円を使うことを、もう決めた。拾った金を使う罪悪感も何もかも自分で飲み込む覚悟ができたようだ。すると、あとは」

「仲川弁護士と〈奪還屋〉ッスね」

「その通り」

〈強奪屋〉と〈奪還屋〉。

「〈奪還屋〉の動きは、見事こちらの作戦が成功したことによって止まっている。何ヶ月かは無視していい。しかしどちらにせよ動き出すことは間違いないんだ。どこかでケリをつけなければ、メイジには何度となく説明したが逃亡者という立場からは逃れられない」

何年間か、〈奪還屋〉が諦めるまで。でも、僕が金を奪ったと既に知られてしまったんだから諦める可能性はほとんどない。何より、僕が逃げるつもりがないからだ。

「メイジは何とかしたいと言って、俺はそれをサポートするつもりでいたが、正直手立てはない。〈奪還屋〉はメイジを捕捉し続ける。約二億円を奪還するまでは」

「無いんスか、手立てはまったく」

「無い」

ナタネさんは、きっぱりと言い切った。

「でも、ケリをつけるって」

麻衣子ちゃんが言った。

「それは、手立てがあるってことですよね」

ナタネさんは麻衣子ちゃんを見て優しく微笑んだ。

「ついさっきまでは、無かった」

「さっきまでは？」

大きく頷く。

「いや、無いというのは語弊があるな。あるにはあったが、可能性で言えば数パーセントしか無かった。しかしここにきてそれはレギュラーパーセントに増えた。むろん運に任せなければならない部分はあるが、それさえも乗り越えられそうな力を得た」

力？

なんだそれは。ナタネさんは、僕を見た。

「メイジ」

「はい」

「これは、君の事件だ。君の人生に起こったトラブルだ。俺はサポートするつもりでいるが、決めるのは君自身だ。そうだな？」

その通りだ。だから、頷いた。

「君が答えを導き出せ。〈奪還屋〉は金を取り戻すまで諦めない。君が行方不明になればいつかは諦めるが、君にはその気がない。だとしたら、ケリをつける方法は、なんだ」

考えろ、とナタネさんは言っているんだ。

必ずケリをつける方法はあるんだと。それはきっと今までナタネさんが僕に教えてくれていた様々な事柄の中にあるんだ。間違いなく。

出会ってからずっと、ナタネさんはよく喋った。にこにこと微笑みながら、煙草を吹かしながら、僕にいろんなことを話した。

それは全て授業だったんだと思う。講義だ。ナタネ先生による、トラブルを回避するための方法論。きっとナタネさんが今までの人生の中で得てきたいろんなものを、僕に無償で与えてくれていたんだと、今は思う。

考えた。

煙草に火を点けて、煙を吐き出して、コーヒーを飲んで。ゲームをプランニングするとき以上ぐらい真剣に。脳細胞をフル活動させて。答えはそう簡単には出ない。簡単に答えが出てしまったら、きっと人間の歴史はここまで続いてこなかったんじゃないか。でも、思いついたことはある。

「一つずつ、段階を踏んでいいですか？」

「段階と言うと？」

「安藤といつもブレストするように、話し合いながら進めていいですか？」

どうぞ、とナタネさんは微笑んだ。

「安藤」

「おう」

「まず、ケリをつけるためには、〈交渉〉するんだ」

安藤が唇をすぼめてから、僕に言った。

「交渉って、つまり〈奪還屋〉とか？」

「そう」

「そんなことができるのか」

できる、と、思う。

「ナタネさん」

「なんだね」

「〈奪還屋〉とは、ナタネさん、アポ取れるんですよね？　その気になれば」

ニヤッと笑った。

「あくまでも、その気になればな」

同じ穴の狢だからなって笑った。

「そして、ナタネさんは言ってましたよね。日本で悪い事をする頭の良いプロは警察の介入を防ぐことを考えるのが第一義なんだって。だから、相手のあるトラブルの際には妥協点を見つけてなんとかして〈平和的な解決〉をしようとするって。ですよね？」

「その通りだ」

つまり。

「〈奪還屋〉はプロなんだ。〈強奪屋〉になってしまった仲川弁護士は素人だけど、彼らはプロなんだから〈平和的解決〉ができればいちばんいいんだ。だからきっと交渉にも乗ってくるはず」

「なるほどな」

「この場合の〈平和的解決〉といえばなんだと思う」

安藤がいつも少し伸びたままにしてるアゴヒゲの辺りを撫でながら僕を見た。

「それは、〈金を返す〉ってことだよな？」

「そう」

それがいちばん簡単な〈平和的解決〉だ。

「でも、お前は兄さんの会社のためにその金を使うんだろ？」

「うん」

「返せねぇじゃないか。それに返したって〈奪還屋〉は、約二億円という裏金の存在を知ってしまったお前の口を塞ぐために、社会的に抹殺しようとするのは確実なんだろう？」

そう。だから。

「金は返すけど、待ってくれって頼むんだ」

「待ってくれ？」

ナタネさんを見ると、ゆっくりと頷いた。ひょいと右手の平を上に向けて、続けろって仕草をした。

「安藤」

「おう」

「金は返すけど、少し時間が欲しいって交渉をするときに有効なものは？」

右目を少し吊り上げながら、テーブルの上に置いてあった僕の煙草から一本取って、火を点けた。

「担保とか保証、だよな、普通は」

「そう」

「まぁ実際には金を借りるときにそれが必要なんだが、今回は違うな。お前は金を勝手に持ってきちまった。それをさっさと返せって話なんだが、返しても命はないかもしれないし社会的に抹殺されるかもしれない。だったら、返しても社会的に抹殺されないために」

そこまで安藤は言って、ポン、と手を叩いた。

「そうか、刑事さんか、名前、なんだっけ。新島だっけか？」

「そうなんだ。そこまではいいんだ。僕は、殺人事件に巻き込まれた若者という保証を手に入れた。だから今はこうして〈奪還屋〉の眼を気にしないでいられる。それは交渉の際にも有効な保証なんだ」

「返す。必ず返す。オマエたちだって今こっちをどうこうできないだろう？　どうせ時間が過ぎていくならその間返却を待つという約束をしてくれないかって、持ちかけるってか」

「さらには、僕に何かあったら新島さんに全ての連絡がいくようになっているってハッタリをかませばいいんだ」

黙って聞いていた麻衣子ちゃんも眼を大きくした。安藤も大きく頷いて言った。

「自分に何かがあったのなら、お前らが、いやお前らのクライアントが約二億円なんていう表に出せない裏金を持っていたことが、警察にバレるぞ、ってだな」

そう。そういう、交渉だ。

「ドラマや小説ではありがちであまりにもベタだけど、そういうのが有効なんですよね？」

「その通りだ」

煙草の灰をポンポン、と灰皿に落としてナタネさんは言った。

「彼らは既にメイジの周りで警察が動いているのを知っている。うかつに手出しはできない。何度も言うが、ささいなことから大きなものが崩れていくのを彼らはよく理解している」

だから、と一度言葉を切った。

「その脅しは、実に有効だ。ましてや現代はネット時代。しかも君らはその最前線をいくゲーム業界の人間だ。あっという間にネットに今回のことがダダ漏れしてしまうことも警戒するだろう」

「企業は、イメージが第一。そのイメージがネットのたった一つのニュースで総崩れになってしまうこともよく知ってる」

その通りだな、とナタネさんは微笑んだ。成程な、と安藤が腕を組んだ。

「そういう保証で、交渉ができそうだってのは、まぁ理解した。でもよ」

「うん」

「肝心の金を返す当てが、担保がないだろ」

そこなんだ。唸ってしまった。

「そうなんだよな」

そこまではいいんだ。それに、そんなことはナタネさんはとっくに考えていたはずだ。

だから、これだけじゃダメなんだ。

ナタネさんは、さっき可能性がレギュラーパーセントまで増えたって言った。それは、

　何だ？

「あの」

　教室で発言をするときみたいに麻衣子ちゃんが右手を上げた。

「なに？」

　僕と安藤の顔を見比べた。

「お金を作るって、言えばいいんじゃないですか？」

「お金を？」

「作る？」

　麻衣子ちゃんを見た。

「今のところ、モリタ金属加工所に渡そうと思ってるのは一億円です。だから、まだ約一億円は残ってますよね」

「そうだね」

　少し使ってしまっているけど全体からすれば微々たるものだ。僕の貯金を崩せば返済できる程度。

「残りの一億円を、必ず作るから待ってくれって言えばいいんじゃないですか」

「作るって」

　そんな一億円なんて大金を。麻衣子ちゃんは、僕に微笑んだ。

「ゲームって、当たればそれぐらい簡単に稼げるって言ってたけど」

「あ」

安藤と二人で顔を見合わせてしまった。麻衣子ちゃんはにこにこ笑っている。

「ものすごいおもしろいゲームを作って当てるから、それで返すから待ってくれって。逃げも隠れもしないからって」

安藤は顔を顰めた。

「残りの一億円を開発費に充てられるな。そんだけありゃあカンペキとは言えねぇが、まぁなんとかなる」

あれだ！　と言いながら安藤は僕の肩を叩いた。

「あのアイデアの出番じゃねぇか！」

「いや、そんなこと言っても」

僕の頭の中にあるあのアイデアを、一億円、いや残りの約一億円を開発費に使ってしまったら実質二億円を稼ぎ出すゲームに育てるなんて。

「プラットフォームを開発費を抑えられるＤＳにすりゃあいいんだ。スタッフは最悪オレとお前と、あと会社からミケさんとかでも引っ張ってきて、いや」

ペロッと舌で唇を舐めた。ノッてきた証拠だ。

「バンさんがマジでお前を裏切っていないなら、騒がせた罪滅ぼしで〈トラップ〉で作ったっていいんだ」

「名案だな」

ナタネさんは、大きく頷いた。名案なのか？　そんなバクチみたいな。

「レギュラーパーセントに膨らんだ、とさっき言ったのはまさにそこだ」

「え？」

「安藤くんが加わったことだ。つまり、ゲームを作る環境が整ったということ。まさに担保ができたわけだ」

「そうなんですか？」

そうだとも、と笑いながら足を組み替えた。

「君一人なら、脅してゲームで稼いで返すと言ったところで〈奪還屋〉は相手にしない。ゲームはプランナーだけでは作れない。だが、安藤くんというグラフィッカーが一蓮托生の仲間になった。ならばその担保の有効度は格段に増えた。さらにいえば、バンさんだ」

「バンさん？」

「俺の勘では、バンさんは、決して君を裏切ってはいない。君を助けようとしているはずだ」

「そうなんですか？」

「カンだがね。そうでないにしても、バンさんもまたこの約二億円に巻き込まれた一人になっているのは確実だ。ゲーム会社の社長がね。少なくともそれなりの実績を上げている人物が参加することで担保の株がぐんと跳ね上がった」

そういうものなのか。確かに自己資金さえあればいいゲームを作る自信はあるけれど。

「付け加えれば」

ナタネさんは親指で自分を示した。

「〈種苗屋〉である俺が保証する。勝手に使ってはしまったが、〈裏金〉を種にして苗にして確実に増やすのが商売である俺が、君らは〈種苗〉であると判断したのであれば、奴らは首を縦に振るだろうな」

そうか。僕のバックにはナタネさんという大きな信用保証会社が控えていると思ってくれるんだ。

「一年間という時間ができる」

ナタネさんは右手の人差し指を上げた。

「現実的な判断をするのなら、二ヶ月間は確実に〈奪還屋〉は君をどうこうしようとしないだろう。君に逃亡の恐れがないのだから、さらにそれは半年に延びる。君のお父さんお母さんの事件が完璧に世間に忘れられ、君がどこかに失踪しても警察が不審を抱かないのにはそれぐらい必要だ。なおかつ、君にシンパシーを感じている新島くんの存在を知らしめれば、一年間は間違いなく君を放っておく。たとえ、警察や世間に裏金の存在をバラすぞと脅さなくても、だ」

一年間。ってことは。

「それだけあれば」

ニヤッと笑った。

「ゲームは、完成するのだろう？」

あんまりにも大ざっぱ過ぎるけど。

「できます」

「楽勝ッスよ」

いや楽勝でもないけど、作れる。っていうかそんなに期間をかけられるほど今のゲーム業界は安泰じゃない。特に中小の企業は。

「〈奪還屋〉が手出しができないその期間内に君らがゲームを完成させ、なおかつ失った金を回収できたのであれば〈奪還屋〉はもう君に何もできないだろう。領収書は出ないが、それで彼らは消える」

「え、でも」

僕を社会的に抹殺するのは。

「裏金の存在を知ってしまったんだから」

ナタネさんは、ひょいと右の眉を上げた。

「安藤くん」

「はいよ」

「ゲーム業界にはそれほどに詳しくはないが、二億円もの金が粗利ではなく純利、いや純利どころかプランナー個人の収入になるほど一気に稼ぐには、むろんそれはロイヤリティなどの契約が必要にはなってくるだろうが、どれぐらいの本数が捌けなければならないのかね？　むろん雑談程度の精度でいいのだが」

安藤が目を丸くした。僕も頭の中でカチカチと計算機の音がした。

「細かい計算はできないッスけどね。今までの経験からざくっと考えると八十万本やそこらは売れないとそんなに稼げないッスね」

だと思う。ものすごい大ざっぱだけど。

「では、八十万本売れたゲームはヒット作ではないのかね？　安藤くん」

「ヒット作ッスよ。ヒットもヒット大ヒット。充分すぎる程に」

「では、その大ヒット作を生み出した若きゲームプランナーは、業界ではちょっとした有名人になるのではないのかな？」

なる。とんでもないぐらいに。自分からメディアに出るようにすればなおさら。

そうか。

「そうやって有名人になればなるほど、〈奪還屋〉は僕を抹殺するのを諦めざるをえないんだ」

「その通り」

パン、とナタネさんは手を打った。

「しかもそれだけの有名人になれば、君自身も大きな責任を負うことになるわけだ。社会的なネームバリューを持ってしまったのなら、まさか実はこのゲームは裏金を使って作りましたと自分で言うはずがない。君の口約束に大いなる保証がされることになる。さらに、そこまで大きな商業的な成功となれば、もう、君対〈奪還屋〉、つまり個人対企業ではない。企業同士の関係になる。そして企業同士の関係ならば」

「なおさら、裏金の存在を僕が明かすはずがないという確固たる保証になるんだ」

ナタネさんが大きく頷いた。

「大きな組織に対抗するのは実は簡単なことだ。自分がその企業に伍するほどの大きな存在になればいい」

いや現実には簡単なことじゃないけど、確かに理屈としては簡単だ。

「でも、仲川は？」

安藤だ。

「仲川はどうするンッスか？〈奪還屋〉とはそういう交渉ができたとしても、あいつには通用しないっスよね」

ナタネさんは、少し眉を顰めてから頷いた。

「彼がどんな事情で裏金を手に入れようとしているか判らないが、切羽詰まっているのも事実だろう。だが」

「だが？」

「裏金をちょろまかそうと画策したんだ。〈奪還屋〉などの存在も知っているだろう。我々がそことの交渉に成功したのならもう手出しができないと判断するだろう」

そう言ってから苦笑した。

「まぁ希望的観測に過ぎないんだがね」

できるんだろうか。

でも、しなきゃならないんだ。

二十五

「寝ないお前が羨しいよ」

「寝ないわけじゃないって何度言えば」

安藤は僕と同じで小心者だ。少しでも緊張や気になることがあるとペースを乱されてしまうことが多い。でも。

「お前なら相手が格闘家だってある程度は戦えるんだろ？」

こう見えても安藤は空手三段だ。しかも格闘技マニアだ。緊張する必要ないじゃんって言ったら、それとこれは別だと呟いた。

「まったく違う世界の、しかも裏側の世界の人間に直接会うんだぞ？　これが緊張せずにいられるかよ」

確かに。でもその緊張は、怖いからとかじゃなくて、ワクワクしてるからだ。

だいたいこの世界の人間はオタクで人付き合いが悪くて外に出ていくのがダメなんじゃないかって思われがちだけど、そうじゃない。自分たちとはまったく違う世界の人たちと会えることはかなり嬉しいんだ。それが全部ネタになるから。許されるなら全部記録したいぐらいに考えている。本物の持つ雰囲気はやっぱり想像だけじゃ表現できない部分がたくさんあるからだ。

なんたって、あるゲーム会社で銃を撃つゲームを作るときに、本物の銃を撃つ感覚が判らないと無理だと言って、スタッフ一同雁首揃えて海外に銃を撃ちに行くツアーを組んだぐらいだ。

この経験は絶対ゲーム作りに役立つ。安藤はそう考えているし、そんなこと考えてる場合かっ、とツッコミを入れる立場の僕でさえ、実はそんなことを少なからず思ってる。

空港の駐車場に停めたレンタカーの外。時刻はまだ朝の五時過ぎ。春とはいえ北海道ではまだ気温が低い。息を軽く吐くと少し白く見えるぐらい。車の中では麻衣子ちゃんとナタネさんがすやすや眠っている。起こすのはあと三十分ぐらいしてからだ。

準備は万端。後は。

「運があるかないか」

「だな」

ナタネさんが大丈夫だろうって楽観的だったから大丈夫なんだろうなって思うけど、どうなんだ。

本当に〈奪還屋〉は来るのか。そして交渉に乗ってくれるのか。その場の交渉は全部ナタネさんがやってくれるとは言っていたけど。

交渉場所は、ここ。

駐車場。

係員はほとんどいないし、偶然会った知り合いが立ち話をしているというシチュエーションで進められる。

「無事に済めばいいけどな」

「済ませるさ」

無事に〈奪還屋〉との交渉が済めば次はバンさんと仲川弁護士だ。乗る便は判っているし、同じ便のチケットも取った。車椅子はもう積んであるし麻衣子ちゃんの看護師さんのユニフォームも小道具も全部揃ってる。

それで、東京まで戻る。

戻って、ナタネさんの仲間も全部揃ったところで仲川弁護士とコンタクトを取って、話し合って、約二億円は諦めてもらう。

元々の持ち主との交渉も済んでいるんだ。これ以上仲川弁護士が何か言ってきてもどうにもならないってことを判ってもらうし、仲川弁護士が黒幕だってこともこちらは一切口外しない。いや、本当に黒幕かどうかを確かめるのが先なんだけどね。

駐車場の片隅、座り込んで車に凭れて煙草を吸っていた。煙草の紫煙が風に流れていく。

「ちょっとマズイかも」

嫌な感じがしたので安藤に言った。

「何が」

「眠気がきてるんだよね」

「マジか」

マジなんだ。普通なら、まだ早い。僕の夜がやってくるのにはまだ三時間弱ぐらいはあるはず。限界は朝の八時ぐらいのはずだけど。

「もう、きてるんだ」

「なんでだよ」

「判らないよ」

緊張が続いているせいかもしれないし、単純に慣れない逃亡生活で疲れているせいかもしれない。僕だって普通の人間だ。いくら五十時間起きて二十時間寝るってサイクルでも、そのサイクルが多少狂うことはある。

「まぁお前が寝ちまっても、全部ナタネさんがやってくれるだろうけどさ」

「うん」

心配はしていないけど、皆の足手まといになるのだけが辛い。

あくびが出た。

「いやそれマズイだろメイジ」

「うん」

あくびが出るのは、本当にマズイ。本格的に眠気がくるサインなんだ。

「でも、まだ大丈夫」

二人が起きるまでぐらいは持ちこたえられると思う。

「念のために二人を起こしたら車椅子も下ろしてくれるかな」

「もう乗るのか」

「眠ってからかつぐのはイヤだろ」

そうだなって安藤は頷いた。

「じゃあオレ、そろそろ着替えるかな」

髪の毛を黒く染めた安藤は、まだ服装はいつものままだ。

「二人を起こしてからにしなよ」

「落ち着かねぇな」

安藤が立ち上がった。軽くジョギングでもするって感じで走り出す。

「うろうろするなよ。目立つから」

車でやってきて、飛行機の出発までここで時間を潰しているって絵なのに、そんなに動き回ったらって思ったときに、十メートルほども離れた安藤の動きが急に止まった。

止まったまま、動かない。どうしたのかと思って立ち上がって二、三歩進んだ。

「あ」

僕も固まってしまった。

バンさん。

バンさんが、安藤の五メートルほど向こうに立っていた。僕を見て眼を大きくしている。

安藤を見て、眼をパチパチさせた。何かを言おうとして口を開いている。安藤がいきなり動き出して僕の横をすごい勢いで通り過ぎてレンタカーのドアを開いた。

「ナタネさん！　緊急事態！」

安藤の声が聞こえた。車内で何か音がした。きっとナタネさんが素早く飛び起きてコンマ何秒かで寝起きの頭をしゃきっとさせて、外に飛び出そうとしているんだ。麻衣子ちゃんはびっくりして起きて、でも何が起こったのか判らなくてキョロキョロしてるんじゃないか。

バンさんは、まだ口を開けたままだった。そのまま僕の方へ歩き出そうとしてから、ようやく口が動いた。

「メイジ！　お前、なんで！」

いつもの、聞き慣れた大声。つい何時間か前に電話では聞いたんだけど、なんだか随分久しぶりに耳にしたような気がする。

いつも、僕を叱咤激励してくれた声。

いや、そんな感傷めいたことを考えている場合じゃない。ここでバンさんに出会ってしまうなんて。ナタネさんにはそういうこともあるかもしれないから、車を離れるなよって言われていたのに。

僕に向かってずんずんと近づいてきていたバンさんの視線が急に外れて、僕の後ろ側に向かった。てっきり、車から出てきたナタネさんの方でも見たんだろうと思っていたんだけど、その顔が歪んだ。尋常じゃないぐらいに。

それで慌てて僕も後ろを振り返った。

車から出てきたナタネさんと、その隣りに安藤。

そこから少し離れたところに、こっちを見ている男の人がいた。

「仲川!!」

バンさんの声が響いた。

じゃあ、あれが仲川弁護士。そう思いながら僕の頭のどこかでカチカチと音を立てて思考が動いていた。

このバンさんの慌て方は、一緒に行動を共にしていた人間のそれじゃない。明らかに、バンさんはたった今、仲川弁護士を捕捉したんじゃないか。そういう希望的観測が組み立てられた。

仲川弁護士は、バンさんに声を掛けられて一瞬走り去る感じで動き出した。

でも、僕に目を向けた。

訝しげな感じで僕を見つめたと思ったら次の瞬間に表情が変わった。

それまではいかにも弁護士でございますって感じの、冷静な感じの表情を浮かべていたのに、歪んだんだ。

キュッと音が聞こえそうなぐらい、仲川弁護士の革靴が地面を蹴って、早足で僕に向かってきた。

バンさんも動き出した。僕を中間地点にして二人の男が早足で、いやどんどん駆け足になって近づいてきて、僕は自然と足を少し開いていつでも動けるような体勢になっていた。

ナタネさんに言われていたんだ。

慌てるな。どんな状況になろうとまず心掛けるのは、冷静になることと、すぐに動けるようにすること。

そのナタネさんが、軽やかに地面を蹴るように動いて、仲川弁護士と僕の間の空間を埋めるように、すっ、と入ってきた。

安藤がその反対側、バンさんと僕の間に走ってやってきた。ちょうど二人で僕を挟むような形で。麻衣子ちゃんは、車の中からこっちを見ている。

きっと上からのアングルはまるで映画のワンシーンのように見えているはずだ。

五人の男が、駐車場の真ん中でそれぞれに対峙している。

誰も、言葉を発しなかった。たぶん十秒ぐらい、沈黙が流れた。


「藤田」

立ち止まって、じっと僕を見ていた仲川弁護士が、視線を動かしてからバンさんを呼んだ。

「彼が、真ん中のジーンズの男性が、森田明二だな？」

バンさんは、顔を顰めただけで答えなかった。ナタネさんが、軽く右手を上げた。

「弁護士の仲川秀さんですね？」

仲川弁護士は、眼を細めてナタネさんを見た。

「誰だ」

「お初にお目にかかります。同じく弁護士をやっています。鉈禰淳一郎と申します」

「ナタネ」

仲川弁護士の眼の色が変わったような気がした。

「メイジ、安藤」

バンさんだ。

「お前たち、どういう状況か判っているのか？」

僕も安藤もナタネさんも、バンさんを見た。

「バンさんこそ」

安藤だ。

「ここに、何しに来たんスか？」

「何って」

「大事なスタッフのはずの、メイジをあいつに」

右手の親指をおっ立てて、仲川弁護士を指差した。

「売り飛ばすような真似をして、何やってんスか」

バンさんが驚いたような顔をした。

「バカヤロウ!!」

怒声が飛んできた。バンさんが顔を真っ赤にしている。

「安藤!」

「なんスか」

「てめぇ! 俺をそんな男だと思ってたのか!」

やっぱり、やっぱり違うのか。バンさんは。仲川弁護士の肩が急に落ちたような気がした。次の瞬間には顔も下を向いた。

「鉈禰淳一郎」

ナタネさんの偽名を呟いた。その肩が動いた。小刻みに震えているような気がする。仲川弁護士が顔を上げてナタネさんを見た。

「弁護士、鉈禰淳一郎か」

「そうです」

小さく、笑いが弾けた。嫌な笑い方だ。

「どうして、ここに?」

「私は」

僕をちらっと見た。

「ここにいる森田明二くんの後見人と思っていただければ結構です」

「後見人」

まぁそういう言い方が妥当なのか。バンさんがいるから〈トラップ〉と契約している弁護士だっていう嘘はつけないしね。仲川弁護士は眼を細めてナタネさんを見て、僕を見て、それから僕の後ろにも眼を向けた。

「藤田」

「何だ」

「お前は、知っていたのか？」

バンさんが少し前に出てきた。

「何をだ」

「この男がいることを」

「いや」

バンさんが首を横に振った。

「藤田さん、ご挨拶は後ほど。森田くんと親しい男とだけ思ってください」

ナタネさんがそう言って、安藤がバンさんに頷いていた。

「親しい、か」

仲川弁護士は吐き捨てるように言った。

「〈種苗屋〉だろう？」

ナタネさんの顔は僕からは見えないけど、ほんの少し頭が動いた。

「ご存知でしたか」

「しらじらしい」

目付きが厳しくなった。顔つきが変わった。知っていたんだ。〈種苗屋〉のことを。やっぱりそういう世界では普通なのか。

「裏金をふんだくろうと今までやってきたんだ。あんたの名前が出てこないはずがないだろう」

「成程」

ナタネさんが小さく頷いた。

「どうやら、あなたが今回の黒幕であることは間違いないようですね」

決定。黒幕は、仲川弁護士。僕らの仮説が証明されたわけだ。

「そのあんたが、なんでここにいるんだ。そこの、森田明二とどんな関係なんだ」

「説明してもよろしいのですが、少々時間が掛かりますね」

「かまわん」

「しかし、大の男が何人もこうしていては、どこかで警備員が見とがめて不審に思うかもしれません。それはお互いにとってマズイでしょう。そこに」

ナタネさんが頭を動かして僕らが乗ってきたワンボックスのレンタカーを示した。

「我々の車があります。中に入って話しませんか？」

ナタネさんはゆっくりと振り返って僕の方を見た。

「藤田さんもどうぞご一緒に」

ナタネさんが歩き出した。車の中にいた麻衣子ちゃんが慌てたように車を降りた。

「どのみち」

仲川弁護士が口を開いた。歩き出したナタネさんも、僕もバンさんも安藤もぴたりと足を止めた。

「あんたがここにいるということは、なにもかも終わりということだろう」

溜息をついた。

それで、諦めたんだなって思ってしまった。約二億円を強奪することを。少なくとも僕はそう思ったんだ。そう思って少しだけホッとした。〈奪還屋〉との交渉はこれからだけど、少なくとも東京まで行く必要はなくなりそうで、母さんの葬儀にも出られるかなって、そこまで考えた。

だから、完璧に虚を衝かれた。

仲川弁護士が、大きく踏み出して僕に向かってきた。

その動き方があまりにも急だったので僕は棒立ちになった。

その手に、いつの間にか何かが握られていたのに。

そしてナタネさんが、僕と仲川弁護士の間に飛びこんできた。

ナタネさんの口から、聞いたことのないようなくぐもった声が響いた。ぶつかってきた仲川弁護士の頭を押さえつけるように動いた。何が起こったのか判らない僕を誰かが突き飛ばした。麻衣子ちゃんの小さな悲鳴が聞こえた。

一瞬だった。

気づかないうちに、スーツを着た男たちが何人も僕らの周りにいた。大声を出すこともなく、ナタネさんと仲川弁護士を取り囲むようにして二人を引き離した。

ナタネさんの腰の辺りに、血が滲んでいた。

仲川弁護士の手に、血だらけのナイフがあった。

「ナタネさん!!」

叫んだのは、僕だった。

二十六

眼が覚めて、一瞬自分がどこにいるのかまるっきり判らなくて二秒ぐらい動けなかった。

ほのかに明るい部屋。でも明らかに夜。

そうだ、朝の四時ぐらいのはずだ。今度起きるのはそれぐらいの時間だったはず。そこまで考えられたときに自分がどういう状況で眠ってしまったのかを思い出して、飛び起きた。

ナタネさん。

ナタネさんが、仲川弁護士に刺された。腰の辺りを、脇腹の辺りを。

救急車を呼んでナタネさんはストレッチャーに乗せられて僕も乗り込んで。

そこで、眠ってしまったんだ。

どうにもならなかった。そんな緊急事態なのに僕の長い夜は律義にやってきて頬っぺたを叩こうがなにしようがまぶたが落ちてきて。

大丈夫ですか？　って訊く救急隊の人の声を聞きながら僕は眠りに落ちたんだ。二十時間の夜の世界に。

パイプベッド、カーテン、白い天井。

かすかに響く機器の音、独特の匂い、しんとした空気。

ここは、病室だ。

見渡して、すぐに個室だと判った。個室にこの小さなベッドを持ち込んで僕を寝かせたんだ。

そして、オレンジ色の小さな照明に照らされて、少し大きめのベッドでチューブに繋がれて酸素マスクをして眠っているのは。

ナタネさん。

生きてる。

*

たぶん、いちばん最初に冷静に動いたのは麻衣子ちゃんだったと思う。

車の中に駆け込んだかと思うと、タオルのようなものを手に飛び出してきて、倒れ込んだナタネさんの腹の辺りをさぐった。ベルトを外してシャツを捲り上げてそのタオルを血の出たところに当てていた。

動きに淀みがなかったんだ。

真っ白になった頭の片隅で「さすが看護師さん」って呟いている自分がいたのに驚いたけど。

「騒ぐな」

ナタネさんは僕を見て、低い声でそう言った。

「救急車を呼ぶんだ。知人が自分で腹を刺したと」

自分で刺した？　あいつに刺されたんだろ何を言ってるんだナタネさん。そう思って周りを見たとき、仲川弁護士の姿がなかった。消えていた。どこかからやってきたはずの背広姿の男たちの姿もなかった。何人居たかも覚えてないけど、印象としては二、三人。

バンさんだけが、驚いた顔をしたままきょろきょろしていた。

「どこ行った？」

そう言いながら携帯電話を耳にあてて安藤が立ち上がろうとするのを、ナタネさんはまた「動くな」と言った。

「喋れなくなるかもしれないから、言っておく。聞け。バンさんも、聞いてくれ」

切羽詰まった声。出会ってから今まで一度も聞いたことなかった声音。安藤が「救急車をお願いします！」と電話に向かって大声を出した。それからナタネさんを見て、「知人がナイフで自分の腹を刺したんです！」と言った。安藤はいつも土壇場の判断が早い。

「いいか、俺は、自分で腹を刺したことにしろ」

それでいいと頷きながら、ナタネさんは言った。

「なに言ってるんですか」

「〈トラップ〉の顧問弁護士の俺は、自殺しようとした。理由は、自分のミスから〈トラップ〉に甚大な被害を与えてしまったことがバレて、それを苦に突然自分を刺したんだ。俺は以前から情緒不安定なところがあったとでもしよう」

そう言え、とナタネさんは一気に喋った。脂汗が額に浮いている。

「救急車が来て病院に運ばれたなら、刃物の傷だとすぐに判る。そこだけは嘘をつけない。医者が通報して警察が事情を訊きに来る」

そこで麻衣子ちゃんを見た。麻衣子ちゃんは、小さく頷いた。そういうものなのか。きっと麻衣子ちゃんは仕事でそういうような事態にも遭遇しているんだろう。

「いいな？　メイジ！」

その息と同時に、少し声が荒くなった。救急車はまだか。

「バンさんは、そのトラブルで俺を摑まえるためにここまで飛んできたんだ。安藤くんもだ。そして解決策を話し合っていたんだ。何はともあれ事態の収拾に東京に帰ろうとここまでやってきたときに、突然俺は自殺を図ったんだ。どんなに警察に怪しまれても疑われてもそれで押し通せ」

言葉を切って、唇を舐めた。

「俺とメイジが札幌に来た理由は、お父さんの事件の件だ。そこだけは嘘をつくな。いや」

いったん言葉を切った。

「甚大な被害を与えたではなく、俺が〈トラップ〉の収益をごまかしていたでもいいな。その金でGホテルのスイートなんていう豪華なところに泊まったとでもした方がわかりやすいか。後は君たちが適当にでっちあげろ。プランナーの腕の見せ所だ。うまいこと話を作り上げるんだ」

そうしなきゃならない、そんな嘘をでっちあげなきゃならない理由はすぐに理解できた。

そうしないと、何もかもが明るみに出てしまうんだ。仲川弁護士に刺されたなんてことが判ってしまったら、そこに至る経緯を全部話さなきゃならない。

今までやってきたことを全部。

それは、僕たちだけじゃなく、今回の全ての関係者全員を破滅に追い込むんだ。

でも。

僕はもう一度辺りを見回した。広い駐車場に他の人の姿は見えない。向こう側の、空港に向かう通路のところにちらほらと歩いている姿はある。こんな朝早くやって来る人は少ないのか。

「仲川弁護士は」

「奴らに任せろ」

「奴ら？」

あのスーツ姿の連中。風のように現れて、風のように消えた男たち。

「〈奪還屋〉だ。俺の仲間も一人、一緒に居た」

彼らに何もかも任せておけば、仲川の方からは何も漏れない。ナタネさんはそう言った。

遠くからサイレンの音が聞こえてきた。

「大丈夫だ」

ナタネさんは、顔色を悪くしながら、微笑んだ。

「この程度なら、死にはしない。たぶんな」

冗談じゃない。死んでもらったら困る。そう思ったらなんだか急に何かが込み上げてきた。

「当たり前じゃないか！　死ぬはずないよナタネさんが！」

そう、大声で言っていた。自分でもびっくりした。ナタネさんもそうだったみたいで、苦しい息の中でほんの少し笑い声を上げた。

「そう願いたいな。メイジ」

「なに？」

「新島くんを呼んでくれ」

「新島さんを？」

緊急事態だから、何をおいても真っ先に駆けつけてくれって。ナタネさんが運ばれるはずの病院まで。

「皆もいいな？　俺が新島くんと話をするまで、今言った嘘を突き通せ」

＊

ベッドから降りて、そっとナタネさんの眠るベッドに近づいた。こんな個室に移されているってことは、大丈夫なんだろう。もし、危険な状態ならICUとかに入れられたままなんじゃないか。

呼吸は、安定しているような気がした。もちろん僕は素人だから判らないけど、規則正しく胸の辺りは上下している。顔色までは判らないけど、少なくとも危篤状態には見えない。

何より、誰もいない。安藤も麻衣子ちゃんもバンさんも。危ないのならきっと誰かがついていてくれたはずだ。新島さんは来たんだろうか。眠りこけていた僕には判らない。ベッドの脇に置いてあった椅子に座ったときにかすかに音を立てた。その音で、ナタネさんの眼が開いた。

「ナタネさん」

ささやくように言うと、ほんの少しこっちに顔を向けた。何か言ったけど、酸素マスクのせいで聞こえなかった。僕が耳を近づけると、これを取れ、と言っていた。

「いいの？　取って大丈夫？」

頷いたので、そっと取った。ナタネさんは微笑んだ。

「おはよう」

「大丈夫なんだよね？」

小さく顎が動いた。

「死にはしないだろうな」

そう言った後に、咽喉が渇いたから水を飲ませてくれ、と言った。慌てて周りを見ると、ベッド脇のサイドボードに水差しが用意してあった。それを取って、先っぽをナタネさんの口に持っていく。ほんの少し口を開けて、ナタネさんは水を飲んだ。

「すまんな」

息を吐いた。刺されたばっかりの人間に水を飲ませていいんだろうかって思ったけど、まぁ用意してあったんだからいいんだろうな。

「僕をかばって」

「気にするな」

君を助けるために俺はいたんだからな、と微笑んだ。訊きたいことがたくさんあったけど、怪我の状態が判らないしどうしようかって思っていたら、ナタネさんが言った。

「山ほど確認したいことがあるだろうな」

「そうだね」

少し横を向いた。デジタルの時計が置いてある。

「陽が昇るまでは、誰も来ないだろう」

「うん」

ベッドに横たわるナタネさんに、いつもの堂々としたオーラは感じられなかった。当たり前だ。腹を刺されたんだ。なんだか入院した知り合いのおっさんをお見舞いに来たような気分になっていた。

「君が寝ている間に、警察も新島くんもやってきて、話は終わった」

そうだろうと思う。あれから二十時間も経っているんだから当然だ。

「警察の方は、心配するな」

「そうなの？」

ナタネさんは小さく頭を動かした。

「俺は、ヤケになって自分で腹を刺したバカモノになっている。こちらの警察の調べが始まる前に新島くんに話ができてな。それで、上手いこと話を合わせてくれた。こっちの警察も納得してくれた」

それで、全てが明るみに出ることはないって続けた。

「〈奪還屋〉との交渉はこれからになるが、正に怪我の功名ってやつだな。こんなことになってしまったから、騒ぐに騒げない。おそらくこっちの思惑通りにスムーズに事が運んで、これも大丈夫だろう」

ある意味では仲川弁護士に感謝だなって、ナタネさんは笑った。

「いちばん面倒臭い相手が、勝手に消えてくれた」

なんとなく状況は把握できる。何もしないでも、仲川弁護士は自滅してくれたんだ。

でも。

「身体は大丈夫？　話しても気分は悪くない？」

「大丈夫だ」

そんなに心配するなって笑った。

「運良く、内臓はひどくは傷つけられなかったらしい。多少危なかった部分はあるが、このまま何事もなければ、あと百年は生きられる」

冗談が出るくらいなら、本当に大丈夫なんだろう。

「麻衣子ちゃんはホテルに帰った。安藤くんとバンさんも一緒だ。朝になれば君を迎えに来る」

「ケン兄には」

「それも、問題ない。皆が上手く説明してくれているはずだ」

僕は一息ついた。とりあえず僕は何もしなくてもいいんだ。情けないけど、助かった。

寝て起きたら何もかも終わっていたっていうのは本当にバカみたいだけど、しょうがない。

「ここはどこ？　千歳の病院？」

「君が眠りこんだからな。同じ部屋で寝かせてくれと頼んだんだ」そうだって頷いた。少し息を吐いた。

訊きたかった。いったい新島さんに何をどうやって説明したのか。

新島さんは確かにいい人で、僕らのことを本気で心配してくれていたけど、それとこれとは話が別だ。あの人は、刑事さんなんだ。今このタイミングで、ナタネさんがナイフで刺されたなんて事件が起きたのなら、それはいったいどういうことだって思う。刑事として放っておけるはずがないのに、新島さんはごまかすのに力を貸してくれたっていう。普通ならありえない話だ。

「新島さんには、言ったんだよね。刺されたって」

小さく頷いた。そこはごまかせるはずがない。こっちの警察の追及を躱すために新島さんを呼んだんだから。

「どうして新島さんはごまかすのに協力してくれたの？　二億円のことも話したの？」

ナタネさんは唇を一度引き締めた。それから、僕を見た。

「判ってはいたんだが」

「何が？」

「俺の商売にこういう事態はつきものだってことをな」

誰かに刺されるようなことか。まぁそうかもしれない。

「適当にごまかそうと思っていたんだが、人間こういうことになると弱気になるな」

話しておきたくなったって、ナタネさんは少し微笑んだ。不敵なそれじゃなくて。優しい笑みを僕に見せたんだ。

「話しておくって」

「最初からだ」

「最初って」

どこからだ。

「君との出会いからだ」

「出会い？」

あの約二億円を僕が持ってきてしまったところ？　そんなところを今さら話してもしょうがないし、新島さんに話したらとんでもないことになる。

「俺が君に出会ったのは、約二十年前だ」

「二十年前？」

きっと僕の眼は点になっていた。なんだそりゃ。

「二十年前って」

僕は、六歳かそこらだ。

「小学校一年生だよ？」

「そうだな」

「そうだなって」

ナタネさんは薄く微笑んで、天井を見つめた。

「生まれは稚内だと言ったな？」

そう言っていたので頷いた。

「俺は、どういうわけか頭が良くてな」

「でしょうね」

「小さい頃から、世の中を斜に構えて見ていたガキだった」

手のつけられない不良ではなかったけど、大人がコントロールできないしょうもないガキだったって、ナタネさんは話しだした。

中学校に入ると、小遣い欲しさに自分で金儲けをしようと考え出して、いろいろと小狡いことをしだしたらしい。

「同級生の小遣いを集めて競馬をやって当てたり、それぞれの家から適当な品物をちょろまかして質屋に売り飛ばしたりな」

それはひどい。

「まともな商売もやったさ」

「まともって」

「古物商だ」

これも、あちこちをリヤカーを引っ張って適当な品物を集めて、閉店した店舗を使って、今でいうリサイクルショップみたいなものを作った。

「中学生が？」

「そうだ。同じように、ろくでもない親戚のおっさんを騙し込んでな」

「儲かったの？」

「そこそこな」

さらっと話しているけど、田舎の中学生がしかも二十年も前にそういうことをやってしまうってすごいんじゃないか。今のナタネさんの基礎はもう出来上がっていたってことか。

ナタネさんは、眼を閉じた。深呼吸をした。

「いいよ、無理しなくて。寝てよ」

眼を閉じたまま頷いた。大丈夫だって、薄く笑った。

「たまに怪我をするのも悪くないものだな」

「どうして」

「皆が心配して優しくしてくれる」

確かにそうかもしれない。小さい頃、風邪で熱を出して寝込むと、母さんがいつもよりずっと優しかったのを覚えている。そう言うと、ナタネさんは眼を開けた。

「俺の親というのが」

「うん」

「ひどくてな」

いろんな意味で、僕の父親よりはるかにひどかったって言う。それはかなりのものだと思う。

「そのせいもあったんだろう。早く自立したかったんだな」

ただし、今思えばひどく歪んだ方向にその意欲が働いていった。

「高校生のころには、美人局みたいなこともやった」

知ってるかと訊くのでもちろん、と答えた。そんなことまでやっていたのかこの人は。

「まともなバイトもしてはみたが、バカらしくてな。もっともっと自分の能力をフルに使って大きく稼げることはないものかと考えていた」

結局、いろいろなことがバレてしまって地元の高校を退学処分になった。それで札幌に出てきた。

「楽しかったよ。都会は」

確かに。稚内に比べたら札幌は大都会だ。それこそ札幌から東京に出たのと同じような感覚になると思う。また水が欲しいと言うので、水差しの口をナタネさんの口まで持っていった。こくり、と咽喉が動く。親の話はしたけど、兄弟はいないんだろうか。こんなことになって連絡するような身内とかはどうなんだろう。

でも、ナタネさんがそうしてくれとはたぶん言ってないんだろうから、僕も何もできない。

「そこからは、まぁはしょると、いろいろやった」

そして、と言った後に、また僕に眼を向けた。じっと見た。

「なに？」

「罪を犯して、警察に捕まって、俺は〈札幌刑務所〉に入った」

びっくりした。〈札幌刑務所〉。小さい頃からずっと近所だった、身近だった建物。

「夏の、暑い日だった」

外にいるだけで汗が噴き出すような、札幌では何日もない一日。

「農作業で外に出ていた俺は、一人で少し離れて作業していた。むろん、刑務官はしっかり見張っていた。何をするつもりでもなかったが、早くこんなところを出たいとは、当たり前のように考えていた。俺がこんなところにいるのは間違いだ。とっととおさらばして、また金を稼いでやる。そんなことを不満たらたらに考えていた」

突然、記憶の中から、その光景が飛び出してきて僕の頭にまるでパノラマのように拡がった。

真っ青な空。

高いコンクリートの塀。

小さな農場。

遊びに出ていた僕。

友だちのお母さんからアイスキャンディーを貰って喜んでいた僕。

「まさか」

ナタネさんは、微笑んだ。

「気がついたら、小さな子供が俺のすぐ足元にいたんだ」

アイスキャンディーを手にした子供の、僕。

「驚いたね。いつの間に来たのか、まったく気づかなかったから。刑務官が慌てて走ってくるのが判った。その子は、俺のことを怖がりもせずに、ニコニコ笑いながら手に持っていたものを差し出して言ったんだ。今でも、はっきりと覚えてる」

おにいちゃん、あげる。

おいしいよ。

あつくて、たいへんだから、あげる。

「あの笑顔を、あの声を、あの小さな手を、俺は一生忘れない」

ナタネさんの眼が、潤んでいた。微笑んで僕を見つめていた。

「駆け寄ってきた刑務官の足が止まったのが判ったのでそっと振り返ると、刑務官が微笑みながら頷くのが見えた。俺は、土で汚れた手でアイスキャンディーを受けとった。手が震えていた。そして俺は」

そうだ、ナタネさんは。

「一口、齧ったんだ。冷たいアイスキャンディーを。君にもらった、大事なおやつを」

旨かった。

呟くようにナタネさんは言った。

「信じられないぐらい、旨かった」

おいしい？

あぁ、旨い。

「これまでの人生であれほど食べ物が旨いと思ったことは一度もない。自然に涙が出てきた。ぽろぽろこぼれてきて止まらなかった。君は心配そうな顔をして俺を見上げて訊いた」

どうしたの？　どっか痛いの？　なんで泣くの？

あんまり旨くて、嬉しくてな。涙が出てきたんだ。

「そう答えて、君にアイスキャンディーを返した。君は急いでそれを齧って、ニコッと笑うと、じゃあね、と走って帰っていった」

そうだ。覚えている。

でも、どうしてそんなことをしたのかはっきり覚えていない。一緒に居た友だちのお母さんが、暑いのに大変ね、とでも言ったのかもしれない。それを聞いて僕は駆け出したような気がする。

あの日の、見知らぬお兄さん。

あれが、ナタネさん。

「その日からだ」

そう言って、何かを懐かしむような顔をして、僕を見た。

「なにがですか」

「俺が、変わったのは」

「変わった」

「身体の中から、何かが抜け落ちていった。まぁ基本的な性根なんかは変わりようもなかったのだろうが、たとえば、さっさとここを抜け出してやろうとかいう気持ちは消えた。犯した罪をきっちり清算して、きれいな身体になろうという気持ちになった」

そういう気持ちにさせてくれたのは、自分をまともな人間に戻してくれたのは、とナタネさんは続けた。

「あの日の、君だ」

「僕」

「幼い頃の森田明二だ」

「そんな」

「あのアイスキャンディーの一口が、それからの俺の人生を支えてくれたんだ」

ついでに言えば、とナタネさんは微笑んだ。

「その日から俺は甘党だ」

二十七

ナタネさんは、あの日から僕のことを知っていた。

「じゃあ」

ものすごい勢いで頭の中をいろんなことが駆け抜けていってるような気がした。

「ひょっとして、今までのことは全部」

笑った。

「先走りするな」

少し大きく息を吐いた。

「大丈夫？　少し寝た方が」

「いや」

疲れたわけじゃないと言う。

「話してしまったので、ホッとしただけだ」

あの日の出会いのことを。

「俺は、君に感謝していた。あの日からずっとだ」

そう言われても、困るというかなんか恥ずかしいというか。僕はただ、たぶん子供らしい素直な感情で、自分のおやつを分けてあげただけの話なのに。

「刑期を終えた俺がいちばん最初にしたことは、刑務所の近くで職を探すことだった」

「それは」

「そうだ」

僕を探すために。

「顔だけははっきり覚えていた。そして、一緒に居た女の人が〈メイジくん〉と呼ぶ声も聞こえた」

「それだけで僕を探したんだ」

　幸いにも、刑務所のすぐ近くの製麺工場で職を得ることができたナタネさんは、そこで働きながら休日は近くの公園を回った。平日でも、空いた時間に散歩をするようにして近所を歩き回って僕の姿を探した。

「怪しまれないように犬を飼ったよ」

「犬」

　犬の散歩好きの若いお兄さんを装った。いや実際に犬好きだって言うから装う必要もなかったんだろうけど。

「そして、二ヶ月もしたころにようやく君を見つけることができたんだ。〈モリタ金属加工所〉の次男の森田明二。君が、アイスキャンディーをくれた子供だった」

　ホッとしたナタネさんは、それからの人生を考えたそうだ。

「性根は変わりそうもない。人に使われてあくせく地味に働くのは性に合っていない。そんな生活をしていたらまた不満が募って虫が騒ぎそうだ。だが」

「だが？」

「いずれは、君の役に立ちたいと思った」

「どうして」

決まっているじゃないか、とナタネさんは薄く笑った。話していて少し気分が高揚してきたのかもしれない。顔色が良くなってきたし、あのナタネさんの雰囲気が少し出てきたような気がする。

「君は、俺の恩人だからだ。そして」

一度言葉を切って、眼を伏せた。

「君の家の事情を、知ってしまったからだ。父親に虐待されているという事実を」

そうだったのか。ナタネさんは、全部知っていたのか。

「どうやって、知ったの」

「別に難しいことじゃない。〈モリタ金属加工所〉の社員と居酒屋ででも知り合いになって、親しくなれば済むことだ」

「それって」

まさか。

「じゃあ、ひょっとして知ってたの？　その頃から、山下さんとか」

ナタネさんは手のひらを拡げて、僕を制した。

「その話は、もう少し後にしよう」

順番に話そう、と続けた。

「直接顔を出して、君の前にこの顔をさらして何かの役に立つことは憚られた。何せ前科持ちだからな。そんな男が小学生の君にくっついていては、世間様に何を言われるか判らない。だから、陰から支えようと考えた」

「陰から」

頷いて、ナタネさんはそこの引き出しに紙とペンがあるだろうと示した。壁に埋め込まれた整理棚の引き出しを開けて、メモ帳とボールペンを渡すと、ナタネさんは何かをさらさらと書いた。

「読めるか」

書かれていた文字は〈離牢〉。見たこともない単語。

「それは、あの刑務所での隠語だ」

隠語。仲間内だけに通じる言葉。

「仮釈放や釈放が近くなると、塀の外に出てそこにある農地で農作業が出来る。社会復帰へのひとつの前段階だ。塀の中から、牢から離れられるという意味で、〈りろう〉と言っていた」

「りろう」

「あの刑務所で刑に服す人間にとって、希望の単語だった。塀の中で長い時間を過ごす中で、拠り所となる言葉」

りろう。

リロー。

「まさか」

ナタネさんは、頷いた。

「君の友人のハッカー〈リロー〉は、俺だ」

変に思っていたんだ。

最初に会ったときに既に僕のパーソナルデータを持っていたのに、紗季の連絡先なんかを教えろと言ったりしていた。そんなこと簡単に調べられるような雰囲気だったのに、わざわざ確認したりした。

あれは、偽装だったんだ。僕との出会いは偶然ですよ、と僕に思わせるために。

リロー。

離牢。

離牢して、外で作業中に僕と出会ったナタネさん。

僕にアイスキャンディーを貰って涙したナタネさん。

そのときから、この少年のためにならなんでもしようと決意したナタネさん。

ひょっとしたら僕は、ずっとずっとこの人に守られてきたんじゃないのか。ナタネさんが陰でずっと僕を見ていてくれたから、今まで僕は、こんな変な病気を抱えながらも、危ない目に遭わなかったんじゃないか。

　平和に人生を過ごしてこられたんじゃないのか。


　何をどう言えばいいか判らなくて、ただ僕はナタネさんを見つめていた。ナタネさんは優しく微笑んで、口を開いた。

「世の中を巧く渡っていくためには、将来の君の力になるためには、学歴と力がなきゃダメだと遅まきながら気づいた俺は、高卒の資格を取り、大学にも通い、弁護士になった」

「えっ」

　ナタネさんは可笑しそうに笑った。

「本当に嘘だと思ったか？　あれだけ自信たっぷりに弁護士でございと言ってるのに」

　完璧に騙された。

「〈種苗屋〉は、法の抜け道を探して歩くような商売だ。それこそ弁護士の上前をはねるほど法律に詳しくなくてはやってられない。むしろ、弁護士になったからこそ、〈種苗屋〉になることができた」

　考えてみればそういうことだ。気づかなかった僕がバカだってことだ。

「じゃあ、名前も」

「本名だ」

正直なところ、こうして正体を明かすつもりはまったくなかったってナタネさんは続けた。事態が上手く進めば、じゃあなと別れを告げてもう二度と会わないつもりだった。

「その後も、単なるネット仲間の〈リロー〉としてだけ、君と関わるつもりだったんだがな」

だから、本名なのに偽名だと言った。弁護士であることも嘘だと言い続けたのか。

「別に〈種苗屋〉になるために法律の勉強をしたわけじゃないんだがな。まぁ俺にも様々な出会いがあって、師匠のような人の後を継ぐ形でこういうことを始めた」

「そうなんだ」

昔からある仕事だってリローは、いやナタネさんは教えてくれたっけ。

「手際の良い信用できる仲間も、受け継いだものだ。まぁその辺は直接関係ないからいいだろう」

僕が頷くと、ナタネさんは、それからしばらく何も言わなかった。疲れたのかと思ったけど、眼を開けたまま静かに天井を見上げていた。

「どうする」

「えっ？」

僕を見て、微笑んだ。

「続けるか」

話を。

「随分と君を驚かせた。もう充分じゃないのか」

麻衣子ちゃんや安藤やバンさんには、何も話していない。適当に君が話をでっち上げてくれればそれでいい。約二億円の返済は間違いなく一年間待ってもらえる。

「安藤くんとバンさんと頑張っていいゲームを作って売りまくれ。〈奪還屋〉への返却は俺が引き受ける」

それで、今回の騒動は何もかもが終わる。

「仲川弁護士は」

「それは」

考えるな、とナタネさんは言った。

「君には関係のない、裏の世界でのことだ。きちんとカタがつく。二度と君に関わることはない」

どうなるのかは想像できたけど言わなかった。僕が何を言ってもどうにもならないことだ。

「両親の事件も、このまま時効を迎える。ここで話を終わらせれば、君のすべきことは」

ただ、面白いゲームを作ることだけだってナタネさんは言う。それだけで、僕は自分の人生へ戻っていける。

ナタネさんの眼は、そうしろ、と言っている。

でも。

「ナタネさんは、父さんや母さんの事件を知っていたんだね？　それが、新島さんを説得する材料になったんだ」

そうじゃなきゃ話は通じないはずだ。

刺されたことを隠して自分は自殺を図るようなバカモノにしておいてくれって新島さんに頼むのに、それを新島さんが聞き入れてくれるのに必要な材料はそれしかない。

約二億円の件はきっとまだ新島さんは知らないはずだ。それだけは話せるはずがない。

新島さんは僕たちにシンパシーを感じてくれている。

だから。

「何かを知ってるんだ、ナタネさんは」

二十年前から僕ら兄妹を、森田家を知っていて見てきたナタネさんは、父さんと母さんの事件の真実を知っているんだ。

ナタネさんは黙って天井を見上げている。

母さんを、父を、殺したのは。

ナタネさんはしばらく眼を閉じていた。眠ったのかと思ったけど、呼吸が規則正しくなっていなかった。眠っている呼吸ではなかったので、僕は待った。

自分から口にしたくはない。

「全てを知っても、上手くでっちあげろよ」

眼を閉じたままナタネさんは言った。

「お兄さんや妹さんには、決して言うな。君の胸にだけしまって、そのまま人生を歩んでいけ。その事実の重さに耐えて、生きろ」

眼を開けて、僕を見た。優しい眼差し。

考えてみれば、出会ってからずっと、ずっとナタネさんは僕に優しかったんだ。

「耐えられなくなりそうなときには、麻衣子ちゃんに助けてもらえ」

「麻衣子ちゃん」

秘密を一緒に抱えてしまった麻衣子ちゃん。

「あの子は、強い子だ。会ったときからそういう印象を抱いていたが、今回の件でよくわかった」

麻衣子ちゃんは、動じてなかったそうだ。新島さんがやってきてナタネさんと内緒話をしても、その後、ナタネさんが何も言わなくても、その瞳には強い意志があったそうだ。

「何が何でも、君を支えるというはっきりとした決意がうかがえた。大した女の子だ。君の抱える事実の重さを、きっと一緒になって感じて、君を支えてくれる」

麻衣子ちゃんがそうしてくれるかどうか。いや、してくれる。きっと。ナタネさんはニヤッと笑った。

「幸せ者だな」

「そうですかね」

「人生は面白いな。思わぬところで、そんな幸せを摑める」

まぁ、そうかもしれない。この事件がなかったら、僕と麻衣子ちゃんは一生このまま会えずに終わっていたかもしれないんだから。

「真実を」

「うん」

「俺も、その当時から知っていたわけではない」

ナタネさんは、一時期、僕から離れていたと話し始めた。

「東京に出て勉強したりして忙しかったんでな」

それはそうだと思う。二十三歳で出所して、それから高卒の資格を取り大学に行って弁護士の資格まで取った人だ。ものすごい努力だと思う。努力なんて言葉が似合わない僕はそれだけで尊敬してしまう。

ナタネさんは、多少いびつな形だとしても、ものすごい才能を持ち、人並み外れた努力をした人間なんだ。

「ちょうどその時期に、君のお母さんが失踪し、お父さんが殺された」

なるほど。頭の中で計算していた。出会ったのが一年生のとき。母さんが失踪したのは四年生のとき、父さんが殺されたのは五年生のとき。ナタネさんが大学まで行って卒業したとしたら、ちょうどそんなものか。

「そういうわけで、俺にはアリバイがある」

にやっと笑った。

「君のお父さんを殺した犯人ではないから、安心しろ」

苦笑いした。きっと僕がそう考えていたことを見透かしたんだろう。

「でも」

じゃあ。

「何もかもを、ナタネさんは知ってるんだね」

しばらく黙ってから、また話し始めた。

「事件を知ったとき俺は、もう多くの力を得ていた。大きくなっただろう君の将来を、父親に虐待を受けていた君を、何らかの形で支えてあげたいと思っていた。ところが、久しぶりに札幌に戻ってきたら、君の母親は失踪、父親は強盗に殺されている。いったい何事が起こったのかと驚いたよ。しかし」

「しかし？」

唇を歪めた。

「もし、あのとき、君の家に第三者が、たとえば親しい親類などが居たのなら、あの違和感に気づいたのだろうがな」

「違和感」

「それは、俺が君を見つけていろいろ森田家を調べたときにも感じた違和感だ。それが一層強くなっていた」

それは、何なんだ。

「〈モリタ金属加工所〉の皆の一体感だ。不幸にもめげずに明るい雰囲気だ。残された幼い子供たちを、赤の他人の山下さんと飯田さんと作次さんの三人が支えていた。一生懸命になって育てていた」

「それは別に」

違和感を感じるものじゃないだろう。

「昔からの職人で、皆が仲が良かったから」

「良過ぎたんだ」

「良過ぎた」

「君たちは子供だったから気づかなかっただけだ。判らなかっただけだ。あの三人が君たち森田三兄弟を見る眼は、まさしく親そのものだった。慈愛に富んだ親の眼差しそのものだった」

意味が、判らない。それのどこが違和感なんだ。ナタネさんは、一度唇を舐めた。

「全ての、根っこだ」

「根っこ？」

「森田家の過去は全てそこに繋がっている」

そこって、何だ。

「君の父親が、社長としては有能だったのに、君らに暴力を振るうひどい父親だったのも、母親が殺されてしまったのも、君らが両親を失ってしまったのも、君らが残された従業員たちに大事に育てられたのも。つまり全ての根っこがそこにあった」

言葉を切って、僕を見て、続けた。

「君の父親は、無精子症だった」

「え？」

一瞬、頭の中が真っ白になった。

「君の父親は、森田欣二ではない」

何を言ってるんだ？

「山下さん、飯田さん、作次さん。〈モリタ金属加工所〉を支えた三人のうちの、誰かが君らの父親だ」

口が開いたままになってしまった。ただナタネさんを見つめていた。

「メイジ」

ナタネさんが、ゆっくりと僕の名を呼んだ。僕が反応できないでいるともう一度呼んだ。

「はい」

「その意味は、判るな」

判るから、頷いた。大丈夫という意味を込めて頷いた。真っ白になった頭の中にいろんな絵が、構図が浮かんできた。ものすごいスピードでそれが流れていた。

何があったんだ。何故そんなことになったんだ。ナタネさんは小さく息を吐いた。

「きちんと理解するのは、当事者でなければ恐らく難しいのだろう。俺も理解に苦しんだ。君の父親のことと、それから山下、飯田、作次たちとの結びつきの強さを、まず踏まえる必要がある」

父さんたちは、一緒になって〈モリタ金属加工所〉を作り上げた。文字通り裸一貫で、日本の高度成長期のあの時代をひた走ってきた、仲間。

戦友、という言葉を山下さんは使っていた。私たちは戦友だったたって。

「君のお父さんは、父母も何もかも戦争でなくした。それは知ってるな」

もちろん。何度も聞かされた。俺は一人ぼっちだったって。何もかも一人でここまでやってきたんだって。ナタネさんはほんの少し眉を顰めた。何かを悲しむように。

「それが、彼を、君の父親の精神を歪ませたのだろうな」

「歪ませた」

「森田欣二は、自分に子が為せないと判ったときに絶望したそうだ。自分が作り上げたこの工場を、自分の命より大事なこの城を、何故〈森田〉の名を継ぐ自分の子供に譲れないのかと」

継がせるって。

「度を越した執着、だったのだろうな。彼の中にはそれしかなかった。自分の名を継ぐ家族に自分の城を譲りたかった。ただそれだけに執着した。しかも子供には、自分と同じかそれ以上の技量の持ち主になってほしかった。〈モリタ金属加工所〉のために。だから、一番信頼できる職人であり戦友の山下さんに、飯田さんに、作次さんに、子種を求めた。頼んだんだ。自分の妻を抱いてくれと。子供を作ってくれと」

なんてことを。

「そのとき既に彼は子供ができない苛立ちを妻に、君のお母さんにぶつけていた。今でいうDVだな。しかしそんな概念も何もない昔の話だ。山下さんたちは君のお母さんの苦境を救うためにはそれしかないのかと、決断した。子供を作ってあげるしかないと。子供さえできれば森田欣二の気持ちも治まるのだろうと」

地震が来たのかと思ったけど、違った。眩暈がしたんだ。思わず自分の頭を振ってしまった。

「大丈夫か」

頷くのが精いっぱいだった。ナタネさんは右腕を伸ばしてきて、僕の腕に触れた。その手が、温かかった。

しばらく沈黙が流れた。眩暈がしたと思ったぐらいいろんなことを考えた僕の頭は急速に醒めていった。そうだ、僕はそういう男だ。小心者だけど、どんな事態になっても考えることで落ち着ける。

「メイジ」

「はい」

それを待っていたかのように、ナタネさんは言った。

「そこから先は、想像しろ」

「想像？」

俺と出会ってから、ずっとそうしてきたようにって続けた。

「どれほど過酷な状況でも、持ち前の機転と軽さでくぐり抜けてハッピーエンドになるように努力する主人公を想定して、考えろ。ストーリーを組み立てろ。君の考えたストーリーが、出した結論が正解だと思え。なんだったら」

そこで、ニヤッとナタネさんは笑った。

「なんだったら?」

「俺が君の父親、森田欣二を殺した犯人、でもいい」

想像するだけなら、プランニングするように様々な設定を考えるのなら、どんなことだって僕は考えられる。狡猾に、冷静に。

「アリバイがあるって言ってたじゃない」

「俺が言ってるだけだ。動機はある。君を守るため、という動機がな」

僕を守るため。

ただそれだけのため。

アイスキャンディーを差し出してくれた少年のためだけに。

たとえば、ケン兄が、どうして男の子が一人産まれたことで満足しなかったのかと考えるなら、僕や紗季も山下さんか作次さんか飯田さんの子供だっていうのなら、それはケン兄が赤ん坊のとき病気がちの身体が弱い子だったからかもしれない。

これじゃダメだと、森田欣二は、さらに子供を作ることを望んだんだ。たぶんそうなんだろう。しょせん、妄執に囚われた人間のすることなんか普通の人には理解できっこない。

父は、そういう男だったんだ。

たとえば、母さんは流されることしかできない弱い人間だったのかもしれない。自分の夫が鬼畜のような人間でもそこから逃げることもできない。いや、ひょっとしたら山下さんか他の二人の誰かと恋愛関係にあったのかもしれない。だからこそ、三人のうちの誰かの子供を産んで森田家の跡取りとして育てる道を選んだのかもしれない。そんな気もする。そうじゃなきゃやりきれないだろう。

そうして、森田欣二は、ある日自分の妻を殺してしまい、その死体が埋まる家で暮らしていくことに耐えられなくて突然錯乱したのかもしれない。仕方なく山下さんや作次さん飯田さんが三人で殺してしまったのかもしれない。

そして、残された子供たちを守るために、山下さんたちは皆で強盗殺人のストーリーをでっちあげたのかもしれない。

いくらでも考えられる。

このとんでもない状況を成立させるためのストーリーはどんな方向にでも考えられるんだ。何をどう考えても気が滅入る話ばかりだけど。

でも。

「ナタネさん」

これは、今ここで言うべきことだと思う。

「僕は、割りと空想癖のある子供だったんだけど」

「そうだろうな」

「子供のころに考えた、いや」

ひょっとしたら。

「夢を、ひとつだけものすごく怖い夢を覚えているんだ」

ナタネさんは、ほんの少しだけ眼を細めた。

「なんだ」

それは、父親が、寝ている僕を何か鈍器のようなもので殴ろうとしている様子だ。

それを何故か僕は、二十時間眠ったまま起きないはずの僕は、間一髪で躱すんだ。

そして僕は、何か尖ったもので反撃するんだ。

生きるために。父に殺されないために。

「そういう夢か、あるいは空想したことを今でも覚えているんですよ。すごく小さい頃に見たものを」

「妄想、だな」

ナタネさんは、微笑んだ。

「まぁ、君の環境を考えたのなら、そういう妄想に囚われても決して不思議ではない」

「そうですね」

僕もそう思う。

そう思って、今まで生きてきた。


人間は、どんなときに絶望という二文字に囚われるんだろう。

たぶん、この世に自分独りきりという気持ちになったときじゃないか。

だとしたら、僕はこの先の人生で絶望することは、絶対にない。僕の周りにはたくさんの、僕のことを考えてくれる人がいる。

だから、どんな結論が出ても、耐えられる。生きていける。

「ナタネさんが犯人っていうのは」

「うん？」

「相当詰まらないストーリーだね」

笑ったけど、涙も流れていた。そう言ったら、そうかってナタネさんは笑った。僕も一緒になって笑った。

epilogue

仲川弁護士のことを、済まなかったなってバンさんは僕に謝っていたけど、いちばん辛いのはバンさんのはずだから、何とも思ってないって伝えた。

あのとき、バンさんが僕に何の連絡も寄越さなかったのは、こんなにも大きな事件が背後にあったとは全然思ってなかったからだ。ただ、仲川弁護士が僕を追ってとんでもないことをしようとしていると判断して追ってきただけ。まさかこんなことになるとは想像もしていなかったんだ。

そのお詫びじゃないけど、僕に一ヶ月間の特別休暇が与えられた。

ただし、その間に八十万本売れるゲームの企画書を作っておくこと。バンさんはそう言って笑って、安藤と一緒に東京に帰っていった。まるで夏休みの宿題みたいだった。

まさか一ヶ月もホテル住まいするわけにもいかなくて、僕は実家のもともとの自分の部屋で過ごしていた。もちろん、麻衣子ちゃんも一緒だ。

麻衣子ちゃんはすっかり森田家に馴染んでしまった。奈々ちゃんも麻衣子ちゃんのことを気に入って、今ではお母さんの深雪さんが買い物に出かけても、麻衣子ちゃんがいれば全然なんともない。

本当に助かるわー、と深雪さんも笑顔だ。

何せ今までは主婦と子育てと〈モリタ金属加工所〉の雑務を一人でこなしていたんだから相当大変だったと思う。それが、家事に関しては麻衣子ちゃんは完璧にこなしたし、奈々ちゃんの相手もしてくれるんだから随分楽になった。ケン兄なんて「本当にお前はいい嫁さんを連れてきた」とマジで感動していた。いやまだお嫁さんじゃなくて婚約者だけどね。

結婚を前提としたお付き合いをさせていただいてます、と、鳥取のご両親にご挨拶に行かなきゃならないところだけど、麻衣子ちゃんはなんとそれを電話で済ませてしまった。なんでも、教師なのにお父さんは相当さばけた人らしくて、僕なんか電話口で「あとよろしくねー。いつでも遊びに来なってー」と一言で済まされてしまった。まぁ助かるといえば助かるけど、いずれきちんと挨拶に行く。

母さんの葬儀も、済ませた。

残念ながらナタネさんは参列できなかったけど、紗季も千葉からやってきて、久しぶりに三兄弟妹が揃って、楽しく話ができた。いや、現実には楽しくない事実だったんだけど、せっかく揃ったのに暗く落ち込んでもしょうがない。そういうところは僕たちは似ている。

これでもう何もかも終わる。過去の辛い出来事の清算は終わった。そんな気持ちになろうとしたんだ。そうして、前だけを向いて歩いていこうって、三人で思っていた。

この不況の中、いくら新規事業のための資金が手に入ったとはいっても〈モリタ金属加工所〉の将来がどうなるのかは判らない。でも、皆が一丸となって頑張っていこうという気持ちになっていた。

山下さんは、じきに社長の座をケン兄に譲るつもりらしい。ようやくそれで肩の荷を下ろせるかもしれないって言っていた。もしそうなったら、僕も微力ながら陰からケン兄を支えるつもりだ。

＊

東京に戻る前に一度話をしましょうって新島さんに言われていた。でも、新島さんは仕事で忙しくてなかなか時間が取れなかった。

ようやく会いましょうって電話が来たのは、東京に戻る日の前日。

運命のように、父親の事件の時効成立の日だった。

夕方の五時。空が赤みを帯びてきた頃。新島さんが待ち合わせに指定してきたのは、近所の大型ショッピングセンターの屋上駐車場だった。

そこの、休憩できるベンチ。煙草も吸える。なんでそんなところ、とは思わなかった。そこなら、誰にも聞かれないからだ。人には言えないような話ができるからだ。

新島さんは少し疲れているみたいだった。

「大丈夫ですよ」

私たちはいつもこんなもんです、と苦笑した。

「何か大きな事件でもあったんですか」

訊いたら、新聞記事にもなっていた強盗殺人未遂の事件だった。

「まぁ、ほぼ終わりました」

それで、ようやく会いに来られたと言った。

「と言っても」

「はい」

「話すことは何もないんですけどね」

「そうなんですか？」

また苦笑した。

「自分の気持ちにケリをつけるだけです。そのために、明二さんに会いたかっただけです」

「僕に」

小さく頷いて、スーツの内ポケットから煙草を取り出して、火を点けた。

「ナタネさんはどうしてます?」

「それが」

さっさと東京に帰ってしまった。入院して十日後に。

「医者の制止も聞かないで、もう大丈夫だと言って」

メールで何度か連絡が入っているので、本当に大丈夫なんだと思う。

「ただし、知人の病院にやっかいになっているとは言ってました」

パワーのある人だなぁ、と新島さんは頭を振った。

「職を失ったら、あの人の助手にでもなろうかな」

「僕もそう思ってました」

二人で笑った。それから、新島さんはベンチの背に凭れかかった。

「ナタネさんは、あなた方の父親は森田欣二ではなく、〈モリタ金属加工所〉の三人のうちの誰かだ、と教えてくれました。これは真実だと。何十年もの間、隠されてきた事実だと」

事実。ナタネさんは、それを知っていた。まだ山下さんも飯田さんも作次さんも、しっかりしている内に確認していた。自分の正体も告げていた。もう十何年も前の話。

それを、墓場まで持っていくと約束していたんだ。

僕のために。ただ、アイスキャンディーをひとくちくれただけの子供の将来のために。そして、もし自分が今度〈モリタ金属加工所〉に現れることがあったのなら、それは僕の将来に危険が、もしくは危機が迫っているときだから、何も訊かずに協力し合うという約束を交わしていた。

赤の他人が、けれども僕を、森田明二を恩人と思って命より大事に思っている男が、秘密を共有している。その事実が、山下さんたちの結束を、決意をさらに強くしたそうだ。

それがあったからこそ、山下さんはあんなにあっさりと、僕が一億円を貸すというのを承諾してくれたんだ。

「それで、何もかもが繋がりました。私の中で」

「繋がった」

「何故、森田家の悲劇が起こってしまったのか。まぁ枝葉の部分で判らないところも多々あるんですが、それはさほど重要でもありませんでした。繋がったというところだけで」

たぶん、僕は何も言わずに頷いていた方がいい。そう思って、そうした。

「むろん、私もこの事実は、どこにも残しません。私の記憶の中にだけ留めてそのままにしておきます」

「お願いします」

僕もだ。ケン兄にも紗季にも誰にも言わない。言ったところでどうにもならない。誰も幸せにはならない。僕だけが、黙っていればいいだけの話だ。それでケン兄も紗季もそのまま人生を生きていける。

「残念ながら、お父さんがお母さんを殺してしまったのはおそらく事実でしょう。事故だったという可能性はあるにしても、命を奪ってしまった」

「そうですね」

「何故そうなったのか、という原因、動機。それが繋がっただけで満足することにしました」

「満足」

「刑事として、ひとつの事件を解明できたとして、終わらせることにしました。それがナタネさんと交わした、一種の取引です」

そう言ってから、まったく、と苦笑いした。

「あの人は本当に悪党ですよ。事実を知らせることで、私を身動き取れないようにさせてしまった。その事実を元に、私が森田家の事件にさらに一歩も二歩も、いや最後の結論のところまで踏み込んだら、森田家も、その周囲の人間たちの平和な生活何もかもが崩壊すて笑った。

煙草を吹かして、遠くを見た。ここから〈モリタ金属加工所〉の屋根も見える。僕を見

「そんな悪党だから、刺されたとしても自業自得。本人が自分で刺したと言ってるんだから、それで済ませることにしました」

それにも、僕は何も言わないでただ頭を下げた。

「ひとつだけ確認させてください」

「はい」

「明二さんは、お父さんを、森田欣二さんを殺害した犯人を知らないんですね？」

僕は、しっかりと新島さんの眼を見つめて、言った。

「知りません」

僕は知らない。本当に、知らないんだ。

ナタネさんも自分だとは言わなかった。

だから、知らない。

うん、と新島さんは頷いて、立ち上がった。

「明日、東京へ戻るんですって？」

「そうです」

「ゲーム制作かぁ」

いいなぁって、新島さんは言った。

「私もゲーム好きなんですよ」

「あ、じゃあ」

今度作るゲームが完成したら送りますと言うと、嬉しそうに笑った。


まだ終わっていない。

僕に降りかかった悲劇は、いや喜劇かもしれないけどようするにそういうものは、終わっていないし、たぶん終わらせてはいけないものだ。僕がずっと死ぬまで抱えていかなきゃならないものだ。僕がしでかしたことで幸せになった人は確かにいるけど、不幸になった人もいるんだから。

まぁでもそもそもが、約二億円が望んでもいないのに偶然転がり込んできてしまったからで、神さまは随分と理不尽なことをするなぁと思うけど。

思うけど。

でも。

ナタネさんと知り合いになれた。麻衣子ちゃんと巡り合えた。そして、大好きな〈トラップ〉の皆と、自分たちのゲームを作ることができる。

神さまとの幸不幸を天秤にかけた取引だと思えば、まぁなかなか分の良い取引だったのかなとも思う。いやまだそう思って満足しちゃいけないんだけど。何せ、二億円を稼ぎ出すゲームを作らないとならないんだ。

＊

東京に戻って忙しい日々が続いている。

麻衣子ちゃんは僕のあの部屋に引っ越してきた。

そしてもう結婚の話をしている。焦ったわけでも何でもなく、本当にそうしたいと思ったから決めた。だけど、約二億円を完全に返済するまでは籍を入れるのは待とうと話し合った。

麻衣子ちゃんは、看護師の仕事をいずれまた始めるかもしれないけど、今は五十時間起きて二十時間眠るという病気を持っている僕のフォローをしてくれている。自分の睡眠時間や起床時間もややこしいことになってしまっているけど、看護師のときの超過密のシフト勤務に比べたら全然平気だって笑っている。仲の良かったお医者さんに頼んで、僕の病気についての勉強もしているみたいだ。

何ていうか、こんなにラッキーでいいのかってぐらい、僕は最高のパートナーを見つけた気がしている。いやのろけるつもりは全然ないんだけどね。

ナタネさんとは、あれ以来会っていない。

でも、〈リロー〉には、たまに調べてほしいことをメールしている。そうすると、それまでどおりにしっかり調べて返信が来るんだ。

ナタネさんの今までと変わらない、〈リローっぽい〉しれっとしたメールの文面を見る度に苦笑いする。

そして、今度会えるのはどんなときなのかなって、楽しみにしているんだ。

解　説

ライター、ブックカウンセラー
三浦天紗子

作家にとって「代表作」は諸刃の剣かもしれないと思う。私の想像の範囲ではあるが、名前を認知してもらい、手に取ってもらえる可能性が広がる一方、「ああ、あの……」と口の端に上る作品が限定されてしまうような事態もなきにしもあらず。当の本人は歯がゆい気持ちにもなるのではないか。だって、もっといろいろ書いているんだから。

小路幸也も、代表作と言えば、多くの小説好きが「東京バンドワゴン」シリーズを挙げるだろう。もし、小路作品を読みたいと思いつついまだ未踏というご仁であっても、このシリーズの名前はちょくちょく耳にしているはず。よって、「小路幸也＝（ちょっとクセのある）家族小説の名手」という看板は確かに目立っており、安心印のブランドでもある。

しかし、二〇〇三年にデビューして十年めとなるこの四月までに、単行本とオリジナル文庫を合わせた単著だけでも四〇作、アンソロジーや共著、単行本未収録作を合わせるともっと出版されている。言うまでもないが、疾走するように書き続けている人気作家の魅力は、その代表作だけでは語れないのだ。

本書『僕は長い昼と長い夜を過ごす』は、すっかりヒットメーカーとなった彼の二八作めにあたる。魅惑的な謎、不完全な家族、利他的な友情といった要素が揃い、それらが渾然一体となったビルドゥングスロマン（成長小説）は、小路ワールドの王道と言っていい。

主人公のメイジこと森田明二は、子どものときから特殊な睡眠障害をわずらっている。病名は《非二十四時間睡眠覚醒症候群》。五十時間起きて二十時間眠るサーカディアンリズム（いわば体内時計のリズム）で生活しており、二六歳になったいまもそのサイクルでしか活動できない。

だが、そんな体質にも利はあるもの。メイジは就業時間が不規則で、ときには徹夜続きも覚悟というゲーム制作会社トラップの契約社員としてゲームをつくる仕事に携わりながら、社外業務である〈監視〉のアルバイトまで請け負っている。といっても、覚醒サイクルにいる間は決して眠らないという特質を活かした〈素人ができる範囲の監視業務〉に過ぎず、睡眠サイクルに入ってしまいそうなときは妹・紗季のヘルプが不可欠なのだが。

ある日、いつものようにトラップの社長・バンさんからの指示で、大手企業に勤める三島という男を尾行していたメイジ。ところが、三島がウィークリーマンションの一室で倒れているところに遭遇してしまい、病院まで付き添う羽目になる。機を見てこっそり立ち去ることにしたのだが、気が動転していたせいで、三島の持っていたゼロハリバートンのトランクを持ち帰ってしまう。

家に帰って開けてみると、スーツケースの中にあったのはおよそ二億円の現金。声も出ないほど驚いていると、ナタネと名乗る侵入者がやってきて、とんでもないことを言いだした。〈その金は全て君のものだ、好きに使っていい〉。状況からして、返すことはできない。捨てることもできない。つまり、二億円を取り戻しに来る〈奪還屋〉や奪いに来る〈強奪屋〉から、身の安全を図りつつお金を守り通すことができないと、メイジ自身はもちろん、大切な兄や妹までが狙われるぞとしっかり釘まで刺されて。

一方、メイジがケン兄と慕う兄からの電話で故郷の札幌に戻ったメイジは、さらに厄介ごとを背負い込むことになる。

かつて父親が経営し、いまは兄が経理を担当して切り盛りしているモリタ金属加工所は、かなりの経営危機にあるらしい。それだけでなく、その職人のひとりだった作次さんは惚けが進み、入院していた。見舞いに行った兄は、〈突然チャンネルが繋がるみたいに頭がハッキリ〉した作次さんから、思いがけない告白を聞く。〈秘密を墓場まで持って行った隆史は立派だった〉〈でもね、最近、本当にそれでいいのかと思う。由枝さんを、きちんと葬ってやらないでいいのかと〉〈人を殺しちまったあいつの重荷を軽くしてやるってことも、必要なのかねぇ〉。いまも行方不明のままの三兄弟の母親・由枝は死んでしまっているのか。人を殺した〝あいつ〟とは誰なのか。父親が殺された十五年前の未解決強盗殺人事件と何か関係があるのか。メイジはケン兄ともども、とまどいを隠せない。

無慈悲な境遇をメイジが淡々と受け止められたのは、いなくなった両親の代わりに可愛がってくれた工場の腕利き職人たちや、仲のいい兄妹に囲まれていたからだ。彼の人生の根底には、奇妙な病を抱えながらも立派な社会人になって、優しい彼らの恩に報いたい気持ちがある。かくして彼は工場の苦境を救い、父親の事件の真実を見極めるため、いわくありげで正体不明の人物ナタネのアドバイスを受けながら、一世一代のゲームに乗り出す。

無手勝流のメイジの武器となるのは、献身的な友情だ。機知、経験、人脈でメイジを全面サポートしてくれるナタネや、ゲームグラフィッカーで親友の安藤、成り行きとはいえ一緒に作戦に参加してくれ、メイジを憎からず思ってくれている看護師の笈川、ネット仲間の凄腕ハッカー・リロー。時効間近になった強盗殺人を追う刑事・新島までが、苦労をいとわず力を貸してくれる。彼らの損得勘定なしの援護は読んでいても胸が熱くなるが、少しずつ明かされていく彼らの来歴を知ると、さらにじんとくるだろう。

ちょっとした読み違えさえ許されない現金保有計画を進めながら、それが母の失踪や父の死の真相、さらには封印されてきた森田家の秘密と関わっていく。緻密に編まれ、どう転ぶかわからないハラハラしたストーリーに否応なく心をつかまれてしまうわけだが、同時に読者の頭の片隅には絶えず、「ナタネはなぜ無私無欲でメイジに尽くしてくれるのか」という疑問が点滅しているはずだ。実は、その理由が明かされるときこそが著者の真骨頂。「あー、今回もまた！（驚かされた、泣かされた、してやられた……。そのへんの感想は個々におまかせする）」と脱帽するに違いない。

最後に少しネタバレしてしまうので、ここから先は読後に読んでいただけると幸いだ。

小路作品の大きな特徴として、メンターの存在がある。メンターは、助言者や相談者と訳されることが多いが、私自身は〝光の方へ導いてくれる人〟というイメージを持っている。彼の小説にしばしば現れる頼もしい年長者は、主人公が危機や岐路に差し掛かったときに手をさしのべてくれ、背中を押す人生訓を授けてくれ、しかもその当人にもあっと驚く過去があるというのが定番だ。

たとえば、メフィスト賞受賞のデビュー作『空を見上げる古い歌を口ずさむ』では、物語の中心人物でほとんどの語りを担う恭一が、その役割を果たす。少年時代に人の顔がのっぺらぼうに見えるという奇妙な状態に陥った彼は、同じ十字架を背負った甥の彰を助けるために、二十年ぶりに家族の前に姿を見せる。『ホームタウン』では、妹とその婚約者の失踪を追う征人の上司であるカクさんや、中学時代から征人を守ってくれた草場さんがそうだし、最新作『荻窪　シェアハウス小助川』では、主人公・佳人が住み始めるシェアハウスの大家で、医師を廃業したタカ先生が随所で的を射たアドバイスを放つ。

本書ではナタネがメンターだ。二億円がうまくメイジの手に落ちるように、場面場面で的確に助け船を出していく。現にメイジは行動のシナリオを、ゲームづくりのノウハウを駆使して考え始める。ゲームプランナーという仕事柄身につけた知恵あっての成果ではあるが、やがてメイジは気づくのだ。〈それは全て授業だったんだと思う。講義だ。ナタネ先生による、トラブルを回避するための方法論。きっとナタネさんが今までの人生の中で得てきたいろんなものを、僕に無償で与えてくれていたんだと、今は思う〉。

だが、振り返れば、若き日のナタネにとってはメイジこそが人生最高のメンターだった。その運命的な出会いを描くために書かれた作品なのかもしれない。

そして、それ以上に、小路が書くメンターは決して小説の中だけで機能しているのではないのがすばらしい。〈どれほど過酷な状況でも、持ち前の機転と軽さでくぐり抜けてハッピーエンドになるように努力する主人公を想定して、考えろ。ストーリーを組み立てろ。君の考えたストーリーが、出した結論が正解だと思え〉など、ナタネが発する言葉の数々が、実は読者へのエールである。作品そのものが、夢を誓い、仲間を信じ、困難を乗り越える勇気を与えてくれるメンターになっていないだろうか。

だからこそ、苦境にいると読みたくなる小路ワールド。その見本みたいな本作が文庫化されることは素直にうれしい。これがまた「代表作」のラインに連なって、多くの読者に届くことを願う。

＊本書は、二〇一〇年六月に早川書房より単行本として刊行された作品を文庫化したものです。

著者略歴　1961年北海道生，作家
著書『空を見上げる古い歌を口ずさむ pulp-town fiction』『東京バンドワゴン』『東京公園』他多数

HM=Hayakawa Mystery
SF=Science Fiction
JA=Japanese Author
NV=Novel
NF=Nonfiction
FT=Fantasy

僕《ぼく》は長《なが》い昼《ひる》と長《なが》い夜《よる》を過《す》ごす

〈JA1070〉

二〇一二年 六月十五日　発行
二〇一二年十二月十五日　三刷

（定価はカバーに表示してあります）

著者　小《しょう》路《じ》幸《ゆき》也《や》
発行者　早川浩
印刷者　大柴正明
発行所　株式会社 早川書房
郵便番号　一〇一 - 〇〇四六
東京都千代田区神田多町二ノ二
電話　〇三 - 三二五二 - 三一一一（大代表）
振替　〇〇一六〇 - 三 - 四七七九九
http://www.hayakawa-online.co.jp

乱丁・落丁本は小社制作部宛お送り下さい。
送料小社負担にてお取りかえいたします。

印刷・株式会社亨有堂印刷所　製本・株式会社フォーネット社

ISBN978-4-15-031070-7 C0193

本書は活字が大きく読みやすい〈トールサイズ〉です。